〈螺《ら》旋《せん》プロジェクト〉とは

What is the RASEN Project?

「共通ルールを決めて、
原始から未来までの歴史物語を
みんなでいっせいに書きませんか？」

伊坂幸太郎の呼びかけで始まった8作家=**朝井リョウ、天野純《すみ》希《き》、伊坂幸太郎、乾《いぬい》ルカ、大森兄弟、澤田瞳《とう》子《こ》、薬丸岳《がく》、吉田篤弘**による競作企画。本作はこの企画から生まれた。

ルール1

「海族」vs.「山族」の対立を描く

ルール2

通のキャラクターを登場させる

ルール3

通シーンや象徴モチーフを出す

面白いけれど、続けて読むともっと面白い！

れたメッセージを、あなたはいくつ読み解けるか。

コラボレーションをより楽しむヒントは次ページから。

〈螺旋〉の秘密を解くカギ

Keys to unlock several secrets of the RASEN

謎めいた「伝承」

本篇の前後に置かれた「海と山の伝承」は、
全作品が共有する〈螺旋〉のエッセンス。

対立する一族の特徴

- 耳が大きい
- 野山に強い
- 犬と仲良し

- 瞳が青い
- 水に強い
- 猫が好き

どの物語にも出てくる「超越的な存在」

「海族」「山族」の対立の歴史を
知るキャラクターで、物語によって
性別や年齢、姿形は異なる。

それは誰なのか?

共通のシーンが必ずどこかに

時は夕暮れ、何かが壊れるとき、
8作家8様の演出で「対立」を
めぐる会話が始まる。

物語の後半に出現?

作品をまたいで見え隠れするモチーフ

作家が互いの伏線を拾い合い、物語をつなぐ重要な役割を果たすことも——

クジラ

エビ沼

絵本

八王子

謎の壁画

宮子

渦巻きのお守り

螺旋階段

つむじ

平蔵

カタツムリ

分断の壁

「おおる、おおる……」

ウェレカセリ

鬼仙島

RASEN PROJECT

Chronology

〈螺旋〉年表

★この年表はネタバレを含みます

年表の見方

青の文字……海族
緑の文字……山族
オレンジの文字……主な共通アイテム

原始	BC 3000	寒冷化が始まる **イソベリ**が海岸で集落をつくる **ヤマノベ**が山から海辺へ押し寄せる ウナクジラが**イソベリ**の聖地・シオダマリに座礁する **イソベリ**と**ヤマノベ**の対立、激化 ウェレカセリの描いた**壁画**が発見される
古代	AD 724	**聖武天皇**即位、**光明子**が皇后に
	729	**長屋王**の変（**藤原**四兄弟の陰謀）
	740	**藤原広嗣**の乱、その後遷都が相次ぐ
	752	東大寺大仏開眼供養
	753	鑑真来日
	756	**聖武天皇**崩御
	940	**平将門**の乱、終結
	1185	屋島・壇ノ浦の戦いで**源氏**が**平家**を滅ぼし鎌倉幕府開設

昭和後期に再発見され、ニュースに!?

『ウナノハテノガタ』
大森兄弟

山 マダラコ
海 オトガイ

『月人《つきひと》壮士《おとこ》』
澤田瞳子

山 天皇家
海 藤原氏

イラスト：スケラッコ

中世・近世

1192 源頼朝、征夷大将軍となる
1198 頼朝、落馬（平教経による襲撃？）
1333 鎌倉幕府滅亡　足利尊氏、楠木正成ら活躍
1336 室町幕府開設
1369 足利義満、征夷大将軍となる
1399 応永の乱　大内義弘ら、義満に討たれる
1560 桶狭間の戦い　織田信長台頭
1582 本能寺の変　明智光秀、信長を討つ
1586 豊臣秀吉、太政大臣に
1600 関ヶ原の戦い　徳川家康勝利
1603 江戸幕府開設
1837 大塩平八郎の乱　息子・格之助、鬼仙島へ
1863 新選組結成　土方歳三ら活躍

瀬戸内海のどこかにある島。江戸時代以降、迫害された海族の人間が集まるようになる。

明治

1868 明治維新
1877 西南戦争　西郷隆盛死去（『もののふの国』ここまで）
平蔵、鬼仙島へ
1890 呉鎮守府開庁
山神司令長官のもと、榎木新太郎らが勤務
新太郎の妹・鈴、鬼仙島へ
1891 海軍、鬼仙島を襲撃　灯ら海賊が迎え撃つ

『もののふの国』
天野純希

『蒼色《そうしょく》の大地』
薬丸 岳

昭和前期

1937 日中戦争勃発
1941 真珠湾攻撃、太平洋戦争勃発
1942 ミッドウェー海戦／戦局悪化
1944 **浜野清子**、お守りとともに宮城県にある高原寺へ疎開、**那須野リツ**と出会う

渦巻き状の模様が彫り込まれた木製の首飾り。各時代で登場する。

1945 **清子**、帰京／東京大空襲

昭和後期

1951 サンフランシスコ平和条約締結／冷戦激化
1980頃 国内情報機関の強化／**宮子**、スパイとして活躍
1982 **宮子**と北山直人、出会う
バブル景気はじまる
宮子と直人、結婚／**宮子**と直人の母**セツ**の対立激化
紀元前の壁画が発見される
直人夫婦、**セツ**と別居
1989 絵本『アイムマイマイ』の制作開始

螺旋を背負ったカタツムリのヒーローが活躍する。

1989 平成に改元
1992 **南水智也**、**堀北雄介**、北海道で生まれ、幼なじみとしてともに育つ
絵本『アイムマイマイ』、漫画『帝国のルール』流行

『シーソーモンスター』
伊坂幸太郎

『コイコワレ』
乾 ルカ

2011 **智也**、**雄介**、北海道大学に進学

2012 古文書に**鬼仙島**の記述が確認される

2014 「嬉泉島」が海山伝説の聖地に
雄介は渡航を計画

近未来

2030頃 人工知能ウェレカセリの研究が進む
バンド・γ《ガンマ》モコ流行、作曲担当の田中カタナ死去
水戸直正、**檜山景虎**、自動車事故で家族を失う

2032 大停電により、情報のアナログ化が進む

2050 γモコの杏アント死去
ウェレカセリの開発者・寺島テラオ死去
水戸直正、寺島テラオの最後の手紙を運ぶ

2071 **壁**が建設される

東京を東西に分断する長大な壁。

未来

2085 SSS〈スーパー・シミュレーション・システム〉が未来を予測、
その後、映画『眠り姫の寝台』の脚本が作られる

2089 〈レイドバック〉施行により技術の進化がとまる

2092 東京に不眠症が蔓延

2095 **壁**の崩壊がすすむ
シュウ、睡眠コンサルタント〈ドリーム8〉に勤務、
眠り姫の秘密を追う

〈螺旋〉の舞台

RASEN Map

8つのバトルが燃え上がる！

海族 vs. 山族

昭和前期

都会っ子vs.山っ子

乾 ルカ

コイコワレ

疎開先の村で出会った二人の少女による宿命の対決！

平成

「生きてるだけ」vs.生産性

朝井リョウ

死にがいを求めて生きているの

平成を生きる若者たちの絶望と祈りの物語

伊坂幸太郎

下記2篇は『シーソーモンスター』に収録

近未来 **配達人vs.国家**

スピンモンスター

ある天才科学者が遺した手紙を携え、二人の男が世界を救うべく激走する！

昭和後期 **嫁vs.姑**

シーソーモンスター

バブル期の気弱な勤め人の悩みは嫁姑の過激すぎるバトル

古代

藤原氏vs.天皇家

澤田瞳子

月人《つきひと》壮士《おとこ》

母への想いと、出自の葛藤に引き裂かれる若き聖武天皇

未来

吉田篤弘

眠り姫vs.睡眠薬開発者

天使も怪物も眠る夜

2095年、東京は不眠に悩まされていた。睡眠薬開発を担う青年は謎の美女と出会う

織田信長vs.明智光秀

中世・近世

天野純希

もののふの国

千年近くにわたりこの国を支配してきた武士、その戦いの系譜

明治 **海賊vs.海軍**

薬丸 岳

蒼色《そうしょく》の大地

明治海軍と海賊の戦いの中で、少年と少女の運命が交錯する

原始 **イソベリvs.ヤマノベ**

大森兄弟

ウナノハテノガタ

生贄の運命から逃れた女の登場に、死を知らない海辺の一族が戦慄する

中公文庫

月《つき》人《ひと》壮士《おとこ》

澤田瞳子

中央公論新社

目次

天皇家・藤原家略系図
（太字は天皇）

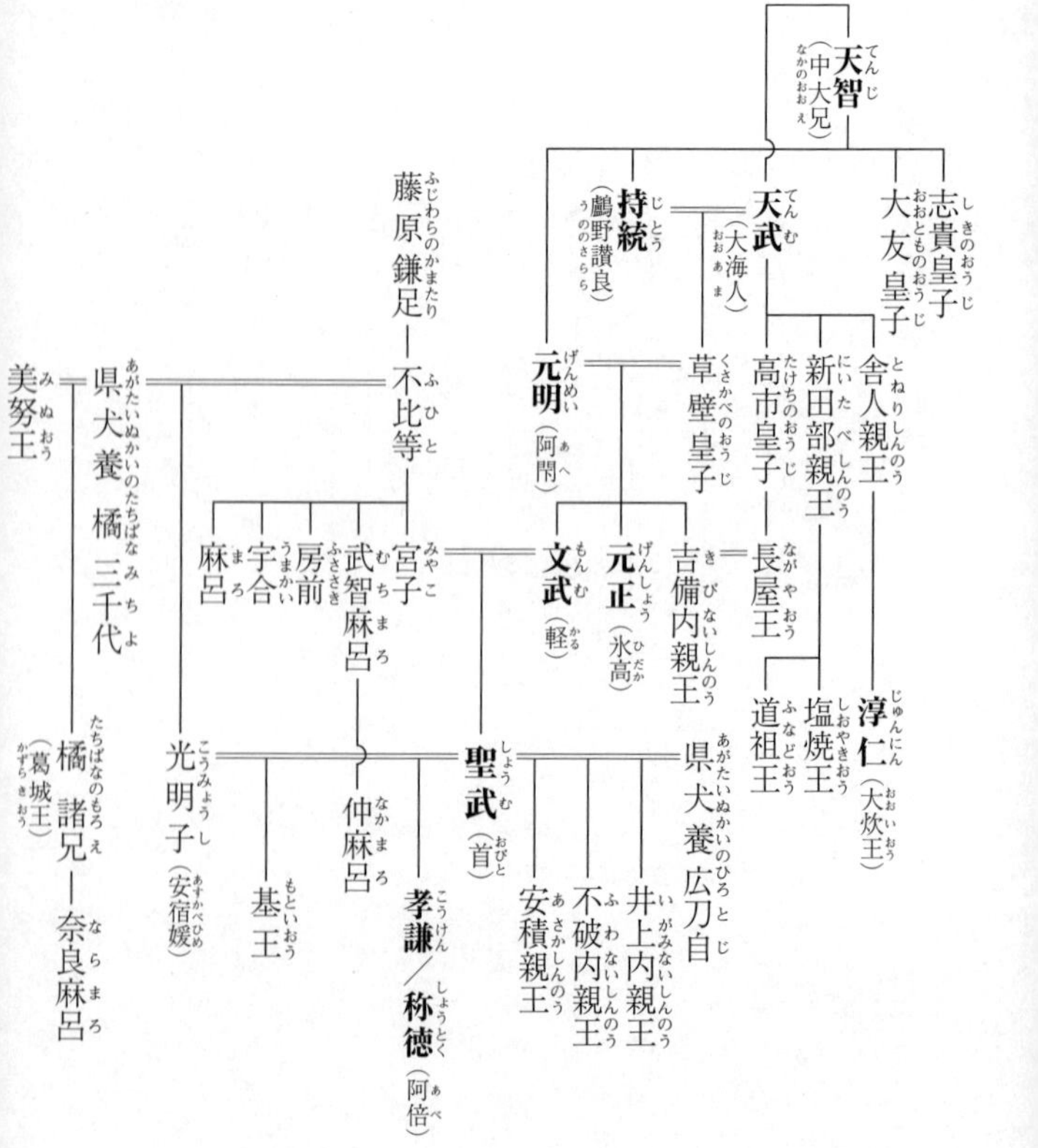

月人壮士

少年が息を荒らげ、山を登ってくる。
砦で女が彼を迎え、どうしたのかと訊ねると、

「これ、何？　下で見つけたんだ。カタツムリの殻かな」と言う。

女はそれを節くれだった指で受け取り、かざす。

日が透けた。

「これはたぶん、貝殻。貝」

「貝って」

「貝は、海のもの」

その途端、隣で寝そべっていた黒犬がむくっと頭を上げた。

少年は分かりやすいほどにおびえ、顔に手をやらんばかりだ。

「海のものがどうして山にあるの？　海と山はまざらないんじゃないの」

「まざるとかまざらないじゃなくて、ぶつかるの。わたしたちは海の人と会えば、衝突するようになっているからね」

海にあるはずの貝がどうして山にあったのか。昔、海の人間がこのあたりに来た印なのか。もしくは海に行った何者かが持ち帰ったのか。

確かなのは、そこで大なり小なりの争いが起きたことだ。

山の者と海の者の対立は、太古から未来まで繰り返され、その衝突のひとつひとつに物語がある。

海と山、両者を自在に行き来する唯一の者、争いを見届ける者がいつかそう語ったという。

「仲良くやればいいのに」

少年が言った時、海の集落でも、海の子供が海の大人に同じことを口にしていた。

仲良くやればいいのに。

「会ったらいけないんだ」

どちらの大人もそう答えるほかない。

——海と山の伝承「螺旋」より

序

その日、天平勝宝《てんぴょうしょうほう》八歳（七五六年）五月二日は、朝から灰色の雲が低く垂れ込め、夏とは思えぬほど冷たい風がしきりに吹いていた。

春先から不予《ふよ》が触れ出されている太上《だいじょう》天皇の病はいよいよ篤く、殿舎《でんしゃ》を小走りに行き交う官人《かんじん》宮人《くにん》の顔には、そろって疲れの色が滲《にじ》んでいる。

四十の坂を超えて以来、幾度となく大病を患い、遂《つい》にはいまだ宝算《ほうさん》尽きざる前に帝位を降りた太上天皇であったが、このたびばかりは腕利きの侍医十五名、看病禅師《ぜんじ》百十六名を招聘《しょうへい》してもなお回復の兆しがない。それだけに宮城《きゅうじょう》の者たちもみな内心、覚悟を決めているのだろう。豪奢《ごうしゃ》な殿舎には暗鬱な沈黙が落ち、官人の中には間もなく来たるその時に備え、石帯《せきたい》や釵子《さいし》を地味に整えている者も多かった。

早逝した天之真宗豊祖父天皇《あまのまむねとよおおじのすめらみこと》（文武《もんむ》天皇）の独り子にして、当今《とうぎん》・阿倍《あべ》（孝謙《こうけん》天皇）の父。太上天皇にして僧侶たる、沙弥《しゃみ》勝満《しょうまん》。二十四歳の若さで帝位を踏み、爾来《じらい》、二十五年に亘《わた》る治世の間に、遷都《せんと》と造寺を繰り返し続けてきた彼の死は、一つの世の終焉であるとともに、古《いに》しえより続いてきた皇統の行きづまりを否応なしに天下に触れる大事でもあった。

なにしろ七年前、父帝の譲りを受けて即位した阿倍は女。女帝はあくまで中継ぎに過ぎず、皇統を保つのは男性たるべきという常識に鑑みれば、女の身ながら皇太子位を経て天皇となった彼女は、この国が帝位に相応《ふさわ》しき男子を失い、もはや再び澄むことのない淀みに沈みつつある事実の権化であった。

夫を持たず、当然、子もなさぬまま不惑を迎えんとする女帝を残し、太上天皇は今まさにこの世を去ろうとしている。皇御祖《すめみおや》の裔《すえ》でありながらも仏教に傾倒し、ありうべからざる隘路《あいろ》に皇統を迷い込ませた彼。高さ五丈三尺もの毘盧舎那大仏《びるしゃなだいぶつ》を鋳《い》奉《たてまつ》るばかりか、遠く唐国《からくに》より伝戒師《でんかいし》を招聘し、この国を仏法鎮護《ちんご》の楽土にせんと志《こころざ》した彼。それは稀代の聖帝か、はたまた大いなる暗愚か。

風が強まり、天の一角が更に暗さを増す。それと共に、霧雨が音もなく降り始めた。太上天皇の臥《ふ》す正殿の庇《ひさし》で読経《どきょう》を行っていた看病禅師たちが、「これは厄介な」とばかりにそろって空を仰《あお》ぐ。雨粒が庇を見る見る濡らしたかと思うと、堅く閉ざされていた殿舎の扉が突然、ぎぎ、と音を立てて、内側から開いた。

春先の病臥《びょうが》よりこの方《かた》、昼夜を問わず枕頭《ちんとう》に詰めていた掌侍《しょうじ》（後宮内侍司《こうきゅうないしのつかさ》次官）

の円方女王《まとかたのおおきみ》が足をひきずりながらよろめき出、庇《ひさし》の勾欄際《こうらんぎわ》にしゃがみこんだ。

「ほ――崩御《ほうぎょ》でございます」

なに、という禅師たちの驚きの声は、扉の向こうから堰《せき》を切ったように溢《あふ》れ出した女孺《にょうじゅ》のすすり泣きに掻《か》き消された。

いや、すすり泣きだけではない。いったいどれだけの人数が詰めていたのだろう。十数人の官人が円方女王の後を追うように正殿から飛び出してくるや、ぶんぶんと両手を振り回しながら階《きざはし》を降り始めた。巣を崩された蟻《あり》が右往左往するにも似た、狼狽《ろうばい》しきった有様であった。

「か、崩《かむあが》りましてございます。首《おびと》（聖武《しょうむ》）さま、崩りましてございます」

「早く。早く誰か、主上《おかみ》に奏聞《そうもん》を――」

十数人の看病禅師がいっせいに立ち上がり、数珠《じゅず》を握りしめたまま、正殿へと突進する。

走り去ろうとする者、正殿に上がろうとする者が扉の前で押し合いへし合いする姿は、大岩にせき止められた瀬の水が、行方を失ってくるくる渦巻《うずま》く様に似ている。

円方女王はしばらくの間、その人波に逆らって座り込んでいたが、やがて人々に激しく揉《も》まれながら回廊へよろめき出てきた。それとほぼ同時に、朝堂院《ちょうどういん》の方角でどよめきが起こり、顔を青ざめさせた男たちがまろぶように駆けてきた。美髯《びぜん》を蓄え、深緋《こきあけ》や浅緋《あさあけ》の官服に身を包んだ、太政官《だいじょうかん》の上卿《しょうけい》たちであった。

「遺詔《いしょう》は、ご遺詔は賜《たまわ》ったのか。――ええい、内侍はどこじゃ。掌侍は、円方女王はいずこじゃッ」

興奮しきった彼らの目には、柱の際に蹲《うずくま》る女官の姿はまるで映っていないらしい。だが人々をかき分けて階へと殺到する彼らの中で、たった一人、浅紫の官服に身を包んだ五十男だけは、白いものの交じり始めた顎髭《あごひげ》をひと撫《な》でして、思慮深げに四囲を見回した。おお、小さな声で呟《つぶや》くと、面《おもて》を伏せた円方女王の傍らへと歩み寄った。

「かようなところにおられたか、掌侍どの。泣いていらっしゃる場合ではありませぬぞ。首さまは末期《まつご》に及び、ご遺詔はお残しにはなられなんだか。これ、掌侍どの」

乱暴に肩をゆする男に、円方女王は緩慢な仕草で顔を上げた。「中務卿《なかつかさきょう》さま――」と呻《うめ》いて、小さく首を横に振った。

「何を仰《おっしゃ》るのです。ご遺詔なれば、すでに五日前に賜ったではございませぬか。諸臣は心を一《いつ》にして、天皇を助けよ。皇太子には従四位上《じゅしいのじょう》・道祖王《ふなどおう》を立つるべし、と」

「そのご遺詔ではない。今わの際に、改めて何か言い残されなんだかと聞いておるのだ」

苛立《いらだ》たしげな男の声を遮《さえぎ》るように、階の上からうわあッという上卿たちの慟哭《どうこく》が降り注いできた。そのわざとらしい泣き声に眉根を寄せ、彼は年の割に整った顔を円方女王にぐいと近付けた。

「阿倍さまの後嗣《こうし》に道祖王さまをとのご遺詔は、もはや誰もが存じておる。道祖王さま自身、ご遺詔が公に触れだされる日を待ちかね、今のお屋敷から宮城への家移りの支度をすでに始めておられるほどだ」

　されど、と眉間に皺《しわ》を寄せながら、男は低い声で続けた。

「首さまが、道祖王さまが皇統に相応《ふさわ》しいとお考えだったとは、この仲麻呂《なかまろ》にはどうしても信じられぬ。首さまのご真意が奈辺《なへん》にあったのか、ご病臥よりこの方、お側《そば》に詰めていたそなたであれば、何かおうかがいしておるのではないか」

　中務卿仲麻呂――右大臣・藤原豊成《ふじわらのとよなり》の弟にして、皇太后・藤原光明子《こうみょうし》の甥《おい》である彼の言葉を聞くや、円方女王は急に鼻白《はなじろ》んだ様子で顔を背《そむ》けた。頬に伝う涙を袖ですばやく拭《ぬぐ》い、化粧の崩れた顔を強張《こわば》らせて立ち上がった。

「あのお方の……首さまのご宸念《しんねん》なぞ、わたくしは何もおうかがいしておりません。そうでなくとも綸言汗《りんげんあせ》の如《ごと》しとの言葉も、世にはございます。一度、皇太子に道祖王さまをと仰せられた以上、それに従うのが臣たる我らの務めでございましょう」

　吐き捨てるにも似た言いざまに気を悪くしたふうもなく、仲麻呂はやれやれと溜息《ためいき》をついた。円方女王を追うように立ち上がり、「よろしいか、掌侍どの」と更に言葉を続けようとした時、妙にきっちりと官服をまとった小柄な男が、

「中務卿さま、そんなところでなにをしておられまする」

と、階の上から甲高い声を浴びせかけてきた。何もかもが灰色に塗り込められたかに見える宮城にあって、石帯にじゃらじゃらと下げられた玉佩《ぎょくはい》が、不釣り合いに華やかであった。

「世間話をなさっている暇はございませぬぞ。崩御の旨を主上に急いでお伝えし、すぐに朝議を開かねばなりませぬ。固関《こげん》（国家の重大事に諸国の関所を警固させること）はいかがするのか、陵《みささぎ》の造営司《ぞうえいし》には誰を任じるのか、決めねばならぬことは山積みでございましょう。さあさあ、早くお越しを」

腕をひっぱらんばかりにせき立てる彼の目には、仲麻呂の腹の底を窺《うかが》うような鋭い光が宿っている。そんな彼をじろりと睨《にら》み上げ、仲麻呂はふんと鼻を鳴らした。顔を背けたままの円方女王にはもはや一瞥《いちべつ》もくれず、大股に階を登り始めた。

男は仲麻呂の一挙手一投足を一つも見逃すまいとするように、目を光らせていた。仲麻呂が彼のかたわらをすり抜けて正殿に消えると、一段飛びに階を降り、円方女王に走り寄った。

「仲麻呂め、なにを申していたのでございます。あ奴《やつ》と来たら、最近、何かと口実を設けては大炊《おおい》王さまを自邸にお招きし、なにやら策を巡らせていると聞きまする。おおかた道祖王さまでは自分の傀儡《かいらい》にできぬと考え、己の息のかかった御仁《ごじん》を皇太子に据えんと企《たくら》んでいるに違いありません」

しゃべっている間に、怒りが増してきたのだろう。男は大きな耳に朱を上らせ、癇《かん》性《しょう》にまくし立てた。

「そうでなくとも最近の仲麻呂と来たら、主上の寵愛《ちょうあい》をよいことにやりたい放題……。これ以上あ奴をのさばらせぬためにも、何としても首さまのご遺詔をお守りせねばなりませぬ。——ところで円方さま、ひょっとして首さまは末期《まつご》に及んで、道祖王さまをみなで盛り立てるよう、再び仰せになられたのではありませぬか。もしそうであればこの参議・橘《たちばなの》奈良麻呂《ならまろ》、朝堂じゅうの大宮人《おおみやびと》（公卿）にその旨を告げ知らせ、今こそ赤心《せきしん》を以《も》って帝《みかど》に仕えるべきじゃと触れ回りまするぞ」

しかし円方は奈良麻呂の顔を見ぬまま、きっぱりと首を横に振った。口早にしゃべり続ける彼を疎《うと》んじるような、ひどくそっけない態度であった。

「奈良麻呂さま、なにも仰せられますな。首さまはもはや、この世を去られたのでございます。誰がどんな策略を企てようとも、好きにさせればよろしいではありませぬか」

投げやりな円方の言い様に、奈良麻呂は虚を衝《つ》かれた面持ちで黙り込んだ。何か言葉を探して口を開いたり閉じたりした末、結局困惑した面持ちでうつむいた。

雨はいまだ降り止まぬものの、空を覆う雲はいつしかところどころ切れ、その隙間から薄日が射し始めている。淡い陽を受け、まるで天から下された光の糸の如く輝く雨粒に、円方女王はしばらくの間、じっと目を据えていた。やがて、臓腑《ぞうふ》までを吐き尽くすかのような女らしからぬ太い息をつき、両の手を拳《こぶし》に変えて、きっと天を見上げた。

頬に涙の跡こそ残っているが、その横顔は近寄る者みなを拒絶するかの如く険しい。いったいどれだけの力が込められているのであろう。小さく白い拳が、わなわなと震えていた。

そんな円方女王の挙措《きょそ》に、奈良麻呂が去るに去れぬとばかり目を泳がせる。それと同時に、楼閣《ろうかく》の方角でどおんと低く鼓《つづみ》が打ち鳴らされ、正殿の屋根に止まっていた鴉《からす》が二羽、驚いたように空に飛び立った。

霧雨の中、まっしぐらに空に翔け上がる鳥たちの影は、世の推移に慌てふためく官人の姿を思わせる。

くるりと弧を描き、春日山《かすがやま》の方へと去る鴉を見るともなく目で追いながら、円方はもう一度両の拳を握り締めた。

早くも乾きだした涙に代わって、雨滴が優しくその頬を濡らし始めていた。

その一　橘諸兄《たちばなのもろえ》

おお、おお、ようやく来たか。待ちかねたぞ。さあ、此地《こち》へ此地へ。遠慮は要《い》らぬ、ずいっと入って、円座を敷け。

すまぬが、わしはここで火桶に当たらせてもらうぞ。おぬしのような若人《わこうど》には分かるまいが、人間、齢《よわい》を七十も重ねると、こんな秋口から身体が冷えて冷えてかなわぬのじゃ。

そうじゃのうても日毎に目はかすみ、手足の働きは鈍って、些細な立ち居すら億劫《おっくう》となる。まったく、この分では御忌日《おんきじつ》（一周忌）を待たず、わしも首《おびと》さまの後を追うことになりそうじゃ。

——お戯《たわむ》れを、じゃと。ふん、下手な世辞を申すな。

たとえ位階人臣《いかいじんしん》を極めようが、寄る年波には勝てぬ。ましてや官職を辞し、この佐保《さほ》の邸宅に籠《こも》りっきりとなっては、かつて左大臣として国政を荷《にな》ったわしとて、もはやただの老いぼれじゃ。

父御《ちちご》は息災か。まあ、中臣清麻呂《なかとみのきよまろ》どのは何をさせても万事そつがなく、誰からも恨みを買わぬ御仁《ごじん》じゃ。古《いに》しえより神祇《じんぎ》を司《つかさど》る中臣家の氏上《うじのかみ》たる者、ああでなくてはならん。

あのようなお人は、時局がどれほど混迷を極めたとて、わしの如《ごと》く讒《ざん》を受け、自ら官を辞すような憂き目には遭《あ》われまい。主上《おかみ》はもちろん、あの憎たらしい仲麻呂《なかまろ》めともうまく折り合いをつけ、今後も朝堂《ちょうどう》を上手に渡って行かれようよ。

おや、首をすくめたな。おぬし、清麻呂どのからいったい何を言い含められて参ったのじゃ。

何も聞いておらぬ、だと。ふん、それもまた下手な言い訳じゃ。おぬしを我が家に寄越して欲しいと頼んだとき、清麻呂は幾度も幾度も「三男継麻呂《つぐまろ》はまだ散位《さんに》の身にて、およそ諸兄さまの御役には立ちませぬ」と辞を低くして断ったがな。

いや、正直わしは、三男であろうが次男であろうが誰でもよかったのよ。もっと言えば、別に中臣家の者である必要とてあらなんだ。ただ亡き首さまと阿倍《あべ》さま、どちらからも特段目をかけられておらぬ者に、わしの身代わりをしてほしかっただけじゃ。

身代わりと言うと、ちと大げさか。要はこの家から出るに出られぬわしの代わりに、一つ、探し物をしてもらいたいのじゃ。おお、その通り。おぬしを今日ここに呼び召したのは、まさにそのためじゃ。

今更《いまさら》、否とは申せまい。いくら官を辞したとはいえこの正一位《しょういちい》橘《たちばなの》朝臣《あそん》諸兄、その気になればほうぼうに手を尽くし、おぬしの前途を閉ざすぐらいは出来るのじゃからな。

ほほほ、さように青ざめるな。その気になれば、と申したであろうが。いくらわしとて、これから花も実もある若人に、道理に合わぬ不埒《ふらち》はしとうない。まあここは一つ、死を間近にした年寄りのわがままじゃと諦《あきら》めて、わが望みを叶えてはくれまいか。なあに、さして難しいことではない。この夏にお亡くなりあそばされた首太上《だいじょう》天皇さまの末期《まつご》のご遺詔《いしょう》を、おぬしに探してもらいたいだけじゃ。

——なんじゃ、その面《つら》は。わしが惚《ぼ》けたのではないかと疑う顔つきじゃな。

まあ、確かにおぬしの不審も分からぬではない。崩御《ほうぎょ》の五日前、首さまが阿倍さまと諸官を召され、皇太子には道祖王《ふなどおう》さまを立てよという最後の詔《みことのり》を宣《の》られたことは、今や知らぬ者のおらぬ話じゃものな。普通に考えれば、あれこそが首さまの末期のご遺詔ということになろう。

そのご遺詔に従って、首さま崩御の翌日、道祖王さまが宮城《きゅうじょう》に迎えられ、東宮《とうぐう》に立てられたことは、わしとて息子の奈良麻呂から聞かされておる。されど正直申してわしは、どうしてもそれに納得できぬのじゃ。

道祖王さまは、御年四十五歳。首さまの父君の従兄《いとこ》という尊い血筋ではいらっしゃるが、これまで政《まつりごと》において、目立った活躍を果たされたこともない。お人柄に難はないものの、さりとて帝位に相応《ふさわ》しいほどのお方とも思いがたい。

あの首さまが、なぜかような平々凡々たる御仁を次なる帝《みかど》にと抜擢なされたのであろう。もしわしがかつての如く首さまのお側に控えておったならば、誰に留め立てされようともご枕頭《ちんとう》に駆け寄り、それはご本意でございますかとお尋ねしたであろうよ。

されどこうして隠棲し、首さまもまた彼岸の人となられた今は、さような真似も叶わぬ。それゆえせめて手足と使えそうな誰ぞを呼び召し、あの詔は何者かが企んだ偽詔《ぎしょう》ではなかったかを調べさせようと考えたわけじゃ。

そうでなくとも宮城は、魑魅魍魎《ちみもうりょう》がはびこる伏魔殿《ふくまでん》。少しばかり権勢ある者がその気になれば、病に伏した太上天皇の詔を捏造《ねつぞう》することも、大宮人《おおみやびと》の一人や二人追い落とすのもさして難しいわざではないからのう。

ふん、なにを驚いておる。いまだ官職を得ぬ散位の身とはいえ、おぬしもすでに三十すぎ。三男坊とはいっても中臣家の一員ともなれば、いずれはおぬしも二官八省のいずれかの官人《かんじん》となり、帝にお仕え致すのであろう。なれば宮城がどれほど油断のならぬ地であるか、今のうちにしっかり腹をくくっておくがよい。

だいたいわしが今年春、帝に不遜《ふそん》な物言いをしたと讒ぜられ、致仕《ちし》せねばならぬ羽目となったのも、すべてはあの憎き中務卿《なかつかさきょう》・藤原《ふじわら》仲麻呂の企てのせいなのじゃぞ。そうでなくとも最近のあ奴《やつ》ときたら、光明子《こうみょうし》さまとその独り子たる阿倍さまの恩寵《おんちょう》を笠にきての傲慢ぶり……もしかしたらあ奴が、瀕死《ひんし》の床の首さまにあることないことを吹き込んだ末、己の操りやすいお人を皇太子に据えさせた恐れとてあると、わしは睨《にら》んでおるのじゃ。

なに、巷《ちまた》ではご遺詔はご真意から出たものであり、むしろ仲麻呂はそれに納得がいかぬゆえ、皇太子に大炊《おおい》王さまを立てんともくろんでいるとの噂じゃと。うむ、その風評は確かに、わしも聞き及んでおる。なにせわが嫡子の奈良麻呂が同じことを言い立て、橘氏は一族を挙げ、道祖王さまを擁立すべしとやかましく申しておるでな。

とはいえ奈良麻呂は昔から事あるごとに、仲麻呂を目の敵《かたき》にしておる。今とて首さまのご真意がどこにあったかなぞ考えもせぬまま、ただあの男に歯向かおうとしておるだけじゃ。

その点、わしは誰が皇太子になろうとも、どうでもよい。橘氏の繁栄も仲麻呂の専横も、もはや知ったことか。わしはただ、崩に当たっての首さまのご本心を知りたいだけなのじゃ。

のう、継麻呂。老いた爺のせめてもの頼みじゃ。わしに代わって、首さまのご宸念《しんねん》を検《あらた》めてはくれまいか。かような偽りがご宸念としてまかり通ったままでは、この諸兄、あの世とやらで首さまに合わせる顔がないわい。

　顧みればわしの大宮人としての半生は、首さまのご生涯とともにあった。さればあのお方亡き今、華やかながらも恐ろしい朝堂には、何の未練もない。ただ首さまのまことのご遺詔が誰ぞの手で隠されたままやも知れぬと思うたび、死んでも死に切れぬ悔いに責め苛《さいな》まれるのじゃ。

　ほれ、ここを触ってみよ。いや違う、もう少し右、心の臓のすぐ下じゃ。腹の中に、なにやらこりこりとしたしこりがあろう。先だって診察に来た医師の答本《たほの》忠節《ちゅうせつ》は、長年の痛飲で胃の腑が荒れておるだけじゃと申してそそくさと帰っていったが、わしには分かる。

　このしこりが膨《ふく》らめば膨らむほど、わしの身は痩《や》せ衰える。あと一月《ひとつき》か二月《ふたつき》、遅くとも次の春までには、わしはこのしこりに腹臓を食い尽くされて息絶えようぞ。

　まだ年若なおぬしには分かるまい。人とは愚かなものでな。己の生が限りあると気付いて初めて、自らの為《な》すべき行いを知るものじゃ。されば今のわしが為すべきはたった一つ、首さまの真実のご遺詔を探させるだけじゃ。

　当今たる阿倍さまは、首さまから位を譲られて以来ずっと、あの仲麻呂めを寵愛《ちょうあい》し、仲麻呂めもまたそれに甘えてまったく恥じることを知らぬ。

仲麻呂は五十一歳、阿倍さまは三十九歳。口やかましい官人どもが噂するごとく、二人が男女の仲にあるなどとは考えておらぬ。されどいかに母君の血縁とはいえ、仮にも帝位におわす御仁が藤原氏なんぞを重用なさるとは。首さまが身命《しんみょう》を賭《と》して守らんとなされた皇統の意義を、阿倍さまはこれっぽっちも理解しておられぬ。まったくその点に関しては、あの聡明な首さまのお子とは思われぬほどじゃ。

いやいや、別にわしは阿倍さまが首さまの種ではないなどとは疑っておらぬぞ。あのきりりと怜悧《れいり》な目鼻立ち、つんと顎《あご》を上げて我らを睥睨《へいげい》なさるお姿は、男女の違いこそあれ若き頃の首さまに瓜二つじゃ。

じゃが瓜二つなればなおのこと、父たる首さまが阿倍さまについに伝えられなんだご宸念が、わしには痛々しゅうてならぬ。かような娘御一人を残して亡くなられ、首さまはさぞ無念でいらしたであろう。

ただな、継麻呂。これだけはしかと申しておく。仮にこれから後、おぬしがどのようなご遺詔を見つけたとて、それを振りかざして世を変えようなどとは思うてはならぬぞ。

先ほどから申しておる如く、宮城は悪鬼が巣食う恐ろしい場所。おぬしがまだ童《わらわ》だった頃、当時左大臣の職におわした長屋《ながや》王さまが無実の罪により、一族もろとも自絞なさった件は、耳にした折もあろう。

あれが光明子さまを皇后に立てんともくろむ藤原氏が着せた濡《ぬ》れ衣《ぎぬ》であることは、その後のあの一族の栄達を見れば、明々白々じゃ。この俗世では、強き者に従わず、むやみやたらに正論ばかり振りかざす者は、いつ誰に足元をすくわれても不思議ではない。おぬしの如き年若を老人の感慨に付きあわせて死なせては、父御どのに申し訳が立たぬでなあ。

おぬしはただわしが申し付けた通り、首さまの最期のご遺詔を探してくるだけでよい。あのお方のご宸念は、わしがあの世とやらに持って行く。それがもはや齢七十を超え、朝堂を追われたわしに出来る、最後の忠節だわい。

首天皇――出家の御身ゆえ諡《おくりな》は奉《たてまつ》られておられぬが、遁世《とんせい》後は沙弥勝満《しゃみしょうまん》とも仰《おお》せられたあのお方とわしが初めて会《お》うたのは、今より四十一年前。忘れもせぬ、年号が和《わ》銅《どう》から霊亀《れいき》へと改まった年の正月朔日《ついたち》じゃった。あの年は冬に、阿閇《あへ》（元明《げんめい》天皇）さまから氷高《ひだか》（元正《げんしょう》天皇）さまへの禅譲《ぜんじょう》が行われてな。つまり阿閇さまが天皇として朝を受けられた最後の場に、御年十五歳の首さまは初めて皇太子としてご出御《しゅつぎょ》なされたのじゃ。

阿閇さまは軽《かる》天皇の母君、つまり首さまにはお祖母《ばあ》さまに当たるお方。早くに夫君の草壁《くさかべ》さま、お子の軽さまを亡くされ、たった一人の孫たる首さまが長じられるまでの間、中継ぎの天皇としてこの国を預かられた気丈な女性であらせられた。

帝位とはもともと、四十、五十の大人が踏むべきもの。それだけに先帝の独り子とは申せ、たった七歳で親を失った首さまをいかにつつがなく即位させるか、阿閇さまはさぞ気を揉まれたであろう。なにしろ当時の朝堂には、大海人《おおあま》（天武《てんむ》天皇）さまのご子息の舎人《とねり》王さまや新田部《にいたべ》王さま、後に右大臣となられた長屋王さまといった高位の皇族がたが大勢いらしたのじゃもの。

学識ある官人が次々東宮学士（教育係）に抜擢されているだの、首さまには伯父に当たる藤原武智麻呂《むちまろ》が東宮傅《とうぐうのふ》（守り役）に任ぜられるらしいだのといった噂が、しきりに宮城に飛び交っておった。それはどに阿閇さまは首さまの成長にすべてを賭けていらしたのじゃ。

その一方で当時のわしはといえば、無位から従五位に引き上げられたばかりの若輩者であった。まだ橘の姓《かばね》を賜ってはおらず、皇族の一員として葛城《かずらき》王と名乗ってはいたが、まあ正直、王といっても名のみであったな。なにせわが父の美努《みぬ》王は訳語田《おさだ》大王《おおきみ》（敏達《びだつ》天皇）の玄孫《やしゃご》であったが、政にはとんと昏《くら》い御仁でいらした。息子のわしが見ても覇気にも乏しく、本来であれば生涯、無位王のまま果てるべきお人であった。

ただ唯一、父が優れていたとすれば、それは類《たぐい》まれなる才女を妻にしたことであろう。そう、わしの母、県犬養三千代《あがたいぬかいのみちよ》がそれじゃ。

おぬしも風の噂に聞いてはおらぬか。母はわしを産んだ直後、軽さまの乳母《めのと》として出仕《しゅっし》し、そのまま阿閇さまの腹心に取り立てられてしもうた。そればかりかあちこちの官人どもと浮名を流し、とうとう父を捨てて、阿閇さまの股肱《ここう》の臣・藤原不比等《ふひと》の愛人に納まったのじゃ。

無論、父は驚きも、怒りもしたであろう。とはいえ無位無官の皇族じゃった父に比ぶれば、あちらは臣下とはいえ帝の信頼厚い中納言《ちゅうなごん》。仮にわしが当の母であっても、そりゃあ不比等に走ったわい。

ただ、母の不義の相手であった不比等は、女子《おなご》を夫から奪ったことにそれなりの呵《か》責《しゃく》を覚えていたらしい。せめてもの見返りというわけか、母が不比等と結ばれ、女児まで生《な》すのに合わせて、父の官位は面白いように上がっていった。そして父はそれを蹴ることも出来ぬまま出世を重ね、母に捨てられたわしもまた、長じるとともにその余慶に与《あずか》ったというわけよ。

本心を言えば、愉快ではなかったな。なにせ皇太子の首さまは、亡き軽さまと不比等の娘・宮子《みやこ》の間に生まれたお子。つまり不比等は中納言として朝堂を牛耳《ぎゅうじ》るかたわらで、ちゃっかり己の血を皇統に紛《まぎ》れ込ませておったのよ。仮にも男子たるもの、そんな男に情けをかけられ、面白いはずがあろうか。

さりながらなんとしても首さまに皇位を踏ませたい阿閇さまからすれば、不比等を筆頭とする藤原氏は、頼もしい後《うし》ろ盾《だて》であった。また叩き上げの女官として後宮《こうきゅう》に睨《にら》みを利かせるわが母は、心強い片腕であった。

　言い換えれば不比等と阿閇さまは、首さまを間に挟んだ盟友同士。そして首さまは父を亡くされたその時から、父方母方双方の一族より、有り余るほどの期待をその小さなお身体に負わされておいでだったのじゃ。

　とはいえその頃のわしには、首さまのそんな境涯などこれっぽっちも思いやる暇はなかった。わしより十七も年下の子どもの癖に、周囲から風も当たらぬよう大事にされ、将来を嘱望《しょくぼう》されていた首さまが、どうしようもなく忌々《いまいま》しかったからじゃ。

　考えてもみよ。同じ皇統に属しながらも、あちらは日嗣《ひつぎ》の皇太子、こちらは不義を犯した母のおかげで官位を得た不肖《ふしょう》の身。もはや母が恋しい年ではないが、それでも首さまのことを考えると、首さまや不比等のために奔走する母の姿が自ずと目裏《まなうら》に浮かぶ。それもまた、腹立たしくてならなんだ。

　今でもよく覚えておる。あの年の元日朝賀は、陸奥《みちのく》・出羽《でわ》の蝦夷《えみし》をはじめ、奄美《あまみ》や屋《や》久《く》、信覚《しがき》（石垣島）の使節までもが加わった、それはそれは盛大な儀礼であった。

　朝庭の玉砂利にうららかな春の陽が映え、高御座《たかみくら》の脇に立たれた首さまの小さなお顔を明るく照らしておった。眩《まぶ》しいであろうに顔を背《そむ》けもせず、必死に目を見開いて朝庭を見つめておられたのは、おおかた阿閇さまか我が母辺りから、決して無様《ぶざま》をせぬようにと強く言い含められていらしたのであろう。

他の官人とともに朝庭に並びながら、わしはそんな首さまを、まるで木偶《でく》の如き皇子《みこ》じゃと思った。

何せ欠伸《あくび》が出るほど退屈な儀式の間じゅうも、首さまは身じろぎ一つせぬのじゃもの。それでいて天皇への拝礼も祝賀の辞も何ひとつ間違えぬ可愛げのなさに、もともと腹の底にわだかまっておった嫌悪は、更に激しく煮え立った。

何もかもが腹立たしくてならなんだ。三千代の子というだけでわしを引きたてる不比等も、宮城でたまさか顔を合わせると、わざとらしく元気かと問うてくる母も。同じ皇祖神の血を引きながら、わしとは天と地ほど異なる境遇にある首さまに至っては、叶うことならば呪い殺したいほど憎らしかった。かような人々が行き交う宮城が、外面ばかりを着飾り、どんな男にも足を開く淫売のようにも映った。

そのせいであろう。一連の儀式も終わりに近付いたとき、わしはふと、毛一筋の乱れもない目の前の盛儀に、なにか汚物を塗りつけてやりたいと思うた。とはいってもまだ若いわしに、不敬な事を言い立て、儀式を混乱させる気構えなぞあろうはずがない。

それゆえせめてもの難癖として、わしは空の片隅にひときわ白く輝く雲があると気づくや、

「慶雲《けいうん》じゃ、慶雲が出ておるぞ」

と、それを指差して、大声を張り上げたのじゃ。

おぬしも知っておろう。天下安寧にして帝が仁政《じんせい》を施《ほどこ》す時、天は様々な奇瑞《きずい》でもってそれを嘉《よみ》すると申す。

無論、そこに浮かんでいたのは五色に輝く瑞雲でもなければ、西陽を受けて茜《あかね》色に染まった夕雲ですらなかった。

さりながら帝や不比等たちは、首さまをどうにか帝位に就《つ》けんと、余所目《よそめ》も憚《はばか》らずに奔走しておる。それだけに、他に比して少しばかり白い雲を瑞雲だと言い立てれば、彼らはその声を待っていたとばかり、天が皇太子を祝福していると言い募るだろうと考えた。

それは盛儀をぶち壊すほどの気概を持たぬわしの、精一杯の反抗であった。ありもしない瑞兆《ずいちょう》を言い立てることで、わしは皇太子とその周りの者たちを無様に踊らせてやりたかったのよ。

そんな思惑があるなど毛筋も疑わぬ官人の間から、おお、というどよめきが上がった。人とは愚かな者でな。誰かが大声を上げれば、不思議とそれに流される。その折もすぐに数人の官人がさっと天を指差し、

「まことじゃ。まことに慶雲じゃ」

「かように白々と輝く雲なぞ、これまで見たことがない。あれは皇太子さまの初めての拝朝を、天が祝福しておられるに違いないぞ」

と、愚かしく騒ぎ立てよった。朝庭の左右に厳《いか》めしい面で居並んでいた衛府《えふ》の武官どもまでもが、目だけをちらりと動かして空を仰いだのが分かった。

吉兆じゃ、吉兆じゃという歓声が、朝庭を波の如く渡って行く。それを腹底で嘲《あざけ》り嗤《わら》いながら、わしは口元に浮かぶ笑みをかみ殺すのに懸命になっておった。

帝はきっと明日にでも「皇太子の拝朝に際して、慶雲が現れた」とでも詔を出し、いかに首さまが才気に満ちた少年であるかを、世に喧伝《けんでん》するであろう。その中でわしだけは、帝が、不比等が、そしてわが母までもが、素晴らしき帝に育て上げんとしている首さまの上に、なんの瑞兆ももたらされていないと知っている。その事実が叫び出したいほど愉快であった。

それからというもの、わしはことあるごとに首さまの動向に目を配るようになった。あのお方がこの国の日輪とすれば、わしはその影。されどその太陽を常に追い続け、心の中で貶《おとし》め続けることで、己の引け目がわずかなりとも軽くなる気がしたのじゃ。

それだけに朝賀から半年余り後、阿閇さまが首さまではなく、娘御の氷高さまに帝位を譲られた折なぞは、わしは邸内に引き籠り、軒先の雀が驚いて飛び去るほどの嗤い声を上げて転がり回った。

申すまでもないが、阿閇さまは首さまのまだ若年たることを危ぶまれ、中立ちの更に中立ちとして娘御を帝位に就けられたわけじゃ。さりながら当時のわしには、それすらが首さまのひ弱さの表れと映った。首さまの失態はすなわち、あのお方を取り巻くすべての者たちの失態。このまま首さまが帝位を踏まれなければよいのに、とすら願った。

とはいえ人とは、奇妙なものじゃ。あれから長い歳月が経った今では、そんなわしが首さまに至誠を捧げておるのじゃからな。ことのついでじゃ。その理由も聞いて参らぬか。そうでもなければおぬしも、なぜ自分がかような頼みを負わねばならぬのか、得心できぬであろうからのう。

――うむ、どうした。誰か来たのか。はて、今宵はおぬしの他、人に会う約定《やくじょう》はなかったが……ああ、いや、そうじゃった。すまぬ、すまぬ。すっかり、忘れておったわい。

構わぬぞ、おぬし。入れ入れ。ええと、名を何と申したか。――道鏡《どうきょう》、とな。おお、そうじゃ。内道場《ないどうじょう》で看病禅師《ぜんじ》を務める、道鏡であったな。

なんじゃ、継麻呂。なにをぽかんとしておる。いかに神祇を司る中臣家の御曹司と申したとて、坊主の一人や二人、これまで目にしたことはあろう。

ふうむ――ふうむ。片や山深き天岩戸《あまのいわと》に侍《さぶら》われた天児屋根命《あめのこやねのみこと》を祖とし、この国の祭《さい》祀《し》を束ねて参った中臣氏。片や海原《うなばら》はるか彼方、天竺《てんじく》（インド）より渡来した仏法の荷《にな》い手たる僧侶。こうして眺めると、おぬしら二人は顔立ちといい生まれ育ちといい、まったく水と油じゃなあ。

いや、構わぬよ、道鏡とやら。おぬしもそこに寛《くつろ》いで、ともにわしの話を聞くがよい。おぬしは禅師としてはまだ新参者じゃが、先だっての首さまのご病臥に際しては、師の良弁《ろうべん》に従って、百十六名の看病禅師の一人として病気平癒を祈願いたしたとやら。さすれば誰が首さまの病室に詰め、誰がなにを首さまに申し上げたのか、耳目《じもく》に触れたことも多かろう。

よいか、継麻呂。おぬしはこの道鏡の助けを借り、先ほどのわしの命を果たすがよい。

そして道鏡はそこな中臣継麻呂を手伝って、首さまのご遺詔を探すのじゃ。

見たところ道鏡は、年は五十半ばか。年頃こそ父と息子ほどに離れておるが、当節の政に関わっておらぬという点では、おぬしらはどちらも似たもの同士。必ずやいい連れ合いになるに相違ない。

ふむ、道鏡はまだ何が何やら分かっておらぬという顔じゃな。まあ、不審なことはおいおい、継麻呂に聞くがよい。水と油ほどに異なる相手なれば、お互い意に染まぬ点はあろうが、間違っても仲違《なかたが》い致すではないぞ。

水と油、海と山は決して交わりはせぬ。どうしても相容れぬ者と初めから存じておれば、端《はな》っから諍《いさか》わぬがよしじゃ。

夜が更けて参ったな。冬は夜長とは申せ、こうも話があちらこちらに飛んでは、あっという間に空が白んでこよう。そうなる前に一つ、なぜわしがかくも首さまに忠節を尽くさんと思うに至ったか、おぬしらに語っておかねばなるまいて。

あれはわしが初めて首さまを遠望した日より、四、五年も経ったある秋の日じゃった。当時、馬寮《めりょう》の監《かみ》（長官）を務めておったわしのところに、突然、人品卑《いや》しからぬ従僕が参ったのじゃ。

「本日の夕刻、右大臣藤原不比等邸までお越し願いたい」

と一方的に告げて、こちらの返事も待たずに帰って行くその背を見送り、わしは呆然とした。

その強引な誘い方にではない。長らく己の近くをうろうろしておった巨大な力が、不意にこちらを向いたことに、身の震えるが如き恐怖を抱いたのじゃ。

その頃の不比等は四人の息子どもをみな大宮人に育て上げたばかりか、我が母・県犬養三千代に産ませた末娘——わしには異父妹に当たる光明子を首さまのもとに入内《じゅだい》させ、押しも押されもせぬ権勢者となり上がっておった。

かような人物が、わし如きに今更何の用か。いっそ聞かなんだふりをして、自邸に帰ってしまおうかなどとも思うたが、それはそれで負けを認めたようでしゃくでならぬ。うわの空で勤めを終えると、わしは精一杯威儀《いぎ》を整え、宮城の東に建つ不比等の屋敷に向かった。

おぬしも知っておろうが、この京では宮城に近い二条大路《おおじ》、三条大路界隈《かいわい》は高位の者の屋敷と相場が決まっておる。そんな中で不比等はあろうことか宮城の東隣に、八町もの広大な邸宅を構えておったのだから、それだけで奴の羽振りの良さが知れよう。

およそ秋とは思えぬほど蒸した、風の生暖かい夕じゃった。気の早い虫が草間にすだき、輿《こし》を降りたわしの沓《くつ》の音に怯《おび》えたように鳴き止みよった。

朱雀《すざく》門にも劣らぬほど豪奢《ごうしゃ》な不比等邸の門は大きく開かれ、供待ちに大勢の従僕が控えておった。実は右大臣邸にはこの日、御年二十歳になられた首さまが、行幸《ぎょうこう》あそばしておられたのじゃ。

別に不思議はない。なにせ不比等は、首さまの実の祖父。しかも実の母御《ははご》たる藤原宮子がご病弱とあって、首さまは立太子《りったいし》前は長らくこの邸宅で養育されていらしたのじゃからな。

後から思えば、あの当時、不比等は病の床に就《つ》いており、首さまたちの行幸はその見舞いを兼ねておったのじゃろう。されどその時のわしは、邸内に他の客人がいることを、少なからず不快に思うた。その腹立ちは従僕の出迎えを受け、閑静な一棟に招き入れられてもなかなか治まらず、侍女がお口汚しにと運んできた酒を続けざまにあおり、ようやくわずかに人心地がつく有様じゃった。

四囲を見回せば、宵闇の漂い始めた庭の果てで、ぽつりぽつりと篝火《かがりび》が焚《た》かれておる。

どこからともなく流れてくる甲高い高麗笛《こまぶえ》の音が、せっかく落ち着きかけた胸を再びざわめかせた。

不比等の邸宅は、春日山《かすがやま》へと続く斜《なぞえ》のとば口でもあった。それだけに邸内には起伏が多く、そこここに残されたままの林が、殿舎と殿舎を隔《へだ》てておる。どうやら屋敷内のいずくかで宴《うたげ》が開かれているらしいと気づき、わしは顔をしかめた。

「あのにぎわいはなんだ」

押し殺した声で問うと、酌《しゃく》をしていた侍女は、「ああ、あれでございますか」とのっぺりと白い顔を、庭の彼方に振り向けた。

「今宵は皇太子・首さまが、光明子さまや阿倍皇女《ひめみこ》さまともども、此地にご滞在なのでございます。武智麻呂さまを始めとするご子息がたも集まられ、久方ぶりに一族うちそろっての団居《まどい》をお持ちとか」

さよう、阿倍皇女さまとはただいま帝位におわすあのお方じゃ。確かこの時は、まだ二、三歳の童女であらせられたであろう。

当時、首さまは光明子さまの他に、二歳年上の県犬養広刀自《ひろとじ》さまを妃《きさき》に迎えられ、そちらの腹にも皇女・井上《いがみ》さまを産ませておいでであった。とはいえ首さまにとっては、藤原氏は実母の生家。それだけに事あるごとに不比等の邸宅に行幸あそばされ、光明子さまの兄である不比等の四人の息子たちとも、親しくしておられた。

侍女は奇《く》しくも「一族うちそろっての団居」と申したが、その一族には皇太子の首さまも、その愛《めぐ》し児《ご》である阿倍皇女さまも含まれておった。

そう、いつしか皇統は首さまを天皇と成すのと引き換えに、肝心の皇太子を藤原氏に取りこまれてしまっておった。首さまを何としても帝位にとの阿閇さまの願いが、かような者のつけ入る隙を与えたのじゃ。

可憐な花を咲かせ、風に蔓《つる》をしなわせる藤は、その外見に似合わぬ強靭な植物。巨木にからみついて繁茂し、天に向かってそびえたつ松すら枯らす貪欲《どんよく》ぶりは、まさに藤原氏のやり口とよう似ておるではないか。

そう思うと刻々と暗さを増す庭のそここに、藤蔓が今にも獲物を捕《とら》えんと揺らめいているかと見えてくる。わしはちっと軽い舌打ちをした。その忌まわしい蔓はまずわが母を絡《から》めとり、皇統を絡めとり、次にはわしを絡めとろうとしていると思うた。

「では、もうしばしお待ちください」

深々と低頭して侍女が去るのには目もくれず、わしは手の中の盃《さかずき》をまたしても空けた。

傍らの折敷《おしき》には、酒が満たされた瓶子《へいじ》が二本置かれていた。盃に酒を注ぐのもまどろっこしく、直に瓶子の首を摑《つか》んで中身を干すと、ぬるい風の吹き通る広縁に大の字になってひっくり返った。

女の金切り声に似た高麗笛が、ひときわ高く夜陰を震わせる。楽師が剽《ひょう》げ事でもしでかしたのであろう。どっと沸き起こった笑い声が、その余韻を乱雑にかき消した。

いったいなにをしておるのだ、とわしは胸の中で吐き捨てた。

わし自身のことを申しているのではない。あの浮かれた宴のただなかにおる、首皇太子のことじゃ。

天皇とはただ、君主としてこの国を治めるだけが務めではない。かつて鸕野讃良《うののさらら》女王（持統《じとう》天皇）が大陸の規範を元に、この国をより強き国になさんがために作らせた律令。天皇とはその法典によって統治を約束された日本《ひのもと》の主であり、いわばこの国家そのものを体現する、人でありながら人にあらざる存在なのじゃ。

さりながら鸕野讃良女王の一粒種である草壁皇子《くさかべのおうじ》、更にその子息である軽大王《おおきみ》はことごとく早逝し、せっかくの律令に基づいて国を統治した男の天皇は、いまだ一人もおらん。

阿閇さまと氷高さまが中継ぎの天皇となられたのも、すべては首さまを律令の権威に守られた一点非の打ちどころのない天皇となすため。それだというのに当の本人は、その身を流れる藤原氏の血に誘われ、かの一族に取りこまれてしもうておる。その事実が不思議なほど、腹立たしかった。

とはいえそれは、別に皇族としての自覚からではない。わしはただ、悔しかったのじや。

母を奪った藤原氏の力を借り、宮城での地位を守っている己が情けなくてならなんだ。その藤原氏の掌中の珠《たま》として、唯々諾々《いいだくだく》と不比等たちの言うがままになっておる首さまのことも苛立たしくてならなんだ。

空になった瓶子を闇の這《は》い始めた庭に放り投げ、いったいどれぐらいの間、その場に横たわっておったのじゃろう。

はたと気づけば傍らの灯火は消えており、木立の向こうで燃える篝火が四囲の夜の色を更に深めている。立て続けにあおった酒が悪かったのか、頭がじんじんと痛い。

脈打つこめかみを押さえながら起き上がろうとしたわしは、誰ぞが枕上《ちんじょう》に座り込み、真上から己を覗き込んでいるのに気づいた。うわッと声を上げて飛びしさろうとして、無様にその場に尻餅をついた。

灯火がないせいで、目の前の者が男か女かすら判然とせぬ。それがわしの恐怖に、ますます拍車をかけた。

「な、何者だッ」

その瞬間わしは、不比等の招きに応じてのこのこと出向いてきた軽率を悔やんだ。ひょっとしたら不比等は光明子の異父兄たるわしが後々妨げになるやもと思い、この身を殺《あや》めんと企てたのでは——との推測が、瞬時に脳裏をよぎった。

じゃが不思議なことに、曲者《くせもの》はわしの悲鳴に困ったように身動きを止めた。どうしたものかと言いたげに首を傾げると、わしを宥《なだ》めるかの如く軽く手を上げ、静かにその場に座りなおした。

　遠くでまたどっと笑い声が起こり、今度は調子はずれな放《ほう》歌《か》高《こう》吟《ぎん》が潮騒の如く打ち寄せてきた。それと同時に春日山の端に欠けた月が昇り、一条の光が広縁を照らし付けた。

「驚かせてすまない。葛城王は酒が好きなのだね」

　ぼそりと呟《つぶや》いたその男の肩に、月光がまとわりつくようにこぼれていた。いや、そう見えたのはわしの気のせいで、要は真っ白な練絹《ねりぎぬ》の袍《ほう》がわずかな光を受けて、ぼおっと輝き出しただけじゃろう。

　指折り数えるまでもなく、あの折、首さまはすでに二十歳、されど白の上袴に薄青の褶《ひらみ》を着し、袍をゆったりまとったその姿は、不思議にいつか元日朝賀の席で遠目に拝した御姿から皆目お年を召しておられぬかの如く映った。

「前から一度、葛城王とは話をしたかったんだ。今日はようやくそれが叶って、嬉しいよ」

「み、身に余るお言葉でございます」

　目の前におわすのが誰であるかを悟り、わしはおろおろと周囲を見回した。

　庭の果てからはまだ宴のざわめきが響いてくる。おおかたわしはその時、誰かに助けを求めるような面をしていたのじゃろう。首さまはああ、と小さくうなずき、林の向こうを顧みられた。

「この家の者たちであれば、気にせずともよい。光明子と阿倍さえあちらにおれば、皆、わたしがおらずとも構わぬだろうから」

は、はあとうなずきながらも、わしの頭はいまだ混乱を極めていた。

あの首さまが目の前におられる。しかもわしのような低位の皇族の名を知り、親しくお声を下さっている。その事実がどうにも信じられなかった。

「な、なぜ――」

「なぜ？」

「はい。なぜ、臣ごときにお言葉を賜るのでございます」

天皇とは天孫・瓊瓊杵尊《ににぎのみこと》の子孫にして、天照大神《あまてらすおおみかみ》の末裔《まつえい》。さりながら月の光に清《さや》かに縁どられたお姿に、わしはちらりと天照大神の弟君であらせられる月読命《つくよみのみこと》とはこんなお姿かとすら考えた。あれほど首さまの存在を腹立たしく感じていた己が、何か大きな過《あやま》ちを犯していたような気にもなり始めていた。

ああ、とひとりごち、首さまはわずかに唇をほころばせられた。月影がそこからこぼれ出るかと思われるほど、かそけき笑みであった。

「だって、葛城王は己の母が嫌いだろうから」

あまりに唐突なお言葉に、わしはぽかんと口を開いた。その間抜け顔をどうご覧あそばしたのか、

「どうだろう。わたしは間違っているかい。だって——」

と、首さまは歌うような口調で続けられた。

「葛城王の母君たる三千代は、そなたの父御を捨てて不比等のもとに走ったのだろう。だとすればそなたは自分の母のことも、その連れ合いとなった不比等のことも嫌いだと思ったのだけど。それがわたしの思い違いだとしたら、残念だな」

このお方は、とわしは息を飲んだ。四囲に誰もおらぬと確かめると、それまでおよそ考えもしなかった問いを、恐る恐る口に乗せた。

「首さまは——首さまはもしや、ご自身の母君がお嫌いでいらっしゃるのですか」

その途端、首さまはためらう風もなく、こくりと頤《おとがい》を引かれた。

「な、なぜでございます」

「なぜって……だって我が母たる藤原宮子は、皇族ではないのだもの。わたしは幼き頃よりずっとお祖母さまたちから、そなたは誰にも劣らぬ天皇となれと言い聞かされてきたんだ。それなのにわが身体を流れる血は、あの母のせいで臣たる藤原氏の血。まったくかような母を持ってしまうとは、わたしはわが身の不幸を呪わずにはいられぬよ」

わしの全身に小さな震えが走った。このお人は自分と同じだ。いや、己以上に哀れな

お人なのだと思った。

　おぬしらには分かるまい。首さまは早逝なされた祖父と父の志《こころざし》を受け継ぐべく、祖母たる阿閇さまと伯母君・氷高さまによって、非の打ちどころのない帝となれと厳しく育てられた御仁であられた。そんなお方に傷があるとすれば、それは実の母君が皇族の女ではなく、藤原氏なぞという新興貴族の娘だったことじゃ。

　議政官《ぎせいかん》として朝堂を牛耳っておる現在の藤原氏しか知らぬおぬしらには、想像がつかぬかもしれぬ。さりながら首さまの父君が藤原宮子を夫人《ぶにん》として娶《めと》られた当時、あの氏族は決して今ほど地位の高い一族ではなかった。

　それだけに早くに父御を亡くし、天皇にふさわしく育てとの周りの期待の中で成長する間に、首さまはいつしか己の身体の半分を流れる藤原氏の血を、邪魔なものと見なすようになっておられたのじゃ。

　とは申しても、首さまをかけがえのない手駒と考える藤原氏は、光明子を首さまの妃として入内させるばかりか、事あるごとに首さまを身内に引き込もうとする。全《まった》き天皇にならんと己を叱咤していらした首さまは、そんな現状にほとほと嫌気がさしておられたのじゃ。

　年若な大宮人の中には、首さまを藤原氏の傀儡《かいらい》と見なすばかりか、仏法に救いを求めた気弱なお方と思っておる者も多いようじゃが、それは違う。

あれほど気高く、皇祖神の裔たるご自覚をお持ちの方を、わしはかつて知らぬ。藤原氏の女を母としてお生まれになりつつも、あのお方こそ律令によって定められた天皇の中の天皇。そしてその忌むべき血を克服すべく、己の母御や外戚と骨肉の争いを繰り広げられたお方でいらした。

その何よりの証拠が、首さまの母君に対するお仕打ちじゃ。帝王とは何かを早くより学ばせたいとの阿閇さまたちのご意向により、首さまは幼き頃より母君と別れ、宮城と不比等邸を行き来してお育ちになった。即位後、もはや誰にも気兼ねのいらぬお立場となられた後も、首さまは母君の病を口実に母子の対面をなさろうとはせず、ようやくお二人がお顔を合わされたのは、首さまが三十路半ばを過ぎられてから。しかもその後も、宮子さまのために殿舎《でんしゃ》を増築し、幾人もの看病禅師を遣《つか》わされながらも、御身は一度も母君の宮に足を運ぼうとはなさらなんだ。それだけのお覚悟をもって、首さまは天皇であり続けようとなされたのじゃ。

なんじゃ、おぬしら、その面は。ふん、この話を藤氏《とうし》に讒《ざん》ぜられて宮城を追われた老いぼれの戯言《たわごと》と疑うておるのか。さように思いたいのであれば、好きに致せ。

ともあれ潔癖とも言える首さまのご真意に触れたとき、わしはそれまでの己の狭量を恥じずにはいられなんだのじゃ。同じ皇統に属しながら、不比等に内心反発するばかりで、その意に諾々と従っておった己が、急に唾棄《だき》すべき愚か者と思えてきた。

それから後、わしがどうしたかはおぬしたちも聞いておろう。わしが足掻《あが》きに足掻いて栄達を果たし、朝堂の議政官に食い込んだのも、不比等の四人の子息どもが裳瘡《もがさ》（天然痘）で相次いで倒れたのに乗じて大納言となったのも、すべてはかような首さまをお側で支えんがためであった。

なにせ全き天皇であり続けんとなさる首さまは、張り詰めた絹のように美しく、それでいてちょっとした風にも御身を損なうほどに弱きお人でいらしたからな。生みの母に対するお仕打ちを見るにつけ、わしがお側に仕えて差し上げねば、自らを育んだ藤原氏への憎悪と愛情の間で、壊れてしまわれると案じたのじゃ。

それが最後の最後になって、仲麻呂めの讒言《ざんげん》のせいで宮城を退かねばならなくなるとは。この諸兄、まさに一生の不覚であったわい。

もっとも首さまはあの讒を、一度は愚かな疑いじゃと退けてくださった。再びそれが蒸し返され、とうとう宮城を退かねばならなくなったのは、首さまが寝付かれ、もはや枕も上がらなくなられた後じゃ。

首さまがこの世を去られるのであれば、わしも最早《もはや》宮仕えに心身をすり減らす意味はない。そう思うたゆえ、藤原氏による陥穽《かんせい》だと知りながら、わしは粛々と朝堂を去ったのよ。

それだけに、最後に出仕を果たした日のことは忘れようとしても忘れられん。春先から床についておられた首さまはその日もご気分が優れず、およそお言葉を賜ることはあるまいと思われた。

　それでもせめて一目、最後にお姿を垣間見んと、わしは是非にと乞うて首さまのご寝《しん》所《じょ》に伺候《しこう》した。

　薬がよく効いておられるのか、首さまは微《かす》かな寝息を立ててお休みになっていらした。五十を六つも過ぎられたにもかかわらず、いつぞやわしが月読命のようじゃと感じた線の細さはそのままで、堅く閉ざされた瞼《まぶた》がしんと冷えた半月の如く青ざめていた。その周りを彩る黒々とした隈《くま》が、月を覆い隠さんとする薄雲かと映った。

　別辞は用意しておらなんだ。なにを申したところで、最早詮無《せんな》きことじゃったからな。

　されど不思議にも、わしが万感の思いを込めて、深々と頭を下げたその時、首さまはうっすら目を開けられ、濁った眸《ひとみ》をきょろりと動かして、御床（寝台）の裾に蹲《うずくま》るわしをご覧になられた。

　そしてひどくかすれた声で一言、

「母の夢を見た」

　と仰せられ、再び静かに瞼を閉ざされた。

「さようでございますか――」

　応じた己の声が上ずるのを、わしは止められなんだ。

首さまがわしの前で母君を懐かしむに似た言葉を漏《も》らされたのは、後にも先にもその時だけじゃった。だからこそいっそう、胸が締め付けられるように痛んだ。

　わしは母より捨てられたがゆえに母を憎み、この身に母はおらぬと思おうとした。されど首さまは違う。この方は皆から愛されながらも、藤氏の母なぞいらぬと心に決め、生涯、母の子であることを忌避なさった。

　そこまでして全き天皇としての道を選ばれたお方が、なぜ末期に及んで母君の夢をご覧になったのか。五十余年にわたるご生涯の中で、なにを捨て、なにを選んで来られたのか。あまりに哀れなそのお姿に、ただただ涙が滂沱《ぼうだ》として溢《あふ》れた。

　首さまが如何《いか》に母御を嫌《きろ》うておられたか、その体内を流れる藤原氏の血をどれほど厭《いと》うておいでじゃったか。それを一番よく存じておればこそ、どうしても溢れるものが止まらなんだ。

「大臣《おとど》は、母御の夢は見ぬか」

　ついぞ見たためしがありませぬ、と嗚咽《おえつ》をこらえて答えながら、わしは首さまと初めて言葉を交わしたあの夜の様を思い出していた。

　わしと首さまはあの時から、それぞれの母を憎むという一点において、同志であった。だからこそなお、未だ時折、己を産み捨てて行った母・三千代の夢を見る事があるなぞと口にするわけにはいかなんだ。

そうじゃ。忌まわしい母を慕うておるなぞと認めては、このわしは——いや、首さまは今までいったい何のために、哀しい戦いを続けてきたか分からなくなるではないか。母を慕わぬ子が、この世におろうか。己の身体を流れる血を厭う者が、この世におろうか。自らの身内よりこみ上げる苦しみを組み伏せねば、わしたちは生きてゆけなんだ。ならば息を引き取るその時まで、我々は母を憎み続けねばならぬのじゃ。

我が母三千代は、首さまが即位なされた数年後、病で死んだ。宮子さまはつい二年前、訪れることのない我が子を己の宮で待ち続けた末、七十余歳の天寿を全うなされた。もはやそれぞれの母に詫《わ》びることも、恨み言を述べることもできなくなったわしらは、生涯に二度、実の母を失《うしの》うた哀れな子であった。

首さまには見えぬと承知しながら、わしはぼたぼたと流れる涙もそのままに、懸命に唇の両端を引き上げた。

「——愚かな夢をご覧になられましたな」

泣き笑いとともに絞り出した言葉は、無残なほどに震えておった。されど首さまはそれには知らぬふりで、「そうじゃな」と小さく笑われた。そして不意に眉根を寄せると、もう行け、というように顎先を夜着に埋《うず》められた。そう、それが二十余年もの間お仕えしてきた、首さまとの別離であった。

あのお方が崩御なさってからというもの、わしは時々考える。

阿閇さまと氷高さまは、首さまを一点非の打ちどころのない天皇になすその日までの中継ぎとして、帝位に就かれた。一方、当今の阿倍さまは、父帝から当然与えられる位とばかり、何の疑いもないご様子で天皇の位を受けられた。かように多くの人々を翻弄《ほんろう》する天皇とは、いったい何じゃろう。ただ位を継ぎ、王として君臨するだけでは、天皇としては不出来なのであろうか。

その答えはわし如きがいくら考えても分からぬが、少なくとも首さまは息を引き取るその時まで、一人の人間ではなく、全き天皇であらんと目指しておられたかに見える。ならば首さまは最期に及んで、必ずやご自分の思いを託される御仁を皇太子にと定められたはずじゃ。いや、そうに決まっておる。そのようなお方じゃからこそこの諸兄は、生涯にわたってあのお方を主と仰ぎ続けてきたのじゃから。

年寄りの執着と笑いたければ、笑え。されどわしはこれから何百年何千年この国が続こうとも、あのお方ほどの天皇は現れぬのではないかとすら思うておる。

天下治《あめのしたしろし》めす日嗣たる天皇は、日輪の裔。さりながらあの靭《つよ》くも哀れな首さまは、日輪であるとともに月輪。まさにこの国を覆う天そのものの如きお人であられたからな。

――ああ、久方ぶりに首さまの話ができるのが嬉しく、ついつい言葉を重ねすぎてしもうた。継麻呂も道鏡も、この年寄りがこれほど饒舌《じょうぜつ》に語るとはと、内心さぞ驚き呆れておろう。

じゃがこのわしの胸の内の秘めごとをすべて聞いたからには、もはや否とは言わせぬぞ。

稜線が白んでまいったな。年寄りにかような夜明かしは堪《こた》えるでな。わしはこのまま手枕で横にならせてもらうぞよ。

年を経てからとみに眠りが浅くなってまいったが、ここのところは特にいかん。とろとろとまどろんでは見たくもない人の夢を見、己の来し方を省《かえり》みてつい涙をこぼしてしまう。

人目の差さぬ夢の中であれば、会いたい人にも好きに会え、かけたい言葉も容易にかけられよう。されど、一たびそこから覚めた現世《うつしよ》では、わしも首さまも肩肘張って暮らさねばならぬ。まことと人の世とは、思うままにならぬものじゃ——。

その二　円方女王《まとかたのおおきみ》

お話しすることなど、なにもございません。さあ、さっさとお帰りください。そうでなくても首《おびと》さまが崩御《ほうぎょ》なされてまだ二月《ふたつき》足らずとあって、宮城《きゅうじょう》の官人《かんじん》宮人《くにん》は誰もかれもが大忙し。お二方の如《ごと》き暇人に付き合ういとまなぞ、一刻《いっとき》もありませぬ。

――くどうございますよ、中臣継麻呂《なかとみのつぐまろ》さま。

いかに前左大臣・橘諸兄《たちばなのもろえ》さまのお使いとはいえ、世に流布しているものとは別のご遺詔《いしょう》を首さまが残されたのではなぞというお尋ねには、この掌侍《しょうじ》・円方、馬鹿馬鹿しくて到底お答えできません。さあさあ、どうぞお引きとりを。

しつこいですね、あなたがたも。

だいたいわたくしは今、大変な御役目を仰《おお》せ付けられ、無駄話どころではないのです。

明後日六月二十一日は、首さまの七七忌（四十九日法要）。その折、光明《こうみょう》皇太后さまが亡き御夫君遺愛の品を東大寺毘盧舎那大仏《とうだいじびるしゃなだいぶつ》に施入《せにゅう》されるため、わたくしは明朝までにそれらの品を検《あらた》めねばならぬのですから。

ええ、そうです。そちらの卓の上に置かれている鏡や小箱は、その目録に載せる珍宝の一部。そなたさまたちと話をしている暇があれば、少しでも仕事を進めたいというのがお分かりになりませんか。

なんですと、道鏡《どうきょう》とやら。よろしければ、拙僧《せっそう》たちもそのお手伝いをいたしましょうか、ですと。ふん、出過ぎた口を叩かれますな。

光明子《こうみょうし》さまが大仏に寄進なさる御品は、ここにあるものだけではありませぬ。首さまと光明子さまが毎夜用いられた御床や、首さまの曽祖父・大海人大王《おおあまのおおきみ》が用いられた櫃《ひつ》。更には妙なる音色を響かせる琵琶や名笛など、その数は合わせて六百点あまりに上りましょう。

ご覧なさい。この八角鏡の背面に埋め込まれた輝石のうち、琥珀《こはく》は唐国《からくに》、瑠璃《るり》は波斯《はし》（ペルシア）、鼈甲《べっこう》は天竺《てんじく》の産。海山数千里も彼方の異国からやってきたこれらの石が、本邦でそろって鏡を飾り、あの首さまのお顔を幾度となく映し奉《たてまつ》ったのです。そんな国家に二つとない珍宝を、そなた如き一介の看病禅師《ぜんじ》にべたべたと触らせてなるものですか。

これらの品々はわたくしがこの手で大切に磨き上げ、傷一つ付けることなく、毘盧舎那大仏の御前に捧げます。そうすれば在《あ》りし日の首さまの思い出は、東大寺の正倉《しょうそう》に大切に納められ、百年、いえ千年後まで色あせることなく伝えられるはずです。

泉下《せんか》に赴《おもむ》かれた首さまはきっと今ごろ、数々の珍宝を擲《なげう》って背の君の成仏《じょうぶつ》を願われる光明子さまの真心を、さぞ喜んでおられましょう。ええ、そうです。同じ藤原の血を引く者同士、幼き頃から親しく睦《むつ》み合われ、長じた後は夫婦となられた光明子さまと首さまのお仲の良さは、お側《そば》に仕えるわたくしどもの目にほほえましく映るほどでございました。

なにしろ首さまは七歳で父君を亡くされたばかりか、母君の宮子《みやこ》さまとも早くに生き別れられたお可哀想なお方。両親の慈しみを知らず、外祖父たる不比等《ふひと》さまのお屋敷で育たれた首さまにとって、幼馴染《おさななじみ》でもある光明子さまは唯一無二のご家族でいらしたのです。

そして光明子さまもまた、そんな首さまに至誠《しせい》を以《も》ってお仕えになられればこそ、御夫君の死に際してこれほどの奉献をなさるのでございましょう。かほどに互いが互いを思い合うお二人を、わたくしは他に見たためしがございません。あれこそ、世の者たちが手本とすべき、まことの夫婦ではございませんか。

まさかとは思いますが、お二人はわたくしから話が聞けずば、光明子さまにお目通りを願うつもりではございますまいな。――なんでございますと。御夫君を亡くされたばかりのお方に、さような惨《むご》い真似をなさるとは。いくら前左大臣さまの御下命《ごかめい》とはいえ、常軌を逸しておりましょう。

ええい、しかたがありませぬ。皇太后さまのお心を煩《わずら》わせるぐらいであれば、この円方、そなたたちに自らの知っている限りを話しましょう。とはいえ初めに申しておきますが、首さまの末期《まつご》のご遺詔なぞ、わたくしは本当にうかがってはおりませぬ。首さまが死に及んで仰せられたのは、たった一つ。現在帝位におわす阿倍《あべ》女帝さまの後嗣《こうし》には、道祖王《ふなどおう》さまを立てよという、すでに触れ出されているのと同じお言葉のみでございました。

ですからこれからお話しすることは、わたくしが長年の宮仕えの中で目に致した、首さまの真実のお姿。それがそなたたちが知る首さまと異なっているやもしれぬことは、最初にご承知置きくださいませよ。

わたくしは今から三十余年も昔、八歳になったばかりの春に、初めて宮城に上がりました。まず首さまの伯母君である太上《だいじょう》天皇・氷高《ひだか》さま付きの女孺《にょうじゅ》となり、その後、ほうぼうの官司で働いた末、今は掌侍に任ぜられております。

夫はおりません。母は古稀を超えて今なお健在ですが、父である長屋《ながや》王はわたくしが十三歳の折に謀反《むへん》の罪を問われ、ご嫡妻の吉備内親王《きびないしんのう》さまやそのご子息方――つまりはわたくしの異母兄たちともども自ら命を絶ちました。

あれはおそらく、皇族の重鎮であった父が首さまの御世《みよ》を脅かさぬよう、藤原氏の者たちが無実の罪を着せたのでございましょう。なにせあの頃、朝堂《ちょうどう》の政《まつりごと》を父と二分していた藤原の四兄弟は、藤原宮子さまの異母弟にして光明子さまの異母兄。つまり自らの甥であると同時に義弟でもある天皇を、四兄弟はなんとしても守ろうとしたのでございますよ。

ですが考えてみれば、それも道理。なにしろ首さまという御仁《ごじん》は、ただの天皇ではございません。鸕野讃良《うののさらら》女王さまが定められた律令の定めの元に即位した、初めての全《まった》き天皇。古《いに》しえの大王《おおきみ》と女帝たちが待ち望んだ、最初の日嗣《ひつぎ》の帝《みかど》でいらしたのですから。

なんでございますと。首さまは天皇たらんとする意識がお強いあまり、藤原氏の女であった母君を激しく憎んでおられたのでしょう、ですと。

どこでかような戯言《たわごと》を聞かれたのです。いいえ、あえてお尋ねするまでもありますまい。おおかた皇族の裔《すえ》であることだけが唯一の誇りである諸兄さまが、藤原氏を毛嫌いするあまり、そなたたちに余計な噂を吹き込んだのでございましょう。

馬鹿馬鹿しい。よろしゅうございますか。この国をより強く、逞《たくま》しい国に変えるには、古しえから続く権威のみにすがっていてはなりませぬ。むしろ藤原氏という、統治者と対立する新しき風を自らの内に入れたがゆえに、大王はあらゆる対立すら超越する全き天皇となりえたのです。

これだけの説明では、得心できませんか。まったく、しかたありませんね。

わたくしが宮仕えを始めたのは、首さまが氷高さまから帝位を譲られた翌々日。誰もが待ち望んだ男天皇の誕生直後とあって、殿舎《でんしゃ》や庭の片隅には、即位礼で用いた調度が積み上げられたままになっており、盛儀の残滓《ざんし》がそこここに留《とど》まっておりました。

とはいえまだ幼かったわたくしは、首さまの即位の意義を完全に理解してはおりませんでした。ただ、巨大な官衙《かんが》や色とりどりの官服に身を包んだ官人宮人、とにかく目にするものすべてが物珍しく、盛りを過ぎた梅の枝に止まる鶯《うぐいす》の声までが、ひどく艶《つや》やかに聞こえも致しました。

当時、氷高さまは四十五歳。小柄なお身体とちんまりと整った目鼻立ちのせいで、気高いお顔に子どもめいたあどけなさを宿した、ひどく物静かなお方でいらっしゃいました。

無事に中継ぎの天皇の務めを終え、帝位を引き渡した安堵ゆえか、その日、氷高さまは物憂げに床子《しょうじ》に横たわっておられました。そして年嵩《としかさ》の女官に導かれて御前におずおず進み出たわたくしに、

「新たな女嬬じゃな。早速ですまぬが、足をさすってくれぬか」

　と、鈴を転がすにも似たお声で仰《おっしゃ》ったのでございます。

「は、はい。ただいま」

　如何《いか》に父母が皇族であろうとも、ひとたび宮城に上がればただの女官。決して上《うえ》つ方《かた》に口ごたえをしてはならぬと母に言い含められていたわたくしは、大急ぎで氷高さまの足元に近付きました。

　さりながらまだ八つの子どもの哀しさ、どの程度の強さでおみ足をさすればいいのかが分かりません。助けを求めて案内役の女官を顧《かえり》みましたが、当の彼女は氷高さまの枕辺で蘭《らん》の茶を淹《い》れており、こちらを全く見てはくださいませんでした。

「茶は熱めに淹れてくれ。春も随分闌《た》けたというに、今日はひどく手足が冷える」

「まあ、それはいけませぬ。先に襖《あお》（上着）をお召しあそばしませ」

　聡《さと》い子どもであれば、この難儀を切り抜ける術《すべ》を幾つも思いついたのでしょう。ですがどちらかと言えば無口で気が弱く、侍女たちの傅《かしず》きを当然のように受けて来たわたくしには、さような知恵はありません。

　途方に暮れてうなだれていると、誰も知らぬ宮城で一人生きて行かねばならぬ寂しさがこみ上げ、双の瞼《まぶた》が熱くなりました。しかしそれと同時に、
（いいですか、円方。一歩、宮城に入ったときから、そなたはただの女孺。どんな困難にも一人で立ち向かい、赤心《せきしん》を以って皆さまにお仕えするのです）

という母の言葉が耳の奥底に甦《よみがえ》り、わたくしは懸命に歯を食いしばって、こみ上げる嗚咽《おえつ》を飲み下しました。

父の長屋王は当時すでに、太政官《だいじょうかん》の筆頭たる左大臣の職にありましたが、両親はわたくしが生まれた直後から不仲で、わたくしはほとんど父の顔を知らぬまま八歳まで育ちました。

地位も人望もある父からすれば、皇族とは名ばかりの母との関係など、野の花を戯《たわむ》れに手折《たお》った程度のものだったのでしょう。そして母は女としての矜持《きょうじ》ゆえか、そんな父には一切すがろうとせず、男に劣らぬ立身出世を果たせとばかり、一粒種のわたくしを宮城に上げたのです。

そんな母の覚悟を思えば、途方に暮れている暇などありません。わたくしは涙に濡《ぬ》れた顔を、衣の袖で思い切り拭《ぬぐ》いました。家を出る際、母が眉間に描いてくれた花鈿《かでん》の朱が袖端に滲《にじ》んだのを目の端に捉えながら、氷高さまの脛《すね》を力いっぱい握り締めました。

これまで政務に追われ、滅多に外にもお出かけにならなかったのでしょう。そのお名通り、氷そっくりに白く透き通ったおみ足を、両の手でぐいと揉みおろしました。

「痛ッ」

微《かす》かな声が頭上で弾《はじ》けた次の瞬間、先ほどの女官がまるで猫の仔《こ》を吊り下げでもするかのように、わたくしの襟首をひっ摑《つか》みました。

「ま、円方ッ。なんという真似をするのです。氷高さまはおみ足をさすれと仰せられただけで、按摩《あんま》を命じられたわけではないのですよッ」

女官はわたくしの頭をぐいと床に押さえつけ、「申し訳ございませんッ」と昂《たかぶ》った声を上げました。

「この者は本日、女孺となったばかり。不調法《ぶちょうほう》はどうぞ私に免じてお許しください」

どうやらわたくしは緊張のあまり、氷高さまのおみ足をひねり上げてしまったようです。

己の失態に気付き、わたくしは一瞬にして青ざめました。氷高さまはそんな我々にくすりと笑いかけられると、「いいのですよ」と穏やかに仰いました。

「慣れぬ者に、分かりづらいことを命じた私が悪かった。それにしてもまだ幼いのに、手の力のなんと強いこと。次に肩や足を揉ませたいと思った折は、ぜひその者に申し付けるとしよう。——そなた、名はなんと申す」

お答えしなさい、とばかり、女官が背中をつつきます。ひりつく舌を励まして、わたくしはかすれた声をどうにかこうにか絞り出しました。

「は、はい。円方と申します」

「円方、円方ですか。そういえば長屋王どのがどこぞの女子《おなご》に生ませたお子が、女孺としてこの宮に上がると聞いていたが——」

「はい、それはわたくしでございます」

さようか、と呟《つぶや》かれ、氷高さまは急に興ざめした面持ちになられました。実を言えば父のご嫡妻・吉備内親王さまは、この氷高さまの妹君。つまりわたくしは氷高さまの義弟が、他所《よそ》に作った子だったわけです。

高位の男君がほうぼうに妻を持つのは当然とはいえ、女の身からすればそれが面白かろうはずはありません。それだけになにか嫌味でも浴びせつけられるのかと、わたくしは咄嗟《とっさ》に首をすくめました。ですが氷高さまはすぐに繕《つくろ》うような笑みを浮かべられると、

「まだ幼いのに感心なこと。つらい折も多々あろうが、たゆまず働くように」

と仰せられ、下がれ、と白い手をお振りになりました。

後日知ったことですが、吉備内親王さまと氷高さまは母を同じくする姉妹とはいえ、皇統の行く末を巡って、意見の相違がおありだったそうでございます。

有体《ありてい》に申せば、歴代女帝の悲願として首さまの御世の安泰を願われていた氷高さまに対し、吉備さまはご自身の背の君・長屋王の即位を夢見ていらしたとか。つまり後年、わが父と吉備内親王さまが葬り去られた原因は、すでにこの頃から芽生えていたわけです。

ともあれこうして始まった宮仕えでございますが、まず何より驚いたのは、即位なさったばかりの首さまが、毎夕、氷高さまの元を訪れられ、その日の政の一部始終やお妃

方の去就をすべてご報告なさることでした。

いえ、わたくしの如き若輩者は、首さまがお越しとて、お側に侍《はべ》りはできません。ですが年嵩の女官に命じられるまま、随従の舎人《とねり》を別間に案内し、白湯《さゆ》や菓子《くだもの》でもてなすうちに、幼いわたくしは皆さまから可愛がられ、その噂話を身近に聞くようになったのです。

「ここのところ首さまは、御生母の宮子さまに皇母の称号を奉るべく、諸卿《しょけい》や氷高さまに相談をしておられるらしいな」

「おお、つい先ほどまで授刀頭《じゅとうのかみ》の藤原房前《ふささき》さまを召され、あれこれ諮《はか》っておられたのもそれだろう。律令に従えば、帝の御生母は皇太夫人《こうたいぶにん》とお呼びするのが決まり。しかしそれ、何分、宮子さまはなあ――」

ここまで言って舎人たちが声をひそめた理由は、わたくしにも何となく想像がつきました。

新帝・首さまは、歴代の女帝待望の天皇。そのお方の母が皇族ではない上、首さまを産んだ直後から今まで病に臥《ふ》せり続けておられることは、当時、宮城で知らぬ者のいない公然の秘密だったのです。

どんな縁戚とも面会を拒み、宮城北西の宮に逼塞《ひっそく》し続けておられる宮子さまのご病気……女官たちの噂話から推察するに、それはどうやら気鬱《きうつ》の病かと思われました。側仕《そばづか》えの者が幾らお諫《いさ》めしても、夜も昼もお休みになられず、何かに憑《つ》かれたようにただひたすらしゃべり続けられるため、女官たちはみな昼夜を問わずお世話に当たらねばならなかったとか。それでいて時には朦朧《もうろう》と庭にさまよい出られ、連れ戻そうとするお側の者の顔をひっかいたりもなさったそうでございます。

　首さまがまだ乳呑児《ちのみご》のうちから、祖父・藤原不比等さまの邸宅に預けられたのも、そんな母ではまともに皇子《みこ》を育てられまいとの判断によるものだったのでしょう。ただ仮に病人であろうとも、氷高さまからすれば亡き弟の妻。このため氷高さまは宮子さまの御病状を常に案じられ、季節の菓子や諸国の珍味、また舶来の小箱や鏡などを事あるごとにその御殿に届けておられました。

　さりながら使いの女官たちによれば、宮子さまはそれらに手を触れるどころか、見るも恐ろしいとばかりに震え出され、およそ礼を述べられるどころではなかったとか……とはいえご子息たる首さまが即位なさった以上、宮子さまが皇母にふさわしい待遇を受けられるのは当然です。

　舎人たちが申していた如く、本来、天皇の母君には「皇太夫人」のお名前を差し上げるのが定め。ですがそれから数日後、首さまは諸卿や氷高さまには無断で、突如、

「生母たる藤原宮子に、大夫人《だいぶにん》の称号を奉る」

との勅《ちょく》を出してしまわれました。

大夫人とは確かに美称ではありますが、およそ天皇の母によろしき名とは言えません。そもそも「夫人」とは、天皇の妃の位の一つ。宮子さまはもともと軽《かる》さまの夫人でいらしたので、「大夫人」と言えば「夫人の中でももっとも地位の高い者」程度の意味でしょうか。少なくとも「天皇の母」という意味は、そのどこにも含まれておりません。

これにはさすがに、氷高さまも驚かれたのでしょう。夕刻の訪《おとな》いを待たず、首さまを呼びつけられ、「どういうわけですか」と青ざめたお顔で叱責《しっせき》なさいました。

「藤原氏の女とはいえ、宮子は天皇たるそなたの母。大夫人などという名前を与えては、そなたの権威にも傷がつきましょう」

ちょうどその時、わたくしは氷高さまのお部屋の隅で、香を焚《た》いておりました。ですが氷高さまはお怒りのあまり、すぐに香炉の火を消せず狼狽《ろうばい》するわたくしのことなぞ、完全に忘れておられたのでしょう。普段の穏やかさが嘘のように眉を吊り上げられ、更に険しい言葉を首さまに浴びせ付けられました。

「今すぐ勅を廃し、宮子を皇太夫人と呼び奉ると改めなさい。律令に基づく統治を行うべきそなたが、よりにもよって公式令に背《そむ》くとは何事です」

「お言葉ですが、伯母上」

このとき首さまは、二十四歳。とうに声変わりしておられる御年にもかかわらず、そのお声はなぜか少年の如く澄み、宵空に光る三日月を思わせるほどか細うございました。

「仰る通り律令には、天皇の母親は皇太后・皇太妃・皇太夫人などの名号を奉るべきとございます。ですがその称号はすべて、妃が皇族であることを前提にしているがゆえに、皇の字を含んでおります。ならば藤原氏の娘に過ぎぬわが母には、大夫人の称号こそふさわしゅうございましょう」

　首さまは十四歳で立太子《りったいし》なさった後、氷高さまの手許《てもと》に引き取られ、伯母君から実の子同然の慈しみを受けて来られたと聞いておりました。さりながらどういうわけかそのとき、氷高さまに反論なさる口調は冷たく、およそ伯母甥の親しみなぞ、微塵《みじん》も感じられませんでした。

「なにを申すのです、首。皇太夫人の皇の字には、天皇の母という意味も含んでいるのですよ。そもそもそなたが無事に皇位に就けたのは、外戚たる藤原氏の後ろ盾あればこそ。その恩に報いぬばかりか、藤原の血を貶《おとし》めるような真似をして、後々まで禍根《かこん》を残すつもりですか」

　氷高さまの仰る通り、臣下の女を母とする首さまの即位に際しては、藤原氏の台頭を快く思わぬ公卿たち――そして己の背の君の即位を願う吉備内親王さまを筆頭とする皇族から凄まじい異論が起こったとうかがっております。それにもかかわらず首さまが無事に帝位を踏めたのは、軽大王や草壁皇子の血を引く男子に皇位を与えんとする氷高さまと、外戚として朝堂を掌握《しょうあく》したいと願う藤原氏、双方の思惑が一致したゆえでございました。

神代《かみよ》の昔、伊弉諾尊《いざなぎのみこと》と伊弉冉尊《いざなみのみこと》は遘合《みとのまぐわい》の末、日の女神たる天照大神《あまてらすおおみかみ》をお産みになられました。大王家の末裔たる氷高さまと、その臣下たるべき藤原氏との協力は、いわば全き天皇を産むための二度目の遘合。この国を古しえより支えてきた大いなる山は、その山裾をひたひたと洗う海をあえて抱擁することで、何事にも侵されぬ日輪をこの国に産み落とそうと図られたわけです。

それにもかかわらず、当の首さまが藤原氏の恩に背くような真似をなさったのですから、氷高さまの激昂《げっこう》も当然です。ですが玉製の香炉の際から恐る恐る辺りを見回せば、当の首さまは眉一筋も動かすことなく、伯母君の叱責を聞いておられます。冷然としたそのお顔に、ますます怒りが募られたのでしょう。倚子《いし》の肘かけをぴしゃりと打たれ、

「聞いているのですか、首」と氷高さまは更に目尻を吊り上げられました。

「はい。もちろんでございます、伯母上」

「ならば一刻も早く太政官に、今朝の勅は誤りだったと伝えなさい。宮子の称号は、公式令にある通りの皇太夫人でよいではないですか」

その途端、首さまの頬がぴくりと強張《こわば》りました。窺《うかが》うような目で素早く氷高さまを見上げられ、

「いまのお言葉、御本心でございますか」

と、心なしか低い声で問い返されました。

「決まっておりましょう。本心じゃ」

「偽りを申されますな」

「偽りですと」

「伯母上はかねてより朕《わたし》に、そなたは古しえのどの大王にも劣らぬ全き天皇となれと仰ってこられました。ですが朕が日本初の天皇であれば、伯母上はこの国を連綿と守り続けてきた大王の裔。かようなお方が、いかに朕の母とはいえ、一介の臣下に過ぎぬ藤原宮子に皇太夫人の美称を与えることを、良しとしておられるわけがありますまい」

　なに、と呟くなり絶句なさった氷高さまに、首さまは冷たい口調で更に畳みかけられました。

「朕は存じております。懸命に隠しておられますが、伯母上は我が母がお嫌いでございましょう。いいえ、我が母だけではありません。朕を我が子同然に育ててくださった伯母上からすれば、我が妃である藤原光明子は嫁も同じ。その光明子のことも、伯母上は本当は心の底から憎んでおられるのでは――」

「黙りゃ黙りゃッ、黙って聞いておれば、なんということを申すッ」

　金切り声とともに、氷高さまは傍らの卓に置いていらした鋺《かなまり》を首さまに向かって投げつけられました。

中に満たされていた蘭の茶が首さまの胸元を濡らし、鋺が床でがしゃりと耳障りな音を立てます。その音にも増してわたくしの身を寒からしめたのは、常の穏やかさからは想像も出来ぬ氷高さまの恐ろしげなお顔でした。

「そ――そなたがそのように邪《よこしま》に人を見る男だったとは知らなんだ。最早《もはや》、顔も見とうないッ。ええい、さっさと下がりゃッ」

その怒声《どせい》に、首さまは優雅な仕草で膝《ひざ》を折られました。足元に落ちた鋺を卓に戻すと、深々と一礼して、そのまま御前を退《ひ》かれました。

氷高さまは血走った目でそんな首さまの後ろ背を睨《にら》みつけておられましたが、不意に深々と息をつき、倚子に背を預けて強く瞼を閉ざされました。

ほんのわずかな間に、十歳も二十歳も老け込まれたような氷高さまのお顔と、見る見る小さくなる首さまの姿を、わたくしは大急ぎで見比べました。そして足音を忍ばせて香炉の陰から走り出、外へ飛び出しました。

「あ、あの。お待ちくださいませ」

振り返られた首さまの胸元はぐっしょりと濡れそぼち、裾からは薫り高い蘭の茶がいまだぽたぽたと滴《したた》っております。このような姿を舎人たちに見られたら、どんな噂が立つか知れたものではありません。わたくしはその場に膝をつき、懐から取り出した手《しゅ》巾《きん》を両手で首さまに捧げました。

「どうぞこれでお身体をお拭きください。蘭の茶は時間が経てば経つほど、染みが目立ってしまいます」

首さまはもしかしたら最初から、わたくしが物陰に潜《ひそ》んでいることにお気付きだったのかもしれません。さして驚いた風もなく、ああ、とうなずかれ、手巾で身体を拭き始められました。

ですが真っ白な錦の袍《ほう》に染みついた蘭の茶は、そんなことでは落ちません。わたくしは思わず自分の袖端を引っ張り、それで首さまの御裾を拭こうとしました。しかしすぐにその畏《おそ》れ多さに我に返り、狼狽しきって回廊に膝をつきました。

「も、申し訳ございません。ご無礼をいたしました」

「いや、気にせずともよい。心配をかけたな」

磚《せん》を敷き詰めた床に額をこすりつけたわたくしに、首さまは静かにそう仰せられました。

「見慣れぬ顔だが、そなたはこの宮の女嬬か」

「は、はい。半月前から氷高さまにお仕えしております、円方と申します」

わたくしの応えに、首さまは何を思われたのか、宙《ちゅう》に目を据えられました。やがてうむ、と一つうなずかれ、

「ちょうどよかった、円方とやら。朕はかねてより母君の宮で働く者に、我が母の様子

を聞きたいと思うていたのだ。誰か存じ寄りの者がいれば、引き合わせてはくれまいか」

と、仰られたのでございます。

「宮子さまのご様子でございますと」

このお方はもしや、母君の御病状をご存じないのでしょうか。返答に窮したわたくしに、首さまは「そうだ」と平然と首肯なさいました。先ほど氷高さまを弾劾《だんがい》なさったとき同様、冷然とした態度でございました。

「そなたも知っておろうが、我が母は朕を産んでよりこの方、ご自身の宮に籠《こも》られ、側仕えの者しかお目にかかることは叶わぬ。朕の即位を知っておられるかすらも正直怪しいが、ともあれ天皇の母となられた我が母にどんな尊称を奉るべきか、氷高さまや諸卿にとやかく言われるぐらいであれば、いっそ当の母君――いや、それが無理であれば、側仕えの者に意見を聞いた方が早いではないか」

かねて思い巡らしておられたのでしょう。首さまはまるで臣下に対して諮るように、淡々と仰せられました。

「先ほどの伯母上のお怒りよう、そなたも目にしたであろう。あのようなご憤懣《ふんまん》もひとえに、朕の言葉が的を射ておればこそ。結局のところ伯母上は、朕を全き天皇とせんがために手を携《たずさ》えたと仰いつつも、本心では藤原氏の者たちを嫌うておられるのじゃ」

人が怒る時は、大抵、図星を指された時と決まっております。古しえより続く大王家の裔と、新興の公卿。同じ目的を頂《いただ》いているとはいえ、それぞれの家に生まれついた女たちが、そうそう上手くやって行けるはずがありません。

しかも宮子さまからすれば、氷高さまは小姑。そうでなくともこじれ易い二人の女子が、双方の家の頂く宿命に翻弄《ほんろう》されたとき、そこにどんな悶着《もんちゃく》が起ころうものかは、わたくしのような子どもにも容易に想像がつきました。

きっと宮子さまがお心を病まれたのは、そんな因縁に弄ばれることに疲れ果ててしまわれたゆえでございましょう。せっかく生まれた日輪の皇子を手放さねばならぬほど、宮子さまは山と海との交合に倦《う》みきっておられたのです。

そして一方で氷高さまからすれば、あらゆる対立を超越した靭《つよ》き天皇の即位は、父祖の代からの悲願。それだけにその腹を借りた宮子さまを憎みたくとも憎めず、愛そうにも愛せぬ葛藤を、首さまは先ほどずばりと言い当ててしまわれたわけです。

「――のう、円方。おぬしは海というものを見たことがあるか」

唐突にそう仰られ、首さまはふと遠い眼差《まなざ》しをなさいました。

「海……でございますか」

「そうじゃ。朕はまだそなたぐらいの年の頃、祖父である亡き淡海公《たんかいこう》（藤原《ふじわらの》不比等《ふひと》）に伴われ、摂津国難波宮《せっつのくになにわのみや》に参ったことがある。あの宮は京域のすぐ向こうが、海になっておってな。それはそれは広く蒼《あお》い海原《うなばら》の果てに、真っ白い帆を上げた海人《あま》の舟が二つ、三つと浮かんでおった。空と海の融《と》け合う境がぼんやり霞み、まるでまだ見ぬ陸地があるようにすら見えたのを、昨日のことの如くはっきり覚えておるわい」

　山に囲まれた寧楽《なら》から一歩も出たことがなかったわたくしは、その時、広く蒼い海原と言われても、とんと想像がつきませんでした。
海人の舟が幾艘も浮かぶのでございますから、きっと京を流れる佐保《さほ》や秋篠《あきしの》の流れなぞ比べものにならぬほど幅の広い、巨大な川の如きものでございましょう。ただそれにしてもわたくしが知る都の川は、みな透明に澄み、四季折々の陽にきらきらと輝くばかりで、その流れが蒼いと思うたことは一度とてありません。

「海とは、蒼いのでございますか」

　わたくしの問いに、首さまはわずかに目元を和《なご》ませられました。ああそうか、と何事か思い出したように独言され、髻《きつ》を結ったわたくしの頭にぽんと手を乗せられました。

「円方という名に聞き覚えがあると思えば、そなたは長屋王が智努《ちぬ》女王に産ませた娘であろう。それであれば海の蒼さが分からずとも、無理はない。朕とて淡海公に伴われずば、海を見る折なぞなかったであろうからな」

「そうなのでございますか」

「うむ、そうだ。そう定まっておるのだ。されど朕は初めてこの世に現れ出た一点非の打ちどころなき天皇ゆえ、海も山もこの目で見ねばならぬのだがな」

ご自身に言い聞かせるように呟かれるや、首さまはいらぬ話をしたことを悔いるかのようにすたすたと回廊を歩み出されました。そして舎人たちが控える殿舎の傍らを足早に過ぎると、そのまま宮の御門をお一人で出て行かれてしまったのです。

築地《ついじ》大垣に囲まれた宮城の広さは、約二里四方。朱雀《すざく》門を始めとする計十二の門はそれぞれ門部《かどべ》に守られ、胡乱《うろん》な者は決して宮城内に入れません。

そんな油断があるためでしょう。御殿の門の番をしていた衛士《えじ》たちは何やら仲間同士の噂話に夢中で、主上《おかみ》の御姿を見咎《みとが》めはいたしませんでした。それを好機とばかり、さっさと内裏《だいり》の門へと向かわれる首さまを、わたくしは色を失って追いかけました。

「お、お待ちください、首さま」

「しっ、名を呼ぶな。官人どもに気づかれてしまうではないか」

低くそう叱責なさるや、首さまはそれまでの物静かな挙措《きょそ》からはおよそ想像もつかぬ勢いでいきなりその場を駆け出されました。

「ど、どこに行かれるのでございます。お待ちください、首さま」

氷高さまの険しいお顔がふと脳裏をよぎりましたが、躊躇《ちゅうちょ》している暇はありません。わたくしは長い裙《も》の裾をたくし上げ、首さまに従って駆け出しました。

六千人もの大勢が働く宮城では、見慣れぬ官人宮人が紛れ込んでいたとて、特に目立ちはいたしません。ただ官人というものはみな衣の色が位階によって定められており、白い袍は天皇にしか許されておらぬもの。そうでなくとも即位礼の直後とあって、目のいい官人の中には首さまのお顔を見覚えている者もいるでしょう。

　わたくしは首さまに追いすがり、その袖を力任せに摑みました。ずらりと建ち並んだ倉廩《そうりん》の陰へとそのお身体を引っ張り込み、人目につかぬ軒下まで首さまをお連れ致しました。

「宮子さまの御殿は、西池の反対側でございます。どうしても行くと仰るならば、宮城の北端を回りましょう」

　なぜでしょう。わたくしはその時、つい半月前に別れた己の母の姿を脳裏に思い浮かべておりました。気位の高い母は一人娘であるわたくしにも常に厳しく、添い臥しはもちろん、温かな笑顔を向けてくれたことなぞ、一度とてありませんでした。

　ですがあれは宮城に上がる前夜でございます。床に入っても寝付けず、夜着の中で身を丸めていたわたくしは、ことりと小さな音がしたのに気づき、身体を硬くしました。それと同時に芳《かぐわ》しい香の薫りが鼻をくすぐり、ひどく温かな手が目を閉じたわたくしの頰を優しく撫《な》でたのです。

（……母さま）

　目を開ける勇気はありません。それにもかかわらずわたくしはそのとき確かに、母がわたくしに注ぐ温かな眼差しをはっきり感じておりました。

翌朝、別れを告げた母の表情は普段通り冷たく、「怠りなく務めるのですよ」と告げる口調も、いつもとなに一つ変わりませんでした。しかしわたくしはあの夜の出来事ただ一つのおかげで、母は間違いなくこの身を案じてくれているのだと信じられたのです。

表向きはどうあれ、母親とは本心では我が子を愛してやまぬもの。ならばお心を病んでおられるとはいえ、首さまのような立派な息子を産んだ宮子さまが、我が子を思うていないはずがない。幼いわたくしはそのとき、そう考えたのでございました。

宮城の北西にほの暗い水をたたえた西池は、池と言うより沼と呼ぶ方がふさわしいほど濁った小池。そのぐるりでは幹の太い柳樹《りゅうじゅ》がようやく芽吹き出したばかりの枝を、暗い水面に向かって重たげにたわませておりました。

池の底でゆらゆら揺れる黒いものは、冬枯れた菱《ひし》の茎でしょうか。水底に沈んだ女の黒髪にも似たその揺らぎから顔を背け、わたくしは人気《ひとけ》のない池端を首さまと共にいっさんに駆けました。

ほとんど人の往来がないゆえか、池を巡る道は草に埋もれ、およそ宮城内とは思えぬほどしんと静まり返っております。

「円方、まことにこの奥が母君の御殿なのか」

「はい。そのはずでございます」

とはいえわたくしも西池の向こうと小耳に挟んだだけで、自分でその場所を確かめたわけではありません。それだけに築地塀《ついじべい》に囲まれた殿舎が小暗い道の果てに見えてきたとき、わたくしは思わず安堵の息をつきました。

ぼんやりくすんだ春の陽が、豪壮な門の朱塗り柱を温めています。ですがよく目をこらせば、堅く閉ざされた扉の鋲《びょう》には錆《さび》が浮き、屋根の上には幾本もの雑草まで茂っております。

本当にこの古びた建物が、帝の母君の御殿なのでしょうか。人が住んでいるとは思えぬほど荒れ果てた殿舎の様に、わたくしは門の前に立ちつくされた首さまをこっそり仰ぎました。夜空にかかる月を思わせるほど青ざめたその横顔に、もしかして自分はとんでもない過ちを犯したのでは、と不安を覚えたときでございます。

「あれは――」

不意に、首さまが小さなお声を漏《も》らされました。それとほぼ同時に獣の咆哮《ほうこう》とも人の呻《うめ》きともつかぬ声が、築地塀の向こうで響きました。何かを叩き割ったようながしゃりという音、けたたましい悲鳴がそれに続きました。

「お、おやめください、宮子さま。誰か、誰か衛士をこれへ――」

「どうか、どうかお静まりください。ここは宮城内に賜《たまわ》った、宮子さまのお住まいでございます。もう二十余年もの間、ずっとここにお住まいでいらしたのに、これからいったいどこに行こうと仰せなのでございます」

鋼《はがね》のように芯のある老女の声が、甲高い悲鳴を圧して響き渡ります。それと共に獣じみた呻きがますます大きくなり、やがて「いやあぁぁぁッッ」という叫びに変わりました。

「いやいやいやぁッ、ここは私の住まいなどではないッ。そなたたちは私を騙《だま》して、ここに閉じ込めているのであろうッ」

その絶叫が思いがけぬほど近く聞こえ、わたくしはぎょっとその場から後ずさりました。ですが傍らの首さまは血の気の失《う》せたお顔をますます青澄ませ、声の方角をじっと見つめておられます。

ははうえ、とその唇が動いたのが、はっきりと分かりました。

「閉じ込めているのではありません。宮子さまがお産みあそばされた首さまは、半月前、この国の天皇におなりあそばしたのです。首さまが天皇であれば、宮子さまは皇母さま。かようなお方が宮城にお暮らしになられるのは、当然ではありませんか」

「首が――月足らずで産まれたあの子が、天皇にですって」

なぜでしょう。そのときわたくしは、すぐに首さまをこの場からお連れせねばならぬ気がいたしました。ですが大急ぎで首さまの御裾を摑もうとするよりも早く、凍りついたような哄笑《こうしょう》が築地塀の向こう側から降り注いでまいりました。ひどく恐ろしく――

それでいてどこか悲しげな、血の滲むような笑い声でございました。

「馬鹿を申すではない。皇族の血を引いてはいても、首はこの藤原宮子の腹より出た子。如何《いか》に軽さまや阿閇《あへ》さまが望まれたとて、藤原氏の血を継いだ皇子が天皇になれるわけがないではないか」

その途端、首さまの身体が何かに打たれたように揺らぎました。薄い唇がなにか言おうとするかの如くわずかに開き、すぐに真っ直ぐ引き結ばれます。そして次の瞬間、首さまはいきなりくるりと踵《きびす》を返され、小暗い池端の道へと大股に引き返そうとなさいました。

「お、お待ちください、首さま。いったいどこに行かれるのですか」

「ええい、離せッ」

しがみついた腕を力一杯振り払われ、わたくしはその場に無様に尻餅をつきました。真っ白な袍の背が見る見る小さくなり、草に覆われた道に消えてゆきます。

そうこうする間にも築地塀の向こうからの恐ろしい声は、冬の氷雨《ひさめ》のように止むことなく、わたくしの上に降り注いでまいりました。

「私はよおく知っている。天皇とは皇族の父母を持ち、一点非の打ちどころのない完全無欠なる男児だけがなれるもの。ならば私が産んだ首は、誰がいくら奮闘したとて、決して帝位は踏めぬはずじゃ」

ああ、という怪鳥《けちょう》の如き叫喚《きょうかん》が、暮れはじめた春空にこだましました。

「可哀想な、可哀想な首。今ごろ軽さまはきっと、どこぞの皇族の女子の腹に、天皇にふさわしい皇子を孕《はら》ませておられよう。そしてきっと天皇の座にはその皇子が就き、私の首は出来損ないの皇子として、生涯、宮城で飼い殺しにされるのだわ」

そうです。宮子さまは背の君・軽大王さまがとうにこの世を去られたことをご存じないまま、天皇になれぬ子しか産めぬ我が身を呪い続けておられたのです。

なぜ、宮子さまが病み付かれたのか、その真実の理由をわたくしはそのときはっきりと悟りました。

氷高さまは天皇を更に強く、完全なものとせんがため、藤原氏の女子が産んだ首さまをあえて天皇となさいました。ですが天皇が全きものであらねばならぬとご存じの宮子さまは、首さまが生まれたその時から、我が子に対する憐憫《れんびん》と自責の念ゆえに、お心を病んでしまわれたのです。

「首、首。哀れな子。あの子はどう足掻《あが》いたって、天皇になんかなれやしない。だって――だってあの子は、藤原氏の女であるこの私の子なのだもの。海と山は決して混じり合いはしない。ならばあの首は結局、山の形を借りただけの不完全な皇子なのだわ」

けたけたと笑い続ける宮子さまの声を振り払うように立ち上がり、わたくしは両手をぶんぶん振り回して、ぬかるんだ道を走り出しました。ですが幾度も転びながら暗い池端を抜け、多くの官人たちが行き交う朝堂殿の間近まで来ても、あの華奢《きゃしゃ》なお姿はどこにも見当たりません。

「首さま、首さまあッ。どこに行ってしまわれたのですかッ」

全身を泥で汚し、半泣きになって叫ぶわたくしを、官人たちが遠巻きにしております。しかしその時のわたくしの耳には「なんだ、あの女孺は」という周囲の囁《ささや》きなど、これっぽっちも入っておりませんでした。

ただただ、瑕疵《かし》なき天皇であろうとする首さまのことが哀れで――そしてお気の毒でなりませんでした。わたくしは周りの官人たちの眼差しも忘れ、ひたすら首さまの御名《みな》を呼び続けました。

古き大王は藤原という新たなる血を交えてこそ、完全な日嗣の天皇となる。そう氷高さまは首さまに仰いました。ですが当の氷高さまがその実、藤原の血を忌み嫌っていらした如く、首さまもまた、その身に流れる母の血を汚らわしいものと考えておいでだったのです。

「皇太夫人」の尊称を宮子さまに奉ろうとしなかったのは、まさにそんな藤原の血への蔑視ゆえでしょう。ですが仮に母親を厭《いと》い、その血を嫌っていたとしても、血を分けた母を心底憎む子がいったいどこにおりましょう。瑕疵なき天皇であろうとすればこそ、首さまは大夫人の名しか母君に奉れぬのです。そんなご自身に忸怩《じくじ》たる思いを抱き、首さまはあの時、宮子さまの御殿に行こうとなさったのに違いありません。

「首さま——首さまあ——ッ」

さりながら宮子さまは偶然にも、天皇であり続けようとする首さまを憐れみ、その血脈の濁りを指摘なさいました。それは物心ついた時から母を知らず、ただひたすら天皇となるべく生きてきた首さまにとって、母に二度捨てられたに等しい仕打ちだったでしょう。

「どうしたのです、円方。なぜこんなところで泣いているのですか」

誰かが氷高さまの宮に告げ知らせたのか、年嵩の女官が二人、駆け寄って来て、周囲の好奇の眼差しから隔《へだ》てるように、泥まみれの身体を抱きしめてくれました。

その柔らかな腕に必死にしがみつきながら、わたくしは不遜《ふそん》にも、誰にもよりかからず、全き天皇であり続けんとなさる首さまのお心を必死に思いやろうとしておりました。

（海——）

ああ、どうしてあの時、わたくしは「海の蒼さが分からずとも、無理はない」というお言葉に、そんなものかとうなずいてしまったのでしょう。もしかしたらあの時首さまは、皇族の父母を持つわたくしと藤原氏の母を持つご自分を引き比べ、それゆえ海の蒼さは分からぬと仰られたのではないでしょうか。

「とにかくこんなところでは人目につきます。それ、立ちなさい。立ちなさいと言うに

――」

ですがわたくしの激しい後悔すら避けるかのように、それ以来、首さまは二度と氷高さまの宮にお越しになられませんでした。

　宮子さまの称号につきましては、一月《ひとつき》後、わが父・長屋王を筆頭とする太政官たちがそろって異を唱え、結局、文書に記す際には皇太夫人、口頭では大御祖《おおみおや》とお呼びすることで決着がつきました。

　天皇の絶対性を信じる氷高さまは、臣下である太政官が天皇の勅を撤回させたことに激しく憤《いきどお》られ、かような事態を招いた首さまを叱責せんとなさいました。さりながらどれだけ使いを遣《つか》わしても、首さまは決して氷高さまに会おうとはなさらず、一方で氷高さまもまたいつしか、宮子さまの御殿に女官を遣わされぬようになりました。

　この国を長年にわたって統《す》べてきた大王家と、その臣たる藤原氏。その二つの血は本来、交わるべからざるものだったのでしょう。だとすれば、双方の間に産み落とされた日嗣の天皇は、この世に生を享《う》けた瞬間から、いったいどれほどの苦しみを課せられたのでございましょう。

　とはいえしがない女孺の身では、そんな不遜なことを誰に問いもできません。首さまが訪れなくなった氷高さまの宮はいつも静かで、わたくしは秋枯れの野面《のづら》を思わせる閑寂の中で、一つまた一つと年を重ねました。

首さまが仏教に傾倒なさっていること、藤原光明子さまの他に数人の女性を妃として召しいれられたことなどを、わたくしは噂として聞きました。さりながらどんな風評を耳にしても、わたくしが思い起こす首さまのお姿は、宮子さまの叫び声を青ざめたお顔で聞いていらっしゃる凍りついた横顔ただ一つでございました。

そうして四年余りが過ぎた頃と記憶してございます。ある冬の日、わたくしは突如、後宮膳司《こうきゅうかしわでのつかさ》へと配属替えとなりました。

後宮膳司とは内膳司とともに、天皇やお妃方に膳部《ぜんぶ》（食事）を奉る部署。まだ年若く、身分も低いわたくしは本来、食器を磨いたり、水仕事に当たらされるのが当然のはずでございました。しかし恐る恐る膳司の官衙《かんが》に伺候《しこう》したわたくしに、ぽっちゃりと太った掌膳《しょうぜん》さまは、

「急ぎですまぬが、そなた、いますぐ難波《なにわ》宮に向かってはくれぬか。明後日、首さまがかの宮に行幸《ぎょうこう》あそばされることとなり、膳部を奉る女官が入り用なのじゃ」

と、仰ったのでございます。

その瞬間、わたくしの耳の底には、幼い日に聞いた首さまのお声が、まるで昨日のことの如く鮮やかに甦《よみがえ》りました。

（あの宮は京域のすぐ向こうが、海になっておってな。それはそれは広く蒼い海原の果てに、真っ白い帆を上げた海人の舟が二つ、三つと浮かんでおった）

この世のどんな川よりも広いという、海。懐かしさすら漂わせた首さまのお言葉が、まるでわたくしを誘っているかに感じました。

「ま——参ります。ぜひ行かせてくださいませ」

勢い込んだわたくしをどう思ったものか、掌膳さまは細い目をますます細めて、一つ大きくうなずかれました。

寧楽の京から難波までは、中つ道を通って約一日。支度があるためすぐに発てとのご指示に従って、わたくしは数人の供に守られて宮城を飛び出しました。

京域を越え、生駒《いこま》の山に差し掛かる頃には、冬枯れの坂道にちらちらと雪が舞い始めておりました。山頂に立って見下ろした難波津は低い雲に覆われ、海らしきものなぞなにも見えません。それでもこの先にまだ見ぬはるかな海があるのだと胸弾ませながら、わたくしはわずかな休息の暇すら惜《お》しみ、ただひたすら足を急がせました。

難波宮は乙巳《いっし》の変（大化の改新）の直後に建てられた離宮。その後荒廃し、長らく忘れ去られていた宮を、首さまは二年前からこつこつと修復させ、寧楽の京の副都に定められたのでございます。

雪は難波宮に近付くにつれて激しさを増し、辺りは灰色の帳《とばり》に閉ざされたように暗《くろ》うございました。宮ではわたくし同様、寧楽から遣わされた官人たちが忙しげに走り回っておりましたが、長らく無人のまま放置されていた堂舎はどこもがらんとして寒々しく、雪の降る幽《かそけ》き音だけが寂しく耳を打ちました。

明後日、首さまは膳部を運んできた女官が誰であるか、お気付きくださるでしょうか。いいえ、あれからもう四年もの歳月が経っているのです。千人近い女官の一人一人になぞ、首さまが目を配っておられるはずがありますまい。

余計な期待を抱いてはならぬと自らに言い聞かせながら、わたくしは膳司にあてがわれた一棟を出て、人気のない回廊を歩き出しました。

すでに日は暗い雲に隠れたまま、空の向こうに没しておりました。ふと雪が小やみになった気がして空を仰げば、西へ西へと流れる灰色の雲の向こうに、わずかに欠けた月がぼんやり浮かんでおります。

回廊をあてもないままに回り込み、わたくしはそこに丸太で組まれた高殿《たかどの》があることに気づきました。おそらく行幸の折はそこに衛士が詰め、胡乱な者がいないか四方に目を配るのでしょう。とはいえまだ首さまのお運び前とあって、高殿の上はもちろん、そのぐるりにも人の姿はありません。

不意に雲が薄くなり、わずかな月光が地表に降りこぼれました。うっすらと雪を頂いた梯子《はしご》が明るく輝き、まるで何者かがわたくしを差し招いているかのようでした。わたくしは木製の沓《くつ》を脱ぎ捨てると、裳裾《もすそ》をからげ、丸太で組まれた梯子を握り締めました。

雲は流水の速さで西へと移り、月光はわたくしが一段、また一段と梯子を上がるにつれ、次第《しだい》にその輝きを増して行きます。風花《かざはな》というのでしょう。微かな雪片がちらちらと舞い落ち、わたくしの前髪に蛍のように止まりました。

きん、と痛いほど空気が澄んでいるにもかかわらず、不思議に寒さは感じませんでした。ただひたすら梯子を上った末、転がるように高殿の床へと座り込み、わたくしははっと息を飲みました。

いつしか雲はすっかり晴れ、中天に輝く月が白い地表を冴え冴えと照らし付けておりました。そして京域の果て、小さな家々が建ち並ぶその向こうでは、冷たい月光に照らされた広大な海が深い紺青《こんじょう》に輝いていたのです。

そこここで玻璃《はり》が砕けたに似た蒼い光が輝き、それはまるで海中に細い灯が無数に溶け込んだかにも見えました。ただかつて聞いた首さまのお言葉とは裏腹に、いま、空と海の境は紺黒の闇に溶け、およそその果てに陸があるようには見えません。さりながら空と海を照らす月の輝きは、日輪となるべく定められた首さまの如く美しく、またひどく寂しげに見えました。

首さま、とわたくしは唇だけで呟きました。

大王の血統が山であれば、藤原氏は海。ですが皇族の父母を持ったわたくしの目にも、海の蒼さはひどく美しく映ります。そのことが叫び出したいほどに嬉しく、また胸に痛くてなりませんでした。

宮子さまはいまこの時も、全き天皇を産めなかった自責に苦しんでおられましょう。首さまは今もなお、自らの身体を流れる藤原の血と母君への恋慕に悶《もだ》えておられましょう。しかし宮子さまや首さまがどうあれ、夜の海は恐ろしいまで暗く、蒼く、水と陸のあわいに浮かぶ月はどんな星辰《せいしん》よりも明るく、孤独でございました。

裸足に素手で高殿に上ったのが悪かったのでしょう。わたくしはその夜遅く高熱を出し、結局、首さまの膳部を奉ることは出来ぬまま、寧楽に戻されました。

それから後、わたくしは後宮の各官司を転々とし、日々の勤めの中で幾度となく首さまのお側に侍りもいたしました。ですがまだ幼かった女孺の顔なぞ覚えておられなかったのか、それとも知らぬふりを決め込まれたのか……ついにはわたくしが掌侍となり、親しく首さまに近侍《きんじ》申し上げ始めても、共に宮子さまの御殿へ向かったあの日のことを、主上が口になさる折はございませんでした。

あれから何十年もの歳月が流れ、氷高さまも宮子さまも――そして首さまも世を去られた今、わたくしは時折考えます。首さまは海と山を統べるべく、この世に生を享けたお方。ですがその実、あの方は天照大神の如き日輪の化身ではなく、伊弉諾尊・伊弉冉尊が国産みの際、誤って産んだ蛭児《ひるこ》でいらしたのではないでしょうか。

そう、葦《あし》の船に乗せられ、父母によって海に捨てられた哀れな蛭児。海と山の境、ゆらゆらと揺れていたあの月影を思い出すたび、わたくしはあれはたった一人、誰からも手を差し伸べられることなく立ちつくされていた首さまのお姿だと考えずにはいられません。

難波宮で目にした、蒼い海。そう、わたくしが目にしたあの夜の海の暗さを首さまにお伝えできなかったことだけが、この掌侍・円方、たった一つの心残りでございます——。

その三　光《こう》明《みょう》子《し》

はてさて、これは面妖な。

わらわは先ほど、円方女王《まとかたのおおきみ》の元に伺候《しこう》しておる僧俗二人の男を連れて参れと命じたのじゃぞ。それにもかかわらず、今、引き出されてきたのがこれなる坊主一人とは、どういう次第じゃ。

なんじゃと、もう一人の方はおぬしら紫微中台《しびちゅうだい》の官人《かんじん》の姿を見るなり、こ奴を置き去りに、後ろも見ずに逃げてしまったじゃと。

ふうむ、それでしかたなくおぬしらは、これなる僧のみを連れて、わらわの元に戻ってきたわけか。まあ、そういうことならば、やむを得ぬ。

——恐れることはないぞよ。それでそなた、名をなんと申す。

ふむ、道鏡《どうきょう》。看病禅師《ぜんじ》の道鏡か。そう言われてみれば確かに、わが君《きみ》の御床の裾で、東大寺《とうだいじ》の良弁《ろうべん》さまや興福寺《こうふくじ》の慈訓《じくん》さまとともに、経《きょう》を誦《じゅ》している姿を見た覚えがあるわい。

それにしても、そなたも災難じゃったのう。そなたと一緒に、宮城《きゅうじょう》のそこここを嗅ぎまわっているのは、左中弁《さちゅうべん》・中臣清麻呂《なかとみのきよまろ》の三男とやら。共に手を携《たずさ》えて調べものをしておる朋友が、まさかこうもあっさり自分を置き去りに逃げるとは、さぞ心外じゃったであろう。

なんじゃと、別に友ではないとな。

自分はただ、かつての左大臣・橘諸兄《たちばなのもろえ》より首《おびと》さまの末期《まつご》に及んでのご遺詔《いしょう》探しを命じられ、まずは崩御《ほうぎょ》に立ち会った掌侍《しょうじ》の元に出向いただけ。自分も、そしておそらくは中臣家の三男坊も、お互いについては、まだよく知らぬと申すか。

その言葉、まことか。もしわずかなりとも偽りが含まれていたならば、容赦はせぬ。この藤原安宿媛《ふじわらのあすかべひめ》こと光明子、太上《だいじょう》皇后の勅命《ちょくめい》をもって、おぬしを鳥も通わぬ東国の寺に配流《はいる》にしてつかわすぞ。

ほほほほ、かように青ざめる必要はない。おぬしの申し状に嘘さえなければ、無体な真似はいたさぬわい。

そうでなくとも仏法僧は、この国を鎮護くださる尊き御宝《みたから》。ましてや不幸にもご本復かなわなんだとはいえ、そなたたち看病禅師はわが背の君のために、まさに身命《しんめい》を賭《と》して日夜祈願を行ってくれたではないか。

ただわらわは、わが君が崩ぜられて間のない昨今、おぬしたちがいったい何を嗅ぎまわっているのか、不審でならなんだのじゃ。

なにせ今は官を辞して逼塞《ひっそく》しておるとはいえ、あの橘諸兄はわが生家・藤原家のまごうことなき政敵。その息子たる奈良麻呂《ならまろ》は、わが娘たる阿倍《あべ》が藤原家の仲麻呂《なかまろ》を寵愛《ちょうあい》しておるのをやっかみ、あることないこと様々な噂をばらまいておる張本人。実を言えばあの屋敷には、藤原の息のかかった者が幾人も雑人《ぞうにん》としてもぐり込み、その動向を窺《うかが》っておるのよ。

それだけに諸兄邸から人目を忍んで出て参ったおぬしらが、そのまま掌侍の元に参ったとの報に、わらわはてっきり諸兄がおぬしらを細作《さいさく》（間者）に仕立て上げ、何事か探らせんとしておるのじゃと思うたのだが……ふうむ、わが君の末期のご遺詔のう。

いや、心当たりは何もない。知っておるのは崩の数日前に仰せられた皇太子にまつわる詔《みことのり》のみじゃ。されどおぬし、わが君の話を聞きたいのであれば、まずはなにをさておいても、わらわの元に参るのが道理ではあるまいか。まったく、先に円方の元に出向くなぞ、わらわをないがしろにするにもほどがあるわい。

あの憎たらしい円方のことじゃ。どうせ、光明子さまはご多忙ゆえお邪魔をしてはならぬとでも申し、おぬしらがわが宮に来ぬよう、釘を刺したのであろう。

ふん、図星か。

だいたいわらわは昔っから、あの女が気に食わぬ。長屋《ながや》王どののご遺児だか何だか知らぬが、皇族の血を鼻にかけ、わが君の周りをことあるごとにうろちょろしおって。あの女子《おなご》がこれまで誰にも添わず、独り身のまま後宮《こうきゅう》勤めを続けて来たのは何故《なにゆえ》か、いったいどこのどなたに思いを寄せておったのか、それと気づかぬわらわではないわい。

亡きお人を誹《そし》るわけではないが、わが夫・首さまは穏やかなお人柄の一方で、ひどく多情な御仁《ごじん》でいらしてな。

井上《いがみ》・不破《ふわ》両内親王と、夭逝《ようせい》した安積《あさか》親王を産んだ県犬養広刀自《あがたいぬかいのひろとじ》はもちろん、わが兄・藤原武智麻呂《むちまろ》の娘やおぬしの雇い主たる橘諸兄の姪《めい》、それに皇族の海上《うなかみ》女王や八代《やしろ》女王……生涯でご寝所《しんじょ》にお召しになられた女子は、わらわが存じているだけで優に両指の数を超そう。一夜限りの添い臥《ふ》しをし奉《たてまつ》った女官や女孺《にょうじゅ》を含めれば、おそらく数えきれぬほどになろうな。

そんな中であの円方に首さまのお手がつかなんだのは、生真面目で何の色気もないあの容貌《かんばせ》が、お好みに合わなんだだけの話。それにも気付かず、ああも懸命に首さまにお仕えするとは、おこがましいにも程があるわ。

いや、わらわは別に、円方に話を問うたおぬしたちを責めておるわけではない。ただわが背の君たる首太上天皇さまの話を聞きまわるのであれば、その皇后たるわらわを第一にするのが当然じゃろうと言いたいだけじゃ。

おお、さようじゃ。わらわと首さまが結ばれたのは、お互いが十六歳の春。あの忌々《いまいま》しい県犬養広刀自が首さまの元に召されたのと、ほぼ同じ頃であった。

とは申したとて、首さまは幼き頃からわが父・藤原不比等《ふひと》の屋敷でお育ちであったし、首さまの実の母は、わらわの異母姉《あね》たる藤原宮子《みやこ》。それゆえ夫婦《めおと》となったと言っても、幼《おさな》馴染《なじみ》二人が大人たちの手で一つ床に押し込められたようなものでな。初めて共に朝を迎えた後は、恥ずかしゅうて互いに満足に顔を合わせることもかなわなんだ。

済まぬ、済まぬ。出家の身の禅師には、かような話は耳の毒か。されど背の君に先立たれた女子の心を助けると思うて、もうしばらくだけ好きに話させてはくれまいか。

確か『華厳経《けごんきょう》』の十地品《じゅうじぼん》には、御仏《みほとけ》を信ずる者の十の戒律として、不綺語《ふきご》・不悪《ふあっ》口《く》・不両舌《ふりょうぜつ》などが挙げられておるとか。わが君が愛した他の女子たちへの繰り言は、中身の乏しきこと不綺語戒に背《そむ》き、他者を貶《おとし》めることは不両舌戒に背こうとは承知しておる。

されど当今《とうぎん》の母、故太上天皇の皇后ともなれば、誰かに漏《も》らしたい愚痴もおいそれと口に出せはせぬ。すべての不平不満はぐいと己の胸の裡《うち》でかみ砕き、無理やりにでも飲みくだす。それが今のわらわの務めなのじゃ。

のう、頼む、道鏡とやら。背の君を失い、妄念の中にさまよう哀れな女子を救うと思うて、もうしばしわらわの話を聞いてたもれ。

なんとなればこの話は、わらわの来し方にも関わる話でな。なかなか滅多な者には、打ち明けることがかなわぬのよ。その点、わらわの前でかように震えあがっておる気弱なおぬしであれば、安心じゃ。

これから申す話、もし一言半句でも余人に漏らしたならばどうなるか、おぬしはすでによくよく心得ておろうでなあ。

――藤原淡海公の三女として生まれたわらわは、物心つく以前より父母から、いずれそなたは首さまの妃となり、次なる天皇を産むのじゃと教えられて育った。それはきっと、首さまとて同じじゃったであろう。

なにせあのお方は、この国始まって以来初めての、臣下たる藤原氏の女子を母に持つ天皇。されば皇統を支える藤原氏の立場を更に確固たるものにせんがためにも、わらわは首さまの妃とならねばならなんだし、更に申せばその計画は、わらわが産んだ子が天皇となって初めて全《まった》きものとなる。いわばわらわは首さまと同じ年にこの世に生を享《う》けた瞬間から、どのような生涯を歩むべきか、すべて定められていたのじゃ。

されど世の中とは、思うままにならぬものでな。わらわと県犬養広刀自、二人の女子がほぼ同時期にお側《そば》に上がったにもかかわらず、最初に子を生《な》したのは広刀自であった。

今でこそ県犬養家の威信は振るわぬが、当時、あの一族はそれこそ左大臣・橘諸兄の母方の氏族として、ときに藤原氏を脅かすほどの権勢を有しておった。

そんな広刀自に負けてはならぬ。なんとしてでも男児を――この国を継ぐ、天皇を産まねばならぬと思い詰めていたわらわの気持ちは、他人には皆目分かるまい。

幸い、広刀自の初子《ういご》は女子。その翌年、わらわもまた念願かなって孕《はら》むことが出来たが、生まれたのはこちらもあいにく女子……。

この国において、これまで女子の天皇がおらなんだわけではない。とはいえそれでもやはり帝位とは、そもそも男のもの。それゆえあの頃のわらわは、自らの務めとして、何としても男児を産まねばと思い詰めておった。

それは、広刀自とて同じだったのじゃろう。このあたりからお互いの宮は、暇さえあれば相手の宮の様子を窺いあい、後宮にはひどくぎすぎすした気配が満ちるようになった。

なにせあの折、わらわは二十歳、広刀自はそれより二歳年上。お互い、子なぞ幾たりでも産める若さであったもの。双方の宮の女官がどうにか首さまにお運びいただこうと争いあい、辟易《へきえき》したわが君がぷいと姿をくらまされてしまうことも珍しくなかった。つまりは我々、妃たちの気持ちなぞ顧《かえり》みず、後腐れのない女官や皇族の女子を相手に、夜な夜な気ままをしておられたというわけよ。

　さりながらそれからしばらくして、先に孕んだのはまたしても広刀自であった。そのときのわらわの口惜しさは、禅師にはどれだけ考えても分かろうものか。腹の子が男児であったらどうしよう。いっそその前に腹心の女官に命じ、広刀自を腹の子ごと階《きざはし》から突き落としてやろうかとまで考えたわい。

　幸いその腹の子は五月にも満たぬうちに流れてしもうたが、あのまま刻々と広刀自の腹が膨《ふく》れておったら、わらわは本当に手を下しておったやもしれぬ。

――なんたる惨《むご》きことを、と仰《おお》せか、禅師。

　されど禅師とてその御年までに、数多くの悩める衆生《しゅじょう》をご覧になってこられたじゃろう。なれば人を殺《あや》めんと試みた者の一人や二人、すでにご存じなのではあるまいか。人はその境涯次第では、鬼にも羅刹《らせつ》にもなる。衆生がかように愚かなればこそ、御仏は我らを救わんとご誓願くださったはずじゃ。

　いや、いい。どれだけ申しても、やはり余人には分からぬかもしれぬな。天皇を産むことだけが生きる目的じゃと教えられて大きくなったわらわの、つらさ哀しさはな。苦しかったのは、広刀自の存在やわが君の冷淡さだけではない。阿倍を産んだ数年後、わらわがなかなか二人目の子を孕む気配がないと知るや、藤原の兄たちは競って己の娘を首さまに奉り始めよった。つまり妹であるわらわが次なる天皇を産めぬのであれば、代わりの藤原氏の女子を後宮に入れればいいというわけよ。

ふん、もっと早くに気付いておるべきじゃった。物心つく前からいずれそなたは天皇の后に——そして次なる天皇の母になれと、毎日の如《ごと》く言い聞かされていたとて、わらわは所詮一族にとって、代わりのある駒に過ぎなんだという事実をな。

中でも一番年上の兄・武智麻呂が己の娘を後宮に連れてきたときのことは、忘れようとしても忘れられぬ。

巣だったばかりの燕《つばめ》が、広縁《ひろえん》から望む庭をひどく頼りなげに飛んでおった。乳母《めのと》の膝《ひざ》におとなしく抱かれた幼い阿倍が、その燕を懸命に目で追っていたことまで、奇妙なほどはっきり覚えておるわい。

「このたび、これなるわが娘を夫人《ぶにん》として首さまのお側に侍らせることに——」

兄の言葉は、途中からわらわの耳には届かなくなった。それゆえわらわは実はいまだに、あの姪がいかなる名前であったのか、とんと知らぬ。

わらわの目はただ、部屋の真ん中で深く深く面《おもて》を伏せた、小柄な娘に釘づけとなっておった。

どちらかといえば寂し気で、つつましやかな容貌の娘であったよ。とはいえその肌はたった今、泉から上がったかの如く瑞々《みずみず》しく、どんな衣でも隠しきれぬ若さがその全身に漲《みなぎ》っておった。

その小さな顔が、真珠の如く白い肌が、あしひきの八峰《やつお》の椿をくわえたかの如き唇だけが、わらわの視界を占めた。まるで部屋いっぱいにその女子が充満し、わらわはその若々しい肉体に弾き飛ばされそうになりながら、部屋の隅から必死に彼女を見つめているような心地すらしていた。

見ての通り、わらわは醜い。下手な世辞を申すな。それは、誰よりも自らがよう承知しておるわ。

幼き頃から大勢の侍女たちがどれほど褒《ほ》めそやしてくれたとて、浅黒い肌やえらの張った顔だちは変えようがない。唐国《からくに》から到来した美々《びび》しい錦、珠玉をちりばめた領巾《ひれ》は、女子としては厳《いか》めしすぎるわらわの容貌をかえって際立たせ、まだ追従《ついしょう》を知らぬ幼き女嬬どもの失笑をこれまで幾度買ったことか。

それでもまだ十六、七歳の娘盛りの頃は、滴《したた》る若葉の如き瑞々しさが、女子としての難を少しなりとも隠してもくれた。されど武智麻呂の兄が娘を連れて参ったとき、わらわはすでに二十三歳。目じりにはわずかとはいえ皺《しわ》が生じ、一滴も娘に乳を与えておらぬにもかかわらず、胸乳《むなち》は明らかにかつての張りを失い始めていた。

首さまは間違いなくこの娘を愛するであろうとの直感が全身を貫き、わらわは誰にも気取《けど》られぬよう荒い息を繰り返した。

当の娘の側はそんなわらわの様には気付くよしもなく、怯《おび》え切った様子で小さく身体を震わせておった。聴き取れぬほど微かな声で、挨拶とも世辞とも聞こえる言葉を呟《つぶや》いた。

今にして思えば、それも分からぬではない。なにせわらわは生まれついたそのときから、首さまの男児を産むべく定められた女子。そのわらわと同じ後宮に入れられ、あの娃はさぞ怯え切っていたのであろう。

とは申してもそのときは、そんなことを案じてやる余裕はなかった。まだ何か言おうとする兄の鼻先に叩きつけるように、

「わざわざのご丁寧な挨拶、恐縮でございます」

と言い放つや、ぱっとその場を立ち、足早に自室へと引き上げた。

狼狽《ろうばい》しきった顔で後に続こうとする女官を怒鳴りつけると、わらわは御床に身を投げ出し、呻《うめ》き声を上げながら両手で髪を掻《か》きむしった。

「誰も入ってくるではないッ」

紅玉の釵子《さいし》や銀製の歩揺《ほよう》がぶつかりあい、ちりちりと音を立てる。手あたり次第それを抜き取り、部屋の隅に投げつけながら、わらわはもう一度、

（首さまはあの娘を愛するであろう――）

と、胸の中で繰り返した。

氏族も異なり、出会った時から敵だと分かっている広刀自が寵愛されることには、口

惜しさこそあれ怒りはない。さりながら同じ藤原氏、血を分けた兄の娘が、この身の代わりに首さまの寵愛を受けんとしている。それはこの世に生まれ落ちて以来、一族の皆から強いられてきた己の務めを無にするものであり、言い換えれば藤原安宿媛なぞもはや無用と宣告されたに等しかった。

　なにもかもが腹立たしくてならなんだ。わらわと広刀自ばかりでは飽き足らず、あちらの女官、こちらの女王とつまみ食いを繰り返す首さまも。幼いわらわに一族の将来がかかっているのだと言い聞かせ続けたくせに、掌《てのひら》を返したように己の娘を後宮に入れ始めた兄たちも。そして、若さと美貌、わらわがどれだけ望んでも手に入れられぬ二つを当然の如く併《あわ》せ持った、あの娘も。

　人間、あまりに激しい怒りは五臓六腑を焼き尽くすのだと、わらわはあの時、初めて知った。

　全身が焔《ほのお》そっくりに熱く、頭《こうべ》も手足も腹も、とにかくそこここが激しく痛んでならなかった。

　その夜からわらわは高い熱を出し、食べ物はおろか水すらも受け付けぬまま、数日にわたって、昏々《こんこん》と眠り続けた。突然の女主の病臥《びょうが》に、女官どもは慌てふためき、内薬《ないやく》司《し》から侍医を呼び召したらしいが、生まれながらに何も背負わされず、ただのうのうとその日その日を生きる者たちに、この身の苦しみ悲しみが分かろうものか。

誰かが入れ代わり立ち代わり、枕頭《ちんとう》を訪れる気配をぼんやり感じながら、わらわは目の前に数々の顔料をぶちまけるにも似た、鮮やかながらも不気味な夢を見た。阿倍が金《こん》泥《でい》の池に胸元まで浸かりながら、紺青《こんじょう》色の燕を懸命に追い、血を流したに似た茜《あかね》色の空の下で、首さまがあの女子の肩を抱いておられた。

そういえば、不思議に広刀自の姿は見なんだな。ただ何もかもを真っ赤に塗りつぶすような西陽の中で、あの女子の肌だけが不気味に白く、その涼やかさが妙に禍々《まがまが》しゅうてならなんだ。

追いすがるわらわに目もくれず、首さまはあの女子とともに夕空の果てへと歩いてゆかれる。お待ちください、と叫ぶ喉《のど》を、とぷりと揺れる血の色の大気が塞《ふさ》ぐ。詰まる口を懸命に大きく開きながら、わらわはああ、そうか、と妙な得心をした。

あの女子が首さまの男児を産めば、わらわは赤子の時から今日まで、賀詞《がし》の如く——あるいは呪詛《じゅそ》の如く囁《ささや》かれ続けてきた、「次なる帝《みかど》を産め」との言葉から解き放たれる。それはわらわのこれまでを否定するものであると同時に、何物にも束縛されぬ生きざまを与えてくれるものと、気づいたのじゃ。

ああ、もちろんそう理解したところで、弊履《へいり》を棄つるが如く、この身を見捨てんとする一族の者たちへの腹立ちは変わらぬよ。されど憎たらしいあの娘が自らの代わりをしてくれれば、少なくともこの身を焼く激しい焦燥は皆無となるのではあるまいか。

わらわが目を覚ましたのは、そんな夢を見て、間もなくであった。

「安宿媛さまが、安宿媛さまがお目覚めになられましたッ」

「早く、早く侍医を。それと首さまにも誰か、お伝えして」

歓喜の声とともに走り出す女官を留《とど》めるように、わらわは軽く手を上げた。

別人のものかと思われるほどやせ細った己の掌を、不思議なほど冷静な心持で眺めながら、

「――あの女子を呼んでくれぬか」

と、かすれた声を絞り出した。

「あの女子、あの女子と仰いますと」

側仕えの女官が、枕頭に跪《ひざまず》く。そのとき初めて、そういえばあの女子の名を聞いておらぬと思い起こしながら、「武智麻呂の兄者《あにじゃ》の娘御じゃ」とわらわは言った。

その途端、女官たちが狼狽した面持ちで目を見合わせたのは、決して見間違いではあるまい。そして実際、女官に伴われてやってきたあの女子もまた、なぜか前回よりも更に顔を青ざめさせておった。

よほど慌てて駆けつけてきたのだろう。その髷《まげ》の根はゆるみ、おくれ毛が数本、白いうなじにからみついている。ずり落ちそうな釵子を懸命に手で支えながら、房の入り口で頭を下げるその姿を眺めながら、ああ、とわらわは内心、息をついた。

いったい何日間、自分が眠り続けていたのかは知らぬ。されどその間にこの女子はすでに首さまと臥所《ふしど》を共にし、そのお情けを賜《たまわ》ったのに違いない。女官たちもまたそれを知っておればこそ、この女子を呼べとの命令に当惑したのであろう。

　女主の機嫌を損ねぬことを至上の務めと考える彼女たちをいささか滑稽に感じながら、

「近《ちこ》う」とわらわはあの女子に声をかけた。

「さほどに遠くでは、話もできぬ。特に許すゆえ、枕辺まで進むがよい」

「は、はい。ありがとうございます」

おろおろと頭を下げると、あの女子は虫が這《は》うような遅い動きでこちらへと進んだ。

ああ、よほど後ろめたいことがあるのじゃなと考えながら、

「宮城での暮らしには慣れたか。なにか不便があれば、いつでもわらわに言えばよいぞ」

　と、わらわは問うた。

「はい、ありがとうございます。おかげさまにて、毎日、心地よく過ごさせていただいております。お——いえ、女官の皆さまも、とても優しくしてくださいますので」

　首さま、と言いかけて急いでごまかしたのは、決してわざとではあるまい。

　ふうむ、なるほど。武智麻呂の兄者はそれなりにこちらに気を遣っていると見える。

ぼんやりとそんなことを考えながら、わらわは当方の眼差《まなざ》しから逃れんとするかの如く

深く面を伏せた姪の横顔に、しげしげと目をそそいだ。

　武智麻呂の兄者は四人の異母兄の中でも、文武ともに秀《ひい》で、幼き頃よりさすがは藤原四兄弟の筆頭よとの褒詞《ほうし》をほしいままにしてきたお方。三年前、父が亡くなった後は中納言《ちゅうなごん》に任ぜられ、一族の要として、宮城での勢力を延伸していらした。

　そんな武智麻呂の兄者は己の娘に首さまの男児を産ませんともくろむ一方で、自らの娘が妹たるわらわの立場を脅かしてはならぬと気配りをしたのであろう。そうとでも考えねば、幾人もおる娘の中で、よりにもよってかように気弱な女子を後宮に送り込んできた意味が分からぬ。

　それはよかった、と口の中で呟いたのをどう思ったのか、姪は「あ、あの――」と虫が鳴くような細い声を絞り出した。

「お身体の工合《ぐあい》は、もうよろしいのでございますか。物《もの》の怪《け》にでも取りつかれたかの如く、昏々《こんこん》とお休みになられているとうかがい、わたくし、赤心《せきしん》より御心配申し上げておりました」

「ああ、それは済まなんだ。もうすっかりよいようじゃ」

「これは、わずかではございますが、お見舞いの品でございます。どうぞお納めくださいませ」

　その声に合わせ、女子の背後に控えていた女孺が掌に載るほど小さな壺を取り出し、手近な女官に手渡した。

「わたくしが宮城に入る折、父が持たせてくれた酥《そ》でございます。お気に入れば、幸いでございます」

一斗の牛の乳を一升まで煮つめ、それを更に加工して作られる熟酥は、滋養に富み、万病に効くともされる珍味。公牧である御牧《みまき》でしか作られぬ、貴重な品じゃ。

とは申しても、幼い頃から天皇の母となるべく育てられてきたわらわにとっては、酥なぞさして珍しいものではなかった。

それにもかかわらず、この若き女子はわらわに酥を差し出さんとしている。今までのおぬしなぞ、なんの役にも立たなかったではないかという嫌みにも取れるな、とは思うたが、気の弱そうなこの娘がそこまで考えているわけがない。ゆえに、怒りは覚えなんだ。

それよりもむしろその時わらわは、目の前で身を震わせている女子がひどく気の毒に感じられてならなんだ。

首さまの妃の列に加わるとは、首さまを取り巻く醜い女たちの戦列に加わることでもある。これまで自分が広刀自や多くの妻妾《さいしょう》たちに感じてきた焦燥や怒り、その底知れなさが嫌というほど分かるだけに、わらわはこのか弱き姪が、本当に骨肉相食《あいは》む戦いを乗り切れるのかと案じた。

（されど――）

武智麻呂の兄者は――いや、彼を筆頭とする藤原氏は、この安宿媛に見切りをつけたのじゃ。

広刀自や他の妻妾よりも寵愛を受けるとか、男児を産むとか、その子を天皇にするとか、そんなことはもはやどうでもいい。この若き娘はわらわの務めを肩代わりするために、宮城にやってきた。ならば目の前の姪に、ありがたくすべてを押し付けてしまってもいいではないか。

そう考えた瞬間、全身の力がすうっと抜けていく気がして、わらわは深々と溜息をついた。

天皇に嫁ぎ、天皇を産む。女として最大の栄誉をかように簡単に手放すとはなんと愚かな、と人は嘲《あざけ》るやもしれぬ。されど赤子の頃から、陰に日向《ひなた》に囁かれてきた呪詛を手放せば、わらわはこの先、どれほど楽に生きていけるであろう。

男児を産まねば、という責務さえなければ、宮城は華やかで楽しく、首さまはもの静かでお優しい。いったい誰に似たのか、阿倍は聡明で凜々《りり》しい娘に育っているし、この先、誰が帝位を踏もうとも、第二内親王の母という立場があれば、宮城を追われる憂き目を見ずとも済むであろう。

そう、妃同士の争いなぞ、すべてこの娘に押し付けてしまえばいいのだ。赤子の頃からこの年まで、わらわはひたすら自分の務めに翻弄《ほんろう》されてきた。ならばここでそれを別の女子に任せて、いったい何が悪いのか。

さりげなく四囲を見回せば、女官たちはみな目の前のわが姪に、複雑な眼差しを向けておる。

まあ、それも当然じゃ。首天皇の妃という女主の立場を考えると、この新参者はその美貌と若さで主の地位を脅かす忌むべき存在。さりながらわらわの姪というその血筋を慮《おもんぱか》れば、わが女官がこの女子をないがしろにするわけにも参らぬのだから。

今日でも変わらぬが、宮城の女官の立身出世は、すべて主の栄達にかかっておる。次なる天皇がこの宮から出るかどうか、帝の寵愛が他の妃に移らぬかは、女官たちにとっても最大の関心事なのじゃ。

それだけにわらわは首さまの妃になったその日から、自分の将来は我が身に仕える女官たちの将来じゃと思うて、自らを叱咤してきた。さりながら、そんな日々ももう終わりじゃ。わらわは、わらわのためだけに子を育てる。後のややこしいことはすべて、この女子が荷《にな》えばよい。

「それは嬉しい気遣い、礼を申すぞ。これからはわらわを実の姉も同様と思い、何かあればいつでも頼って参ればよい。——おお、そうじゃ」

わざとらしく両手を打ち合わせ、わらわはにっこりと笑った。ひび割れた唇がぴりっと音を立てて裂け、微かな血の味が口の中に広がった。

「どうせであればそなた、この宮に移っては来ぬか。なに、一つ屋根の下に暮らそうというのではない。阿倍が生まれたとき、この建物の隣に別棟を建てたのじゃが、わが娘はどうにも甘えん坊でな。今もって、母者《ははじゃ》と同じ棟でなければ嫌じゃと申して聞かぬ。そなたさえ嫌でなければ、そちらを使《つこ》うてくれれば嬉しいのじゃが」

声にならぬざわめきが、女官どもの間に満ちた。いや、女官だけではない。わが姪までもが背をどやされたように顔を上げ、驚愕《きょうがく》の表情も露わにこちらを見つめた。

「そ、そんな滅相《めっそう》もない。わたくしは後宮ではまだ新参者。すでに首さまの皇女《ひめみこ》をお産みあそばされた安宿媛さまの御厄介になるなぞ、申し訳のうて生家の父にも叱られてしまいます」

「なにを言うか。わらわがそうして欲しいのじゃ。武智麻呂の兄者には、当方からちゃんと文を送って遣わす。阿倍もそなたの如き女子が身近にいれば、実の姉が出来たようで喜ぶじゃろう。頼む、そうしてはくれぬか」

どれほど抗弁したところで、この娘がわらわの頼みを拒めるはずがない。姪が己の宮を引き払い、この隣の棟に移ってきたのは、それから五日後であった。

それに先立つ二日前、わらわは武智麻呂の兄者に宛てて、文を書いた。たった一言、「娘御の御身は、委細わらわがお預かり申し上げます」と記したのじゃ。

聡明な兄者はそれだけで、わらわがこれまで自らに課せられていた責務を、すべて姪に引き渡す決意をしたと悟ったのじゃろう。今後、娘を引き立ててほしいという意味か。それとも長年にわたる一族への尽力の褒美か。伽羅《きゃら》、沈香《じんこう》、白檀《びゃくだん》……目を見張るほどにおびただしい香木が木画箱《もくがのはこ》に納められて兄の許から届けられ、わらわはしまい損ねていた火桶にわざわざ炭を入れさせ、それを己の手で焼きはらった。

男たちからすれば、一族の女子なぞは賭け事の駒でしかないのであろう。さりながらどれだけ愚かしくとも、駒には駒なりの苦しみがある。そして手駒であることを止めた女子の悲しみは、新たな手駒の苦しみを眺めることでしか癒《いや》されぬのじゃ。

首さまはわらわが姪を自宮に引き取ったと知るや、少しばかり狼狽なさった。それもそのはず。これは後から女官に聞いた話じゃが、首さまはわらわが高熱を発して臥せっていた四日間、立て続けにあの女子の宮に通い、広刀自や他の妃嬪《ひひん》どもをやきもきさせていたそうな。

首さまが顔かたちも醜く、気性も可愛げのないわらわを夫人に任ぜられたのは、ひとえに藤原氏との関係を重んじられればこそ。しかしそのわらわが新しく後宮に来た姪を、自分の宮に引き取った――つまり、あの女子の後見を買って出たことで、もはや遠慮は要らぬとお思いになられたのであろう。次の日から首さまはまさに三日にあげぬ勢いで、姪の元に通われるようになった。

無論、広刀自や他の妃たちが、それを面白く思うはずがない。

「安宿媛さまったら、ご自分のお顔が劣っておられるからって、わざわざ若い姪を呼び召して、首さまに奉ったらしいわよ」

「それで首さまの歓心を買い、あわよくばそのおこぼれをひと滴でも蒙《こうむ》ろうという腹でしょう。まったく、藤原氏の女というのは、油断も隙もないのだから」

四百余人の女が暮らす後宮は、狭い。耳をそばだてずとも、様々な陰口がこの耳には聞こえてきたが、反駁《はんばく》する気はいっこうに起こらなんだ。

何故かじゃと。決まっておろう。彼女たちの嫉《そね》み口は大半が見当はずれじゃが、ただ一つ、わらわが自分のためにあの女子を利用しているという点だけは、間違っておらぬ。ならば何を抗弁したとて、最早《もはや》空しいではないか。

わらわはただ、首さまが毎夜毎夜、わが姪の元に通われるお姿だけを、遠くから眺めておった。早くから御床に臥し、枕元の灯《あか》りを消せば、連子窓《れんじまど》の向こうにぼんやりと隣の棟の灯が浮かぶ。

中庭を隔《へだ》てた回廊からこつこつと鞋《かい》を鳴らして近付いてくる人影は、首さまのものに違いあるまい。ぎぎ、という板戸の軋《きし》み。ぼそぼそと囁き合う女官ども。やがてしんと静まり返った夜気の向こうから、あの女子の喘《あえ》ぎ声までが聞こえてくるようで、わらわは真っ暗な部屋の中、横たわったまま耳をそばだてずにはいられなんだ。

己が首さまを男として好もしゅう思っていたのかは、今でもよく分からぬ。ただあのお方はこの国の天皇にして、生まれながらにわらわの生きる意義でいらした。

広刀自や他の妻妾たちとともに、あのお方の寵愛を競い合っていた頃は、移り気で好色な首さまが恨めしく、どうしても男児を孕めぬ自らが情けのうてならなんだ。

しかし己が責務を解かれ、後はあの女子が男児を孕むばかりとなってしまうと、あのお方の好色がどこか間抜けで、愚かしいものと感じられてくる。とはいえ心の底でそう嘲りながらも、わらわは隣棟の物音に耳を澄ますことだけは、どうしてもやめられなんだ。

のう、出家の身とはいえ、禅師とて元は男であろう。男君はなぜ花から花を渡り歩く蝶《ちょう》の如く、女子の間を経めぐってやまぬのじゃ。そして女子はそんな男に従わねばならぬ我が身を悔しく思いながら、なぜ腹の底から男を憎みきれぬのじゃ。

そうか、そなたにも分からぬか。いや、それも当然なのやもしれぬ。もしそんな男女の仲がたやすく知れれば、世の衆生の悩み苦しみの半分は霧消し、御仏の尊き教えも不要となるであろうからな。

――さりながらそれほど頻繁に首さまのお情けを受けながらも、半年、一年と年を経ても、肝心のわが姪が孕む気配はいっこうになかった。

武智麻呂の兄者はひどく案じられ、存じ寄りの御医師を遣わされもしたが、どれだけ診察をさせてもその理由は分からなんだ。

　そうこうするうちに、新しい寵姫《ちょうき》にもお飽きになられたというわけか。わが姪の元へのお運びは、二日に一度、三日に一度と間遠になり、やがてまたしても県犬養広刀自が子を孕みよった。

　それをわらわから告げたときのあの女子の面と申したら、見ものじゃったな。白い顔からすうっと血が下がったかと思うと、眉の端がひくひくとひきつり、まるで泣き笑いのように表情が目まぐるしく移り変わった。

　そして倚子から崩れ落ちるように床にしゃがみこむや、

「も――申し訳ございません、安宿媛さまッ」

　と甲高く叫びながら、床に額をこすりつけたのじゃ。

「あ、あれほど首さまのお情けを蒙りましたのに、わたくしが至らぬために、いっこうにお子を生せず。これではわが父はもちろん、後ろ盾を賜りました安宿媛さまにも申し訳なく、お詫びのしようもございません」

「やめよ、わらわは別にそなたを叱責しているわけではない」

「いいえ、やめませぬ。次なる天皇を藤原氏の女子が産むは、首さまのご即位に引き続き、わが一族の悲願。それを――それをかような形で妨げてしまい、まことにまことに申し訳ございません」

見れば、女子は白い頬にぽろぽろと涙までまろばせている。その悲嘆にくれた姿に、わらわはかつて広刀自を相手に首さまの寵愛を競っておった頃の我が身を見た気がした。どれだけ年を経ても男児を産めなんだわらわは、その身代わりとしてこれなる女子を得た。この娘が後宮に入り、すでに三年近く。もしかしたら兄たちは今頃、この女子の代わりとなる娘を、どこかに用意しているのやもしれぬ。

次なる天皇を一族の娘の腹から出すまでは、幾人もの娘がわらわやこの娘の如く、次々と宮城に入れられ、同じ辛酸を嘗《な》めることになるはずじゃからな。

ただ、あれほど大勢の寵姫を後宮に住まわせながら、首さまはこれまでにまだたった四度しか女子を孕ませていらっしゃらぬ。まことに失礼な憶測ではあるが、もしかしたら首さまは生来、男としてのお力の弱い方でいらっしゃるのかもしれぬ。

そう思えば思うほど、目の前で泣き崩れる女子の姿が、かつての己と——そしてこれから次々と送り込まれるであろう一族の女子と重なって映る。まだ何か続けようとする姪の口を封じるように、「もうよい」とわらわは声を強めた。

「そなたは広刀自の懐妊で、気が立っておるのじゃ。一度、父君の屋敷に戻り、心身をゆっくり休めてはどうじゃ」

「安宿媛さま——」

「武智麻呂の兄者も、そなたの身をさぞ案じておられよう。父母に息災な顔を見せるのも、孝養の一つじゃぞ」

半ば怒鳴りつけるに似たわらわの言葉に、あの女子はふらふらと立ち上がった。涙で濡《ぬ》れた顔を拭《ぬぐ》おうともせず、深々と一礼すると、雲を踏むに似た足取りで、房の外へと出て行った。

外で遊んでいたのであろう。それと入れ替わりに、阿倍が鹿革を巻いた打毬杖《だきゅうづえ》を小脇に抱え、ぱたぱたと室内に駆け込んできた。

「どうしたの、母上さま。あの方、泣いていらしたわ」

このとき、わが皇女は八歳。いったい誰に教えられたのか、男たちが好む打毬を愛し、さすがに馬にこそ乗らねど、女官たちを相手に日がな一日真っ黒になって、杖で毬を突きまわしておった。

「なんでもない。父君の屋敷にしばらく宿下がりをすることになり、別れの挨拶に参ったのじゃ。しばらく身体を休めた後は、また戻って来よう」

「ふうん、そうなの」

打毬杖を投げ出してつまらなさそうに倚子にかける娘を眺めながら、実際のところ、あの女子はもはや宮城に戻ってくるまいとわらわは考えていた。

生まれついたときから首さまの妃となれと教えられて来たわらわは、己の役目が空しくなっても、ここより他にゆく先を持たぬ。さりながらわらわの代理として、急遽《きゅうきょ》ここに送り込まれてきたあの女子は、なにも宮城に固執せずとも生きていけよう。まだ二十歳にも満たず、ましてやあれほどの美貌の持ち主であれば、適当な上卿《しょうけい》に見初められて嫁ぎもできるはずじゃ。

わらわは思わず手を伸ばし、かたわらの娘を抱きしめた。

まだ骨の細い身体はいかにも頼りなげであったが、一日じゅう日向で遊んでおったせいであろう。その全身からは微かに、陽だまりを思わせる埃《ほこり》っぽいにおいがした。

「どうしたの、母さま。痛いってば」

こまっしゃくれた口調で言って、阿倍が乱暴にわらわを突き放す。

木の実を刻んだような小づくりなその顔をじっと眺めるうち不意に、

（別に、天皇は男児でなくともよいではないか——）

との思いがこみ上げ、そのあまりの思いがけなさに、わらわは我知らず、息を飲んだ。

先ほども申したように、女子が帝位を踏む例は、これまで皆無だったわけではない。近年であれば首さまのお祖母《ばあ》さまに当たる阿閇《あへ》さま、伯母上の氷高《ひだか》さま、更には大海人《おおあま》大王さまのお連れ合いでいらした鸕野讃良《うののさらら》さまがそれじゃ。

ただこのお三方の即位はみな、先の天皇の急逝などに伴う臨時の即位。皇太子位を経て即位した女子の天皇は、この国にいまだお一方もおられぬ。

そう、つまり女子の天皇はあくまで、皇統を受け継ぐ者がおらぬ際のみ現れるもの。

さりながらこれだけ大勢の寵姫に囲まれながら、一人も男児が生まれぬ今、藤原氏はもはや誰かに男子を産ませることに拘泥《こうでい》するのではなく、この阿倍を天皇とするよう努めるべきなのではないか。

　ぷんと頰を膨らませた阿倍が、小鹿の如き足取りで外に駆けて行く。まぶしい陽射しが薄暗い室内にさっと差し、金の粉を撒《ま》くにも似た輝きがその小柄な身体を縁どった。なぜであろう。わらわはその時、この娘こそが藤原氏の宿願たる日嗣《ひつぎ》の天皇になる、いや、そうせねばならぬのだと考えた。

　首さまや武智麻呂の兄者からすれば、女子は男に従い、子を産むだけの存在なのであろう。じゃが決して人目にはさらさねど、わらわにもあの女子にも——きっと県犬養広刀自にも、望まれた子を産めぬ悲しみは存在する。

　わらわの代わりに、あの女子。そしてあの女子の代わりにまた、別の女子。打ち寄せては引き、引いてはまた繰り返す波の如く、終わることなき苦しみをこれ以上繰り返さぬためにも、わらわは己の娘を天皇にせねばならぬ。あの瞬間、わらわはそう誓ったのじゃ。

——それから後については、世事に疎《うと》い禅師とてよく知っておろう。

　あの女子が後宮を退《ひ》いて二年後、わらわは基《もとい》と名付けられた皇子《みこ》を産み、阿倍を女帝にとの願いは、ひとたびは必要がなくなったかに見えた。されど基はこの世に生まれ落ちてたった一年も経たぬうちに空しくなり、結局、武智麻呂の兄者を筆頭とする四人の兄たちは、首さまとも協議の上、阿倍を皇太子とすると決めたのじゃ。

　その頃には広刀自も、安積という男児を産んでおったがな。わらわはそれを無理に押し切って、阿倍を次なる天皇と定めさせた。結局、安積もまた二十歳に満たぬ若さで亡くなったゆえ、わらわのあのときの差配は間違っておらなんだというわけよ。それにもしあそこで安積が天皇になっておったら、あれの没後、また幾人もの女子が、わらわたちと同じ苦しみを味わうことになっておったろうしな。

　どうじゃ、これでわらわが円方をあれほど嫌っておる理由も分かったのではないか。わらわも広刀自もあの女子も——次なる男児を産まねばと苦しんできた女子はみな、首さまへの思慕ではなく、己の一族を富ませるために、後宮で血を吐くが如き戦を続けてきた。幼き日の恋情で首さまのお側に侍ることが許されるほど、我らの日々は甘くはないのじゃ。

　首さまの末期のご遺詔じゃと。

　そなた、まだ言うか。気弱げな顔をして、案外、しつこい男じゃのう。

　知らぬよ、本当に。ここだけの話、阿倍の次なる天皇が誰になろうが、わらわは何の興味もない。

　阿倍が女子である以上、首さまを巡ってわらわたちが繰り広げたような女の戦いは、起こる道理がない。ならば少なくともわらわがこの世におる間は、かくの如き悲しい思いをする女子は、宮城に現れぬわけじゃでな。

それにしてもそなたの相役は、どこに行ってしもうたのであろうな。わらわが橘諸兄の人選に口をさしはさむのはなんとも妙じゃが、おぬし、これから先もかように頼りにならぬ男と調べものを行うつもりか。可能であれば、組む相手をいささか考えてはいかがじゃ。

それと、もしこれから先、何か不便が生じたならば、いつでもわらわに申せばよいぞ。誰にも漏らせず、この年まで抱えてきた愚痴を聞いてもろうた返礼じゃ。なんなりとそなたを助けてやろうほどに——。

その四　栄訓《えいくん》

これ、これ。ちょっと、そこのお方。なにをぼんやり突っ立っておいでででございます。内道場《ないどうじょう》禅師《ぜんじ》、元興寺《がんごうじ》の賢璟《けんきょう》さまのお通りでございますぞ。早う、道をお譲りなさいませ。ああ、もう。なんと、肝《きも》の煎《い》れる。

――あ、いえ。なんでもございません、賢璟さま。

どうやらこの御仁《ごじん》は、思いがけずお見かけした和上《わじょう》の気高さに、ぼおっと舞い上がってしまわれたご様子。ちょっと、その辺りまでお送りして参ります。どうぞ先に寺にお戻りくださいませ。

ええ、大丈夫でございます。どうかお気遣いなく。

今でこそ齢《よわい》七十を過ぎた老僧と相成り果てましたが、この栄訓はまだ賢璟さまがお生まれになるはるか前から、師僧の供としてこの宮城《きゅうじょう》に数えきれぬほど参っておるのでございますから。

　この御仁をお勤めの官衙《かんが》までお送りしたら、すぐにお後を追いかけまする。さあ、どうぞお気になさらず、早うお発《た》ちくださいませ。

――やれやれ、冷や汗をかきましたわい。

　よろしゅうございますか。そなたさまがいずくにお勤めの官人《かんじん》かは存じませんが、この二年ほど、うちの賢璟さまはとにもかくにもご機嫌がお悪うございますのじゃ。そこにもってきて、そなたさまの如《ごと》き木偶《でく》のぼうが目の前にぬうっと突っ立っては、ただでさえ悪い虫の居所が、更に更に悪うなってしまわれましょうが。

　わしの如く劫《こう》を経た従僧《ずそう》は、賢璟さまから頭ごなしに叱られたとて、さしてびっくりもしませぬ。禿頭《とくとう》をぺこぺこと下げ、申し訳ございませぬと繰り返していれば、いずれ嵐は過ぎますでな。

　されどまだ得度《とくど》も済んでおらぬ幼い従僧の中には、賢璟さまの鋭い目に睨《にら》みつけられただけで泣き出してしまう者もおりまする。宮城においでのところからして、そなたさまとて官人のお一人でございましょう。そのあたりをよう弁《わきま》えていただかねば、困りますなあ。

なんでございますと。賢璟さまとはどなたじゃと仰《おっしゃ》いますか。

これは驚いた。元興寺きっての知僧、亡き首太上《おびとだいじょう》天皇さまからも厚い帰依《きえ》を賜《たまわ》っておられた尾張《おわり》和上・賢璟さまをご存じないとは。そなたさまは、本当にこの国のお役人でございますか。

ああ、なるほど。そなたさまはある御用があって、たまたま宮城に参られただけ。まだ官職をお持ちでない、散位《さんに》の身でございましたか。ふうん。なるほど、なるほど。

いや、別に馬鹿になぞしてはおりませぬ。そううかがえば、ふらふらと内道場まで迷い込んで来られたのも、賢璟さまを前にぼんやり突っ立っておられたのも、すべて納得がゆくと得心しただけでございます。

お名前はなんと——はあ、中臣継麻呂《なかとみのつぐまろ》さまと仰いますか。まあ、よろしゅうございます。ことのついでにお教えいたしましょうぞ、継麻呂さま。

そなたさまの如き若人の目には、宮城はただ官人が政務を執《と》り、出世を競い合う場と映るやもしれませぬ。さりながら池の小魚の動きを窺《うかが》うが如く、この広い城内に目を配ってご覧なされ。宮仕えの方々が上《うえ》つ方《かた》にこびへつらい、栄達の手立てを求めるのと同様、ここに出入りする坊主たちにもまた、それなりの身すぎ世すぎがあるとお気づきになられましょうゆえ。

ことに首太上天皇さまがお亡くなりになられてからというもの、天皇とそのご一族の安寧を祈る内道場の禅師衆は大忙しでございましてな。いいえ、誦経《ずきょう》や祈禱《きとう》に追われているのではありませぬ。みな日々の仏事そっちのけで、今後の身の振りようについて、ひそひそ話し合っておられまするのじゃ。

　まあ、実を申せば、わが元興寺の賢璟さまもそのお一人ではございます。なにせご存じの通り首太上天皇さまは、それはそれは深く仏教に帰依しておられたお方でございました。国分寺・国分尼寺を諸国に造らせるばかりか、大山の如き毘盧舎那大仏《びるしゃなだいぶつ》を鋳《い》奉《たてまつ》り、あの豪壮なる東大寺《とうだいじ》を建立《こんりゅう》されたのも、すべてそのご信心の表れと申せましょう。

　さすればそれほどの有徳者が儚《はかな》くなってしまわれた後、太上天皇さまを頼りにしておられた衆僧《しゅうそう》が慌てふためき、今後の身すぎ世すぎに惑うのも当然でございましょうが。

　なんでございますと。首さまの跡を継がれた阿倍《あべ》女帝さまは、父君以上の深い信心の徒。坊主たちが先の憂《うれ》いを抱く必要なぞあるまい、と仰《おお》せられますか。

　やれやれ、分かっておられませぬなあ。なるほど確かに阿倍さまは、父君や母君さまともども戒を受けて出家なさり、御仏《みほとけ》に深くお心を寄せておられます。さりながらその受戒の師はいったいどなたか、今もことあるごとにお側《そば》に呼び召し、盛んに仏典の講義を受けておられる師僧がどなたか、ご存じでございますか。

　鑑真《がんじん》さまでございますよ。が、ん、じ、ん、さ、ま。

　ええ、さよう。一昨年の春、大唐《だいとう》より渡って来られた、元・揚州大明寺《ようしゅうだいめいじ》のご住持《じゅうじ》でございます。

まったくねえ。鑑真さまの如き外国《げこく》の戒師《かいし》僧なぞおられずとも、この国の僧侶は代々、御仏に対して自ら誓いを立てることで、一人前の出家となってまいりましたのに。それを首太上天皇さまはこのままではならぬと仰せられ、我々に仏法の戒律《かいりつ》を授けるための戒師として、大唐からわざわざ鑑真さまを招聘《しょうへい》なさったのです。我ら本邦の僧侶のためを思うてのお計らいなのでございましょうが、正直、ちと大きなお世話というよりほかありません。

それ、ちょうどあちらを行かれる御坊《ごぼう》たちをご覧ください。ぎょろりと大きな目鼻立ちといい、真っ黒に日焼けした肌といい、明らかに日本の僧たちとは面相が異なっておりましょうが。

あれは鑑真さまが連れてきた、唐や諸蕃《しょばん》の僧侶ども。一昨年の鑑真さまの入京以来、我ら本邦の僧侶はああいった外国の僧たちにほうぼうで務めを奪われ、立ちつくしているのでございます。

――あれは鑑真さまがこの国に来られて、じきに一年が経とうかという頃でございました。当時、まだお元気でいらした首さまより、「京の内外の諸寺及び宮中内道場の諸僧は、みな自ら立てた戒律を破棄して、唐大和上より戒を受くるべし」との御命が下されました。

さよう。つまりは、現在、日本にいる僧侶たちはろくな戒律を知らぬゆえ、鑑真さまのお弟子としてやりなおせ、との御諚《ごじょう》です。

拙僧はその日も賢璟さまに従って、内道場に詰めておりました。そのときの道場の諸僧の怒りっぷりときたら、ちょっと見ものでございましたよ。まだ若い内禅師衆はもちろん、普段、決して太上天皇さまや今上《きんじょう》さまに逆らったためしのない賢璟さままでが顔をひきつらせ、勅《ちょく》を伝えに来た女官に食ってかかったほどでございます。

「首さまは……首さまは我らがこれまで護持《ごじ》してきた自誓《じせい》が、それほど不完全だと仰せなのかッ」

読経《どきょう》で鍛えた賢璟さまの怒声に、まだうら若い女官はひっと息を飲んで首をすくめました。震えそうな足を懸命に踏ん張り、「そ、そういうわけではございません」と言い返されました。

「た、ただ東大寺の戒壇《かいだん》にて行われる三師七証《さんししちしょう》の具足戒《ぐそくかい》は、今後、本邦の僧がすべからく護持すべき戒。さればこそ、まずは現在、内禅師として帝《みかど》や太上天皇さまに近侍《きんじ》する諸僧がたが唐大和上さまより戒を受け、諸国の僧への規範となすべきだと首さまはお考えでいらっしゃいまして――」

帝や太上天皇さまがこぞって仏法僧を尊ばれるせいで、皇族に近侍する女官たちもある程度は仏教の知識がございます。あまりに筋の通った女官の返答にかえって怒りを誘われたのか、賢璟さまの額にぐぐっと太い青筋が浮かびました。

「あの異国の輩《やから》どもがッ」

という賢璟さまの罵《ののし》りは、まさにその場に居合わせたすべての僧たちの内奥そのものでございました。

なにせ鑑真さまご一行が日本にお越しになられて以来、首さまは唐大和上がおらずば夜も日も明けぬと言わんばかり、かのお人に傾倒しておられました。

拙僧の如き従僧は、鑑真さまのお姿を拝する機会などありませぬ。ですが鑑真さまが入京なさるや、その宿舎に首さまがこっそり行幸《ぎょうこう》あそばされたこと、首さま、光明子《こうみょうし》さま、阿倍さまのお三方が鑑真さまから戒を受けられ、名実ともにそのお弟子となられたことなぞは、嫌でも耳に入ってまいります。

それ以前、宮城における仏事の数々は、すべて内道場の禅師衆が取り仕切っておりました。しかしながらこの半年余りは、皇族の方々への経典《きょうてん》の進講を始め、念持《ねんじ》堂での誦経など様々な仏事が、鑑真さまとそのお弟子に任されてしまう有様……。

そんな度を過ぎるご寵愛《ちょうあい》に禅師衆が苦りきっていたところに、こたびの勅命でございます。内道場の皆さまが鑑真さまに対する憎しみを募らせるのも、当たり前でございました。

「首さまは……首さまはあの異国僧どもにたぶらかされているのだッ」

と続けながら、賢璟さまはぎりぎりと歯がみなさいました。

かつて、首さまへの経典進講はすべて、賢璟さまの御役目でした。いえ、進講ばかりではありません。念持堂での読誦《どくじゅ》、寧楽《なら》諸寺への行幸の際も、首さまは賢璟さまを常にお側に引きつけ、あれこれとご下問《かもん》なさっていたのでございます。

しかしながら鑑真さま来日からこのかた、そんなお召しはぱたりと絶え、代わりに耳に届くのは唐大和上ご一行への激しい傾倒ぶり。いわば鑑真さまは、賢璟さまに注がれていたご寵愛を奪ってのけたようなものでした。

「そうだ、そうだッ。鑑真さまたちがお越しになられるまでも、我らは僧侶としての戒律を護持し、御仏に仕え奉ってきた。それを悉《ことごと》く間違いじゃったとでも言わんばかりの仰せには、どうにも承伏《しょうふく》しかねるわい」

興福寺《こうふくじ》の老僧がたまりかねたように叫ぶのに合わせ、「おお、その通りだ」との同意の声が広い道場に巻き起こりました。

「このままではこの国の仏法は、唐国に乗っ取られてしまおうぞ」

「首さまに一日も早く、目を覚ましていただかねば」

囂々《ごうごう》たる怒声が渦巻く中、よしッと勢いをつけて、賢璟さまが立ち上がられました。

「これよりわたくしは内裏《だいり》に参るぞ。首さまにお目通りを願い、なんとしてもご翻意《ほんい》いただくのだ」

無論、賢璟さまや皆さまとて、鑑真さまが波頭を越えて運んで来られた戒律そのものには敬意を払っておられるのです。

されどどのような小虫にも魂魄《こんぱく》が宿っている如く、辺境の小国の僧にもそれなりの意地はございます。大唐からやってきたばかりの渡来僧をほいほいと戒師に頂《いただ》き、これまでの自誓受戒を破棄するとは、まさに本邦への仏教伝来以来の諸僧の研鑽《けんさん》を無駄と述べる行為。

それに実際のところ、首さまの鑑真さまへの傾倒ぶりは、誰の目にも奇妙としか映りませんでした。もしかしたら鑑真さまは唐国伝来の怪しげな法を用いて、首さまを虜《とりこ》にしているのでは――我々の胸には時に、そんな疑いすら去来《きょらい》しておりました。

「で、ですが明日は、亡き皇太夫人《こうたいぶにん》さまの七七日。このため首さまは今日のうちから念持堂に籠《こも》られ、母君さまのご冥福《めいふく》を祈念しておいでございます。いかに尾張和上さまとて、お通しすることはできません」

震えながらの女官の言葉に、賢璟さまはうっと息を飲まれました。

ええ、そうです。鑑真さまの来日から半年後の七月十九日、首さまの母君たる藤原《ふじわらの》宮子《みやこ》さまは、宮城の北端の別邸でお隠れになられておいででした。

お年は七十一歳だったか、七十二歳だったか……首さまをお産みになられた後は長らく気鬱《きうつ》の病著《いちじる》しく、ご在所である別宮に籠り切りの末の死とうかがっております。

されどいかにろくに顔を合わせておられずとも、母親の死に動転せぬ子はおりませぬ。宮子さまがお亡くなりになられてからというもの、首さまはそれまで果たしたくても出来なんだ孝行に励むかの如く、七日ごとに盛大な法要を行わせ、ひたすら母君の冥福を祈っておられたのでございます。

　数ある追善法要の中でも七七日に行われるそれは、いまだ中有《ちゅうう》に留《とど》まっている魂魄《こんぱく》を御仏の元にお送りする、大切な法会《ほうえ》。その時点ではまだ正式な招聘《しょうへい》こそ来ておりませんでしたが、きっと明日は内道場の禅師衆が全員打ち揃い、宮子さまのための祈願を行うことになりましょう。

　首さまが前夜から宮城内の念持堂に籠られ、母君の御霊に最後の孝養をお尽くしになられている最中、下手な請願《せいがん》を持ちこんでは、いかな賢璟さまであろうともお叱りを受けるやもしれません。

　賢璟さまは考え込むお顔で、虚空《こくう》に細い目を据えられました。やがて数珠《じゅず》を握る手にぐっと力を込められると、

「ならば——ならばこの賢璟、今夜は夜通し、ご念持堂にて首さまのお伽《とぎ》をいたそうぞ。栄訓、供をせよ」

　と高らかに仰せられ、法衣の裾を大きくさばいて立ち上がられました。

　お伽とは、ただの口実。狭い念持堂で御一緒に宮子さまの冥福を祈ることで、首さま

にご自分のこれまでの徳業を思い起こしていただくおつもりなのでしょう。そして夜が更け、首さまがお疲れになった頃合いを見て、どうか目をお覚ましくださいと切々と申し上げようとの企みに違いありません。

「そ、それは困ります。念持堂には誰も入れてはならぬと、首さまよりきつく申し付けられておりますれば――」

「ならば念持堂の外よりでも、ご読経に唱和させていただくのみじゃ」

これは厄介なことになった、と拙僧は思いました。

賢璟さまは当時、四十二歳。とかく気短で真っ直ぐなお方だけに、一度口になさった仰せを撤回なさるとは思えません。なにせ若い頃には、御仏に寄せる思いがあまりに激しすぎ、月のない夜、指の先に火を灯《とも》して、経典を読まれたという逸話すらお持ちですからなあ。

念持堂に入れぬのであれば、その前の階《きざはし》に座り込んで、夜通し経を読誦なさるお腹でしょう。そうなれば当然、従僧たる拙僧もそれに陪従《ばいじゅう》せぬわけには参りません。すでに暦《こよみ》は九月半ば。夜ともなれば露が降り、足元がしんしんと冷えてくる季節でございます。

まだ若い賢璟さまには、夜通しの伽も大した苦にはなりますまい。さりながら七十を超えた拙僧は、そんな真似をすればすぐさま風病（風邪）に罹《かか》ってしまいます。事と次第によっては、そのまま命を落とすやもしれぬではないですか。

とはいえ今、そんな泣き言を申し上げても、賢環さまのお耳に届くとは思えません。押し問答を繰り返す賢環さまと女官を余所目《よそめ》に、拙僧は誰かが部屋の隅に脱ぎ捨てていた羅衣《らい》をこっそり手許《てもと》に引き寄せました。二人の目を盗んでそれを素早く着込むと、更に部屋を見回し、手近な円座を二枚、小脇に抱え込みました。

盗人じみた真似を、と思わぬでもありませなんだよ。されど行いが直《す》ぐなばかりでは、この世は渡ってまいれませぬ。ましてや知恵と若さを兼ね備え、末は僧都《そうず》か僧正《そうじょう》かと将来を嘱望《しょくぼう》されている賢環さまとは異なり、この年までただの従僧として過ごしてきた拙僧は、なにを為すにもまず命一つを大事に抱えておかねばならぬのでございます。

女官はしばらくの間、必死の形相で賢環さまを押し留めておられました。されど弁の立つことにかけては、この京で賢環さまの右に出るお方は滅多におられません。最後には半泣きで口をつぐんだ彼女を尻目に、賢環さまは「行くぞ」と内道場を飛び出されました。

すでに日輪は西の山の端にかかり、辺りは燃え立つが如き朱に染め上げられておりました。夕映えの切れ端かと疑うほど赤い蜻蛉《かげろう》が一匹、我々の前を横切ろうとして、驚いたようにつと空高く飛び上がりました。

「まったく。首さまはなぜ、あのような異国の僧にたぶらかされてしまわれたのだ」

棘《とげ》のある語調でそう吐き捨てられたものの、別段、相槌《あいづち》なぞ求めておられないのでしょう。拙僧が何か言う前に、賢璟さまは大きく舌打ちをして、「これだから私はかねてより、あのご熱心さには危惧を抱いていたのだ」と続けられました。

「そもそも首さまは、天照大神《あまてらすおおみかみ》の裔《すえ》にして、この国をしろしめす日嗣《ひつぎ》の天皇。代々動かざること山の如きそのお方があれほど仏法を尊ばれたのが、やはりそもそもおかしかったのかもしれんな」

そうなのです。実はこの疑問は、世の僧侶の大半がかねがね抱いていたものでございました。

そなたさまも、ご存じでございましょう。首さまは遡《さかのぼ》れば、天照大神に連なる天孫の末裔。しかしながら、渡来の文物に通じた藤原氏の女を母としてお生まれになられたせいでしょうか。あのお方は若いうちから仏教に激しく傾倒なさるばかりか、東大寺大仏の造営時には自ら北面して毘盧舎那大仏を崇拝し、果てには「三宝《みほとけ》の奴《やっこ》と仕え奉《まつ》る天皇」とまで自称なさいました。

無論、首さま以前の天皇の中にも、御仏を深く崇拝なさるお方はおいででございましたよ。ですが国銅を尽くして大仏を鋳、日輪の裔でありながら御仏の奴と自称する首さまの姿は、それまでの天皇の崇仏《すうぶつ》とあまりに異なっておりました。

御仏とはもともと、海山遥かなる天竺《てんじく》国におわす異国の神。そんな御仏を日本の大神の末裔が信奉するとは、この国に深く深く根を下ろした山が、自ら海原《うなばら》に向かって崩れ落ちるようなものではございませぬか。

　かつては我々も、首さまの熱心さをありがたいと思うておりました。とはいえそれが天を衝《つ》くほど巨大な大仏を造り、海原の彼方から戒師を招聘し――そしてその鑑真さまにすっかりたぶらかされてしまうとなれば、話は別でございます。

　ぶつぶつと文句を仰る賢璟さまのお後を追いながら、拙僧は後ろ襟を冷たい手で撫《な》で上げられた気がして、首をすくめました。

　首さまに呼び召され、始終、宮城をうろついている外国の僧たち。顔も言葉もこの国の者とはまったく異なる彼らの姿が、稲妻の速さで脳裏をよぎりました。

　もしかして鑑真さまは、首さまを使嗾《しそう》して、国内の僧全員に新渡の戒を受けさせるのみではあきたらず、今後はご自分の弟子を中心とする外国僧に、諸寺を束ねさせるおつもりではないでしょうか。

　思い返してみれば、首さまの外国人僧への傾倒は、今に始まったものではございません。東大寺毘盧舎那大仏の開眼会《かいげんえ》の際には、二十年近く前に来日した天竺の婆羅門《ばらもん》僧・菩提僊那《ぼだいせんな》さまに導師役を仰せ付けられましたし、神呪《しんじゅ》に秀でた林邑《りんゆう》（ベトナム南部）僧の仏哲《ぶってつ》さまには現在、楽所《がくそ》にて教鞭《きょうべん》を取らせておいでです。

　そうです。なぜ今まで気づかなかったのでしょう。いわば鑑真さまは、これまでじわじわと日本を侵食してきた異国の僧たちの束ねとして、日本に来られたようなものではないですか。

「そ、そんな――」

我知らず小さな悲鳴が口をつき、拙僧ははっと両手で口を押さえました。慌ててご様子を窺えば、賢璟さまは拙僧の声など耳に届いていない面持ちで、ずんずんと前を歩いて行かれます。拙僧は改めて、一つ大きく息をつきました。

賢璟さまのように出自も頭もよく、元興寺内でも一目も二目も置かれているお方は、どんなご時世になろうとも、食うに困りはしないでしょう。

ですが拙僧の如く、いい年をして経典の一巻もろくに読めず、皆さまのお情けによって寺に置かれている者は、どうすればいいのです。仮にこの国の仏法が外国僧たちによって仕切られることとなれば、顔貌の厳《いか》めしい唐僧たちの手であっという間に寺から追い出され、そのまま路傍で行き倒れるに違いありません。

どうにかして首さまに目を覚ましていただかねば、と胸の中で呟《つぶや》き、拙僧は脇にたくし込んだ円座をいっそう強く抱きかかえました。こちらを振り返りもなさらぬ賢璟さまの背を凝視し、からからに乾いた唇を幾度もしつこく舐《な》めました。

首さまの念持堂は内裏の北庭の隅、高い垣根と小さな池に挟まれた静かな一角にございます。薄闇の這《は》い始めた庭に駆け込むと、賢璟さまはその場にぐっと足を止め、息を整えられました。

耳を澄ませば、一穂《いっすい》の灯りが揺れる瀟洒《しょうしゃ》な堂からは、低い誦経の声が流れ出しています。賢環さまは先ほどまでとは裏腹に静かな足取りで、御堂へと近付かれました。簡素な木造りの階《きざはし》の下に跪《ひざまず》き、「首さま」と低く呼びかけられました。

読経がはたりと止み、しばしの沈黙の後、「賢環か」と澄んだお声が戻って参りました。

考えてみれば、これまで内道場への供は命じられても、宮城のこんな奥まで随従したのは初めてです。拙僧の胸が、大きく拍動を始めました。

「はい、首さまに申し上げたきことがあり、僭越《せんえつ》ながら罷《まか》り越しました」

「さようか。ただいま誦経の最中ゆえ、そのまましばし待て」

「『灌頂経《かんじょうきょう》』第十一巻、灌頂随願往生経《ずいがんおうじょうきょう》でございますな。母君さまのご冥福を祈願すべく、拙僧も唱和させていただきまする」

勝手に致せ、という小さな応えが聞こえたと思ったのは、気のせいでございましょうか。ともあれ賢環さまはそのまま階の下に安座なさると、再び堂内から流れ出した「灌頂随願往生経」に合わせ、誦経を始められました。

この経典は「舎那罪福因縁経《しゃなざいふくいんねんきょう》」とも呼ばれ、釈尊《しゃくそん》が涅槃《ねはん》に入ろうとした際、普広菩《ふこうぼ》薩《さつ》の問いに答えて十方浄土《じっぽうじょうど》の相とその往生する因縁を説いたもの。最近では、死者の追善として写経されることも多い経典でございました。

首さまの読経は男性としてはいささか高く、それに対して賢璟さまの声は、地を這うように低うございます。重なりあった二つの響きが、草間にすだく虫の音をかき消すのを聞きながら、拙僧は瞑目合掌した賢璟さまの横顔を上目使いに窺いました。

やがてお二人の読経が終わると、辺りには再び虫の声が戻って参りました。しかし堂の中はしんと静まり返り、本当に首さまがそこにおわすのかと案じるほどの静けさです。賢璟さまはしばらくの間、唇を引き結んでご自分の膝先を見つめておられました。やがて腹を決めたように勢いよく堂を仰がれるや、「ところで首さま」と硬い声で呼びかけられました。

「先ほど女官より、内道場の諸僧はすべからく鑑真さまより受戒すべしとの勅を受けました。あれはいったい、何の誤りでございましょうか」

「――誤りではない」

一瞬の間を置いて戻ってきたお声は、刻々と冷えを増す夜気の如く静かでございました。

「現在のこの国の出家のほとんどは、自誓にて僧侶となった者ばかり。ならば唐大和上さまのご来日を機に正式の戒律を受けるのに、何の躊躇《ちゅうちょ》があろうか」

お言葉が終わるとともに、念持堂の扉がゆっくりと開きました。あまりの畏《おそ》れ多さに、拙僧はその場にがばと顔を伏せましたが、それでも厚い瞼《まぶた》を気だるげに押し開いて賢璟さまを見つめておられる老爺《ろうや》のお姿が、わずかに視界の隅にひっかかりました。

（あれが――あれが首さま）

拙僧の勘違いでなければ、その時の首さまは拙僧より二十歳近く年下のはず。さりながらそのお髪《ぐし》は雪をいただいたように白く、肌は寒風に当てた麻の如く乾ききっていらっしゃいました。

「おそれながら。数々の経典を繙《ひもと》けば、僧は自誓受戒でさしつかえなしと記す経典は、『占察経《せんざつきょう》』を始め、数えきれぬほどございます。確かに鑑真さまが授けられる戒律は、すばらしきものでございましょう。しかし出家の誓いとはそもそも師に命じられて立てるものではなく、各々が御仏と自らの関わりの中で立つるべきもの。それをかように形に拘泥なさっては、偉容《いよう》のみ備わりて実の伴わぬものとなりましょう」

「賢璟、そなたは朕《わたし》の勅に実がないと申すのか」

冷ややかな首さまの語調に、拙僧は震えあがりました。ですが賢璟さまはまったく怖るる気配もなく、「そこまでは申しておりません」と小さく首を横に振られました。

「ただ、戒師がおられずとも、本邦の僧はこれまで懸命に修行を重ね、御仏への道に邁《まい》進《しん》して参りました。いささかお聞き苦しい話ながら、鑑真さまはまだこの国にお越しになり日の浅《あそ》うございます。かような御仁のみを重用なさるのは、決して本邦の仏教のためにならぬのでは――」

賢環さまの言葉を遮《さえぎ》って、びしりと何かが鳴りました。次いで大粒の雨が軒を叩くような音とともに、親指の先ほどもある水晶の珠《たま》が、次々と階を転がり落ちて参りました。

　手になさっていた水晶の数珠を、首さまが力一杯床に叩きつけられたのです。転がり落ちてきたのは、その拍子に緒が切れた数珠の珠でございました。

「下がれ、賢環。顔も見とうない」

「ですが」

　首さまのお顔は一見、表情がなく、およそ数珠を叩きつけるほどのお怒りとは見えません。されどよく見ればその唇の端はわなわなと震え、拳《こぶし》は床に打ち付けたままの形に強張《こわば》っていらっしゃいました。

「朕は――朕はこの国の仏法を全きものとせんがために、おぬしら諸僧への受戒を命じたのじゃぞ。そんな思いも弁えず、唐大和上を讒《ざん》するとは何事じゃ」

　ほとんどの珠は、すでに階から磚《せん》へと転がり落ちております。ただ一つだけ板間の上に留まっていた水晶の珠が、首さまの怒声に後押しされたようにゆっくりと動き、かつん、かつんと小さな響きとともに階の下に落ちてきました。

　珠はそのまま磚の溝を転がり、拙僧の膝に当たって止まりました。つい掌を伸ばし、それを袂《たもと》の中に落とし込んだとき、「どうなさいました、首さま」と訛《なま》りのある声が背後で響きました。

驚いて振り返れば、まだ三十そこそこと思《おぼ》しき色黒の僧侶が一人、案じ顔で我々と首さまを見比べています。

内道場の僧であれば全員の顔と名前を記憶しておりますが、目の前の御仁の面にはまったく見覚えがありません。はて、と目をしばたたいたそのとき、首さまが「なんでもない。気にするな」と低く吐き捨てられました。

「しかし――」

「うるさい。それよりも思託《したく》、唐大和上さまは明日の法会にお運びくださるのか」

唐大和上鑑真さまのお名前に、拙僧は思わずあっと声を上げました。

目の前の僧に見覚えがないのも道理です。訛りのあるしゃべり口、ひどく日焼けした面構えから察するに、思託と呼ばれたこの僧侶は、鑑真さまともども日本に来た唐僧に違いありません。

拙僧は、傍らの賢璟さまを振り返りました。そのお顔が見る見るうちに血の気を失うのが、はっきりと分かりました。

そうです。首さまの母君を弔う、明日の七七日。首さまは内道場の禅師ではなく、鑑真さまとそのお弟子たちに法会への列席をお願いしていらしたのです。

その事実を知らされ、今にもその場に倒れそうな賢璟さまに、思託は居心地悪げに首をすくめました。蚊の鳴くような小さな声で、

「はい。謹《つつし》んで導師を務めさせていただくと仰せでございました」

と言って、わずかに頭を垂れました。

その途端、首さまはそれまでの硬い表情を和らげられ、「そうか」と満足げに一つうなずかれました。

「それはよかった。母君もさぞお喜びになられよう」

ああ、無垢《むく》なる子どもの笑みすら思わせる首さまの晴れやかなお顔ときたら。一方でそれとは裏腹に、賢璟さまのお顔は蒼白を通り越して、鉛《なまり》色に変じていました。

拙僧は賢璟さまの傍らに這い寄り、その腰に無理やり手を回しました。

「な、なにをするのだ、栄訓」

声を上げようとする賢璟さまを目顔で黙らせると、そのまま引きずるようにして念持堂の前から退きました。

このままこの場にとどまっては、賢璟さまはまた鑑真さまとそのお弟子への罵詈雑言《ばりぞうごん》を口になさるでしょう。ですが鑑真さまにたぶらかされきっている首さまの前では、それはかえってお怒りを募らせるだけ。今は退き、新たな方策を立てることこそ肝要だと思うたのです。

もはや我々のことなぞ、念頭におありではないのでしょう。ちらりと振り返れば、首さまは何やら嬉しそうに思託に話しかけておられます。

拙僧に強引に引きずられながら、賢璟さまは無言でいらっしゃいました。しかし豪奢な殿舎《でんしゃ》の間を抜け、兵部《ひょうぶ》の蔵を望む界隈まで来ると、「畜生ッ」と叫んで、突然、拙僧の手を振り払われました。

「まったく――まったく、情けない。あのようなどこの馬の骨とも分からぬ渡来僧の世《よ》迷言《まいごと》に目を晦《くら》まされるとは、首さまはどうしてしまわれたのだッ」

夜目にも赤く紅葉した椛《もみじ》の枝を、賢璟さまはいきなり両手で折り取られました。それをぶんぶんと激しく振り回しながら、「畜生ッ、畜生ッ」と喉《のど》も嗄《か》れよとの大声を上げられました。

人間、目前の者があまりに怒り狂っていると、こちらはかえって冷静になってしまうものです。賢璟さまの醜態を人目にさらすわけにはいかぬとの思いに急《せ》かされ、わしは御袖に取りすがりました。

「お腹立ちはもっともでございます。ですがここは内裏の中。どこに人の耳目があるか知れません。まずは元興寺にお戻りの上、今後のことを考えましょう」

賢璟さまはその声も耳に入っていないご様子で、血走った目で宙を睨みつけておられます。わしが取りすがった袖を放せば、今すぐ首さまの元に駆け戻りそうにも見えました。

これは困った、と拙僧が内心、溜息《ためいき》をついたとき、

「お待ちを、どうぞお待ちくださいませ」

という声が、背後から響いて参りました。

驚いて振り返れば、なんと先ほどのあの思託が額に大汗を浮かべながら、こちらに駆けてくるではございませんか。

「と、突然、申し訳ございません。それがしは唐大和上鑑真さまの一の弟子で思託と申します」

はあはあと息を切らして近付いてくるなり、思託はぺこりと頭を下げました。間近で仰げば、その背丈は賢璟さまより優に一尺は高く、まるで雲を衝くかと思われるほどです。ですがその一方で、くりくりと大きく真ん丸な目には、どこか少年めいた気配が漂っておりました。

「元興寺の賢璟さまとお見受けいたします。是非一度お目にかかりたいと思うていた矢先、かようなところでお会いできて嬉しゅうございます」

その途端、どす黒く曇っていた賢璟さまのお顔に、ぱっと朱の色が差しました。これはまずい、と思う暇もありません。次の瞬間、賢璟さまはいきなり猿臂《えんぴ》を伸ばし、思託の襟首を両手でむずと摑《つか》まれました。

「我々を——我々をあざ笑いに来たのかッ。いかに正式な戒を受けておらずとも、本邦の僧には本邦の僧なりの意地があるッ。いかに首さまをたぶらかそうとも、我らは決しておぬしらに承伏《しょうふく》せぬぞッ」

「い、いけません。賢環さま」

　取りすがろうとした胸先をどんと突き飛ばされ、拙僧はその場に尻餅をつきました。

「首さまとて、今は鑑真さまの物珍しさに、その言葉を妄信しておられるだけ。母君の喪《も》が明け、お気持ちが落ち着かれれば、おぬしらの使嗾《しそう》の怪しさに気づかれるに違いないわッ」

「わ——わたしたちは別に、首さまに取り入ってなぞおりません」

　賢環さまの怒声にかき消されそうになりながらも、思託が切れ切れに言いました。その気になれば力任せに賢環さまを引き剝がすことぐらいできましょうに、襟にかかった賢環さまの指を努めて穏やかにもぎ離そうとしながらの言葉でした。

「なんだと。嘘をつくなッ」

「嘘ではありません。むしろわたくしも鑑真さまもこれまでずっと、どうか日本の僧侶たちにご配慮くださいとお願いしてきたのでございます」

　思託はぐいと身をよじり、喉を絞め上げる賢環さまの手を払いました。両の膝に手を置き、ぜえぜえと息を整えられてから、青ざめた顔で賢環さまを振り返りました。

「皆さまの目には、わが師たる鑑真は、憎き渡来の僧と映るのやもしれません。ですがあのお方は日本の土を踏んだその日から、この国の僧と手を携《たずさ》えて御仏の道に近付くことのみを考えて来られたのでございます」

「馬鹿を言え。ならばなぜ我々のもとに、鑑真さまより戒律を受けよとの御諚が下されたのだ。おおかたおぬしら外国僧が、首さまをそそのかしたゆえであろう」

　その途端、思託の目がこぼれ落ちんばかりに見開かれました。

「それは――それは首さまが一人勝手に下された勅命でございます。わたくしも鑑真さまもかような相談など、なにも受けてはおりませぬ」

「なに」

　低い呻《うめ》きを漏《も》らし、賢璟さまが棒立ちになりました。それをひどく哀しげに見やり、思託はもう一度、「そのような勅命をうかがったのは、今が初めてでございます」と繰り返しました。

「では、あの勅命はまっこと首さまがお考えになられたというのか」

　震える声とともに、賢璟さまはその場にがっくりと膝をつかれました。

　慌ててその傍らに跪かれながら、「実は賢璟さまとお話ししたかったのは、その首さまについてなのでございます」と思託は静かに言いました。

「ご存じの通り、我々は唐国より参った者。それだけに自分の考えにいま一つ自信が持てぬのですが、もしかして首さまは鑑真さまや我々に、いささか目をおかけになりすぎではございませんか」

最初におかしいと思ったのは、寧楽への入京時。勅使《ちょくし》が計百名にも及ぶ高官・僧・文人たちを率いて、羅城門《らじょうもん》の外まで一行を迎えに出てきたときだ、と語る口調は、ひどく冷静なものでした。

「確かに鑑真さまは、唐国でも名だたる高僧でございます。しかしながら本来、政務と仏事とは別種のもの。いかに日本の戒師となるお方の入京とはいえ、これはいささか大げさに過ぎまいか、と鑑真さまも首をひねっておられたのです」

恭《うやうや》しく都を案内され、東大寺の一角の禅院を宿舎に暮らし始めると、その違和感はますます大きくなっていった、と思託は続けました。

到着の翌日から、藤原氏を始めとする太政官《だいじょうかん》の高官たちが次々挨拶に来る、様々な貢物《こうもつ》を携えた勅使が、毎日の如くやってくる……やがては夜陰に紛れ、首さま自らが鑑真さまの元を訪れ、叩頭《こうとう》礼拝して帰って行くに至り、一行は自分たちが奇妙なまでに丁重なもてなしを受けていると気づいたそうでございました。

しかしまあ、それも当然です。なにせそれほどの待遇を受ける一方で、諸寺の僧侶は禅院をほとんど訪れず、かろうじて顔をのぞかせた僧綱《そうごう》も、ひどく形式的な挨拶だけでそそくさと帰って行ったというのですから。

とはいえ、これはおかしい、どういうわけだと一行の世話をする玄蕃寮《げんばりょう》の役人に尋ねても、一向に捗々《はかばか》しい答えは返ってこなかったとやら……。

そもそも仏法とは、空にかかる月の如きもの。国が異なり、言語が違おうとも、仰ぐべき月は一つでございます。それだけに日本の僧侶と自分たちの間に、見えざる垣根が巡らされたが如き感覚に、思託はどうしようもなく苛立ったそうです。そしてとうとう、たまたま賢璟さまと行き合ったのを良いことに、直接疑念を問い質そうと声をかけたのだ、と続けました。

その声は物静かで、およそ偽りを口にしているとは思えません。ああ、なんということでしょう。我々が鑑真さまを信奉する首さまに振り回されているのと同様、鑑真さまたちもまた、首さまの妄信に戸惑っていらしたのです。

「では我々の対立は、首さまによって引き起こされたものというのか」

誰よりも信頼していた首太上天皇。そのお方が図らずも自分たちの敵愾心《てきがいしん》を掻《か》き立てていた事実に、賢璟さまは呆然たるお顔になられました。

「どういうわけだ。なぜ首さまは、かような真似をなさったのだ」

「さあ、それは我々にも分かりかねます」

ただ、と思託は、なにかを探るような口調で続けました。

「初めて首さまが唐禅院を訪ねてこられた翌日、鑑真さまが仰っておいででした。首さまというお方は、決して自らのことを話そうとはなさらぬ。しかしあれほど熱心に御仏にすがろうとなさる様は、まるですべての軛《くびき》から離れ、どこかに逃げたいとお考えのようにも見える、と」

……おや、どうなさいました、継麻呂さま。顔色が悪うございますよ。

ええ、さようでございます。そのとき思託は一言一句間違いなく、はっきりとそう仰せになられました。

賢璟さまは腰が抜けたように、その場にぺたんと座り込まれました。やがて荒い息を繰り返して思託に近付くや、

「一つ、頼みがある。聞いてはくれまいか」

と、しゃがれた声で仰いました。

「明日の宮子さまの七七日の法会、そこにわたしを加えてくれ。無論、鑑真さまの従僧としてで構わぬ。なんとしてもわたしは、首さまのご本心を知りたいのだ」

長らく首さまに重用されてきた賢璟さまからすれば、首さまが自分たちと鑑真さまを天秤にかけたとの事実は、なんとも納得しがたいものだったのでしょう。

そんな賢璟さまのお顔を、思託は無言で見返しました。一度強く唇を引き結ぶと、

「承知いたしました」とうなずき、賢璟さまを助け起こして立ち上がられました。

「七七日法会は明日辰《たつ》の刻より、唐禅院に首さまをお迎えして行う手はずでございます。

袈裟《けさ》や衣は禅院の僧のものをお貸ししましょう。どうぞ身一つでお出ましください」

「か、かたじけない。礼を言うぞ」

硬い顔で思託に頭を下げられると、賢璟さまはそのまま内道場にお戻りになられました。

固唾《かたず》を飲んでお帰りを待っていらした禅師衆に、首さまは念持堂から出てきてくださらなんだと告げ、よろめく足取りで元興寺への帰路に就かれました。

疲れきった形相で輿《こし》に乗り込まれる賢璟さまの背を眺めながら、拙僧は袂に入れたままだった水晶の珠を、指先でそっとまさぐりました。

なめらかな珠の表は、冬の川に浮かぶ氷の欠片《かけら》かと思うほどに冷たく、あの表情の失せた首さまのお顔を胸に思い起こさせました。

御仏にすがるお方とは、身分の貴賤にかかわらず、何かしらの屈託を心に抱えているものでございます。ですが天皇家と藤原氏双方に擁立されて玉座を踏み、太上天皇として人々の崇敬を集める首さまにいったいいかなる悩みがあるのか。ただの従僧にすぎぬ拙僧にはまったく理解できません。ましてやすべての軛から逃れ、どこかに逃げ出したいと思うほどの御悩《ごのう》とはいったい何なのでしょう。

翌朝、賢璟さまはまだ暗いうちに起き出されると、拙僧一人を供にこっそりと元興寺を抜け出されました。人気《ひとけ》のない大路を小走りに駆け、東大寺西の唐禅院に飛び込まれました。

　思託がどう説明をしておいたのやら、禅院の僧たちはさして不審な顔もせず、賢璟さまを禅院の一室に導かれました。

「お待ちしておりました。さあ、これをお召しください」

　豪奢な袈裟をかけた思託が差し出したのは、賢璟さまには少々大きすぎる派手な法衣でございました。苦心惨憺しながら賢璟さまが身支度を終えられると、思託は軽く手を打って数人の僧を招き入れました。わし如きには理解できぬ唐語《からご》でなにごとか命じてから、賢璟さまに向き直られました。

「首さまは先ほど禅院にお着きになられ、いまは鑑真さまとお話ししておられます。さあ、どうぞ、皆と一緒に本堂へ」

　他の僧侶の尻につき、青ざめた顔で房を出て行く賢璟さまを見送り、拙僧はいささか草の茂りすぎた庭へと向かいました。回廊を進む賢璟さまたちの後を見え隠れに追い、本堂を望む庭の隅に身を潜めました。

　すでに本堂の板戸は大きく開かれ、銅造の釈迦三尊《しゃかさんぞん》像の前には顔かたちも様々な外国僧がずらりと並んでおります。その一番末席に連なった賢璟さまのお顔立ちは、明らかに他の僧侶たちと異なっておりましたが、色目鮮やかな袈裟《けさ》のせいか、案じていたよりも違和はございません。これならば首さまも、あれが賢璟さまだと気づかぬでしょう。

芳《かぐわ》しい香の匂いが庭の隅々まで漂ってくるのに合わせ、拙僧は昨晩から入れっぱなしの袂の中の珠を握り締めました。どれだけ指先でまさぐっても、珠は不思議に氷の如き冷たさを失いません。それがなぜかひどく憎らしく、更に強く拳に力を込めたとき、視界の隅を鮮やかな緋《ひ》色《いろ》の衣をまとった人物がかすめました。多くの僧侶に先導された首さまが、回廊をゆっくりと歩まれ、本堂の三尊像の前に座られました。

背後に一列となって座した僧侶の中から、ひどく小柄な老僧が立ち上がり、昨夜同様、表情のない首さまのかたわらに寄り添うように円座に腰を下ろされました。朽ち木のように乾いた肌の割に、炯々《けいけい》と目を光らせたそのお方こそ、おそらくは鑑真さまに違いありません。

大きな手を強く胸の前で合わされると、鑑真さまは三尊像に向かって深々と低頭なさいました。次の瞬間、朗々たる声で始まった読経に、周囲の僧たちが次々と唱和なさいます。

ただ誦経の響きが堂宇を揺るがすほどの激しさになっても、首さまは合掌すらなさらず、白い顔をただ仰向けて、釈迦如来像を仰いでおられます。澄明なほどに感情の欠けたその面差しは、まるで首さまだけがなにかの間違いでここに迷い込んで来られたかのようでございました。

ですがそのとき、拙僧は間違いなく見たのです。膝の上におかれたままの首さまの拳が、わなわなと小さく震えている様を。

それは囂々《ごうごう》たる読経の響きが、首さまのお身体までを揺さぶっているためだったのでしょうか。いいえ、違います。ですがそれであれば何故首さまは、母君の追善にもかかわらず合掌もなさらず、頭も垂れられぬのでしょう。

そのあまりに礼儀知らずのお姿は、まるで頑是《がんぜ》無い子どもが途方に暮れているかのようでございました。そしてそんな首さまにはお構いなしに読経は進み、朦々《もうもう》たる香煙が辺りを霞ませ始めました。さようなわけはないと知りつつも、拙僧の目には、そこにおわす首さまが本当に幼い童子であるかのように思われました。

さあ、とばかり、鑑真さまが首さまを顧みられました。ぎこちなく首さまが立ち上がり、釈迦如来像の前に進み出られます。腑《ふ》抜《ぬ》けたようにぺたんと腰を下ろし、今度は掌を胸の前で合わせて、深々と頭を下げられました。

ああ、その哀れなほど無様なお姿ときたら、およそこの国を治める天皇のそれとは思えませぬ。少なくとも賢璟さまを始めとする本邦の僧たちの前で、首さまがかような有様をお見せになったことがございましょうか。

鑑真さまが立ち上がられ、仏前に額《ぬか》ずいた首さまの肩を叩かれました。促されるままおとなしく身を起こし、元の座に戻られるそのお姿には、鑑真さまへの信頼がありありと滲《にじ》んでおりました。

（首さまは――首さまはもしかして）

全き天皇になるべく生を享《う》け、皇族と藤原氏双方の庇護の下、帝位を踏まれた首さま。天照大神を祖としていただく皇族が山であれば、藤原氏は海。しかしながらその双方の血を受けた首さまは、並ぶ者なき日輪として在らねばとの重圧に耐えかねて、御仏を信じ――そして今、遠き唐国よりお越しになられた鑑真さまに、子どもの如くすがることで、かろうじてそのお心を安んじておられるのではないでしょうか。そう考えれば、疎遠であった母君の追善を鑑真さまたちに任せんとなさったことも、何となく理解できようというものです。

しかしだとすれば我々日本の僧はこれまで、首さまのいったい何を見てきたのでしょう。

この国を治める山の如き皇族と、その山裾を洗う海の如き藤原氏の間に生まれた独り子、日輪の如き雄々しき天皇？　いいえ、違います。少なくともそのとき、拙僧たちの目の前にいらしたのは、仏法にひたすらすがり、身を任せることしか出来ぬ、無力で哀れなただの男でございました。

このとき拙僧は、ようやく分かりました。禅師衆を重用していたかつても、きっと首さまは皆さまを信頼しきっていたわけではないのでしょう。なぜなら自誓のみで僧侶となったこの国の僧は、所詮は、本邦でしか僧と名乗れぬ半端者《はんぱもの》。それだけに鑑真さまとそのお弟子衆がこの国に来るや、首さまはご一行こそ仏法そのものの化身とばかり崇拝し、妄信し——そして、長らく胸に納め続けてきた数々の感情をも、吐露《とろ》するようになられたのに違いありません。

——なんでございますと。首さまは藤原氏の娘たる母君をひどく憎み、同時に慕っていらしたと仰いますか。ああ、そううかがえばあの感情のないお顔や途方に暮れたお姿も、すべて納得ができまする。きっと首さまは、波頭を越えていらした唐大和上さまの前でだけ、その愛憎入り混じった思いのまま過ごすことができたのでございましょうな。人とはあまりに途方もない苦しみ哀しみに逢うと、かえってそれを表す手立てを失うものです。涙一つ流さず、それでいて仏を前に頭を垂れることすら失念していらした首さまの裡《うち》には、余人には知れぬほどの哀しみが在ったのでしょう。

あ、いやいや。今のはただの独り言。この卑しき老僧めの、下衆《げす》の勘ぐりでございますよ。

ただここだけの話、首さまが亡くなられた後も、拙僧は時々、あの日のお姿を思い出して首をひねるのです。

大王《おおきみ》家と藤原氏の血を受け、この天地を統《す》べるべく定められていらした、首さま。しかしそれにもかかわらず、遠き天竺の地におわす御仏に身も心も捧げ尽くし、我らすら踏みつけになさったあのお方は、果たして真実、海山を統べる真の王でいらしたのでしようか。

拙僧はろくに経すら読めぬ、無知なる老いぼれでございます。それだけに尊きお人というものをあまりに崇めすぎているのやもしれませぬが、本来、天皇とはもっと気高く、何者にも怖《お》じぬお方なのではありますまいか。

異なるものとは、そう簡単に混じり合えるものではありません。水と油の如く、誰かが混ぜようとすればするほど拒み合い、なおさら激しく分かれようとします。だとすれば天皇でありながらあのようにお心を引き裂かれていらした首さまは、決して一つになれぬ海と山とを共に御身に抱えさせられた、この上なく哀れなお方なのでは。

いいえ、それがただの拙僧の思い過ごしであることは、よくよく分かっているのです。それゆえかような不敬は、この栄訓、賢璟さまにすら一言も申し上げたことはございませぬ。

ですが、なぜなのでしょう。

ただ御仏の前に幼い童の如き姿をさらした、あの哀れな一人の老人。おびただしい誦経の中で、ただただぽつねんと座り込んでいらした姿態こそが、首さまの本当のお姿であるような気がしてならぬのは、本当になぜなのでございましょうねえ――。

その五　塩《しお》焼《やき》王《おう》

ええい、忌々《いまいま》しい。春とはいえまだまだ冷えるのう。

こんなときは温い酒が一番じゃが、生憎《あいにく》、昨年より医師にきつく止められておってな。侍女に命じてこっそり運ばせようにも、妻が睨《にら》みを利かせておるゆえ、そうも行かん。この寒空、はるばる来てくれた客人に酒の一杯もふるまえぬとは、ふん、正四位下《しょうしいのげ》の官位もなんの役にも立たぬわい。

しかしまあ、それもしかたがない。このわしが大海人大王《おおあまのおおきみ》を祖父といただく皇族とすれば、わが妻の不破《ふわ》は先帝・首《おびと》さまの内親王。すなわち当今《とうぎん》たる阿倍《あべ》女帝さまの異母妹ぎみじゃからなあ。

すでに二人の男児を産み、家刀自《いえとじ》として睨みを利かせておる妻に引き比べれば、わしなぞは庭に置かれている巨石の如《ごと》きもの。あるに越したことはないが、なくとも誰も気にせぬお飾りじゃ。

ん、不破か。あ奴《やつ》であれば、今日は橘《たちばなの》侍従《じじゅう》の屋敷に行っておるよ。さよう、十日前に薨《こう》じた橘諸兄《もろえ》の弔問じゃ。

そういえばおぬしは坊主のくせに、その橘諸兄の意を受けて、首太上《だいじょう》天皇さまの真のご遺詔《いしょう》とやらを探しておるとか。諸兄が亡くなれば、かような命に従う意味も消えたのではないか。

――ふうむ。そういうわけには参らぬ。むしろ故人のつつがなき成仏のためにも、末《まつ》期《ご》の願いは聞き届けるのが道理と申すか。

坊主としては、確かに道理に叶っておる。されどおぬし、内道場《ないどうじょう》の禅師《ぜんじ》にしてはいささか生真面目に過ぎまいか。宮城《きゅうじょう》には、人の道理の通じぬ者が多く跋扈《ばっこ》しておる。かように実直な生きようをしておっては、これから先、思いがけぬところで足をすくわれるぞ。

まったく、かような者に便宜を図ろうてやれとは、光明子《こうみょうし》さまも奇態なことを仰《おお》せられるものじゃ。

まあ、一面ではそのご下命も分からぬではない。光明子さまは今、亡き首さまがなにを考えていらしたか、知りたくて知りたくてたまらぬのじゃろうて。

なにせ首さまは物静かな外見に似合わず、頑固で片意地なお人であらせられた。一度こうと決めたことは梃子《てこ》でも動かず、藤原《ふじわら》氏を始めとする朝堂《ちょうどう》の面々を手こずらせるのも頻繁じゃったわい。

出家の御坊《ごぼう》には分からぬであろう。女子《おなご》というものはとかく、男のすべてを知りたがる生き物でな。ましてや夫が先だってしまえば、残された妻は必ずや、亡き人の胸の裡《うち》を探ろうと血眼《ちまなこ》になる。生まれ落ちたその時から、首さまの妃に定められていらした光明子さまとて、それは同じ。しかもそんなところに真実の遺詔を探しているおぬしが飛び込んでくれば、そりゃあ力添えをする気にもなられようて。

そんなわけで、道鏡《どうきょう》とやら。万一、首さまのまことのご遺詔が見つかったならば、それがどのような内容であれ、必ずや光明子さまにお伝えするのじゃぞ。光明子さまはああ見えて、お心が弱い。首さまの七七忌の法要の日、御夫君ご遺愛の品を六百余点も東大寺《とうだいじ》に奉献なさったのも、そんなご気性の表れじゃ。

まあ、かく言うわし自身、首さまに、一度、正面からぶつかった折があってな。光明子さまからの口添えもあるゆえ、わしが知ることであれば、なんなりと語ってやろう。さあ、何でも聞くがよい。

……どうした、御坊。なにを黙り込んでおる。

はあ、聞けと言われても、何から尋ねればいいか分からぬか。光明子さまから半ば無理やり、塩焼王に会って来いと勧められたとなれば、それも無理はない。ならばわしから尋ねるが、御坊の目にこのわし……正四位下山作司たる塩焼王は、どのような男と映っておる。

ふむ。阿倍女帝の異母妹・不破内親王の夫、首さまによって皇太子に定められた道祖《ふなど》王の兄。それだけか。いいや、別に責めているのではない。むしろ、おぬしの申しようは正しい。それでいいのじゃ。

実を申せば、わしという男はな。位の高すぎる妻と出来のよすぎる弟、その二人がおらずば、京を吹き渡る風よりもなお価値のない男なのよ。

思えば我が身の不幸はまず、一品《いっぽん》・新田部《にいたべ》親王《しんのう》なぞという、朝堂で重きを成す皇族の長男に生まれたことじゃった。倅《せがれ》たるわしが申すのも奇妙じゃが、わが父は若き頃より文武両道に長け、歴代の天皇より厚い信任を得てこられたお人。世が世であれば、帝位を踏んでいたやもしれぬ御仁《ごじん》じゃ。

されどどういうわけであろうな。そんな父の長子たるわしは、物心ついた時より、とにかく間が抜けたことしか出来ぬ子どもであった。別に愚鈍《ぐどん》だったわけではないぞ。むしろ、底抜けに愚かでいられたならば、己の知恵の足りなさにすら気付かず、日々、楽しく浮かれ過ごせたであろう。つまりわしは不幸にも、自らの間抜けさを情けなく感じるほどには賢く、そんな自らの所業を改められぬほどには愚かだったのじゃ。

今でもよう覚えておる。あれはわしが七歳、弟の道祖が二歳の春じゃ。その年、初めての蝶《ちょう》が庭を舞い、道祖が広縁からあうあうと声を上げながら、そちらに手を伸ばしておった。

屋敷に急な客人でも来ていたのであろう。普段であれば、わしらの側《そば》から決して離れぬ乳母《めのと》や侍女たちが、その時ばかりはなぜか周囲におらなんだ。

今でこそ仰ぐが如き偉丈夫じゃが、幼い頃の道祖はとにかくひ弱でな。風に当たるとすぐ熱を出し、乳母やわが母を狼狽《ろうばい》させる子であった。そしてわしはそんな小さな弟が、どうにも可愛くてならなんだ。庭に出るときは必ずわが手で抱いてまいったし、時には乳母に頼み込んで、自ら匙《さじ》を持ち、粥《かゆ》を養うてやりもした。

それだけにこの日も、わしは蝶を欲しがる道祖に、

「ちょっと待っていろ」

と言って、裸足のまま庭へと飛び降りた。

庭の隅に、馬酔木《あせび》が群れ咲くように花をつけていた。その花に止まる蝶を捕《とら》えてやろうと思うたのじゃ。

子どもの不器用な指で、繊細な蝶の羽をうまく持てるのかなぞ、考えもせなんだ。母の領巾《ひれ》の如く薄く、美しい蝶を我が手で捕まえる。その思いで胸がいっぱいで、心の臓

がやかましいほど音を立てておった。

ひらひらと飛ぶ蝶の羽の色は、雪崩《なだ》れるが如く咲く馬酔木と同じ色で、それだけに散り行く花弁に命が宿り、宙を舞っているかにも見えた。その美しさに眩暈《めまい》すら覚え、わしは忍び足で馬酔木の茂みへ歩み寄った。

わしがなにをしようとしているのか、幼い弟にも分かったのじゃろう。広縁《ひろえん》では、道祖が息を殺してこちらを見つめている。

こうなると最早《もはや》、失敗はできぬ。よし、と自分に言い聞かせ、わしは花叢《はなむら》へ飛び込んだ。その途端、伸ばした両手をかいくぐり、蝶が思いがけぬほど敏捷《びんしょう》に逃げる。慌てたわしは、必死に両手を振り回した。掌《てのひら》に何かが当たる微《かす》かな感触がしたかと思うと、蝶が突然、へなへなと地面に舞い落ちた。

あまりに焦り過ぎたわしの手が、蝶を叩き落としてしもうたのじゃ。慌てて拾い上げた蝶は両羽こそ無事であったが、足は二、三本もげ、胴は腹から下が醜くつぶれておる。しまった、とわしは青ざめた。蝶はその手からするりとすべり落ち、わずかに残った足で懸命に地を這《は》おうとし始めた。蟻が一匹、素早くそこに近付いてきたかと思うと、鱗粉《りんぷん》を振りこぼす羽に嚙《か》みついた。

咄嗟《とっさ》に、わしはその蟻を指で摘《つま》みつぶした。されどまたすぐに別の蟻が現れ、今度は半ばつぶれ、緑色の液体を沁《し》み出させた蝶の腹へと食い付く。あっという間に数匹の蟻にたかられた蝶から逃げるように、わしは足をよろめかせた。

あうあう、とまた声がした。わしの戻りが遅いのに、道祖が焦《じ》れているのじゃ。

このままでは弟が泣き出してしまう。なにか蝶の代わりを、と周囲を見回したわしは、馬酔木の茂みの根方に、大人の握り拳《こぶし》ほどの石が落ちているのに気づいた。

いや、石ではない。拾い上げて見ればそれは、素木《しらき》で拵《こしら》えられた巻貝の彫り物であった。

薄く薄く削り出された殻の端は曙《あけぼの》の色にうっすら染められ、内側から灯を灯《とも》したように明るんでいる。それを目にした途端、微かな波の音が聞こえた気がして、わしは蟻に食われつつある蝶のことも忘れて目を瞠《みは》った。

その前年、わしは父君に従って難波津《なにわつ》に参り、生まれて初めて、海というものに接していた。爪の先ほど小さな細螺《きさご》、ちょこんと先の尖った蜷《にな》。波の打ち寄せる浜でそれらを夢中で拾い集めたわしの目にも、その彫り物は実際の貝殻よりもなお美しく映った。

今から思えば、ちょうどその三月ほど前、時ならぬ野分《のわけ》が都を襲ってな。父の屋敷も倉の屋根が飛んだり、庭木が倒れたりと、それはそれは大変な有様となっておった。おそらくその彫り物は、修繕に参った工人どもが手慰みにでも拵え、うっかり忘れていったものじゃろう。とはいえその時のわしには、それだけの思慮はなかった。

これだ。これほど見事な彫り物を見れば、道祖も蝶のことなぞ忘れてしまうだろう。

わしは貝を握りしめて、踵《きびす》を返した。大急ぎで弟のもとに駆け戻り、「そら」と道祖の手に彫り物の端を握らせた。

「蝶なんかよりずっと、綺麗だろう。それにこの貝なら逃げないし、死にもしないぞ」

わしの言い訳を解したわけではあるまいが、道祖はぱっと顔を明るませて、小さな手には余る貝の彫り物を摑《つか》んだ。言葉にならぬ声を嬉しげに漏《も》らしながら、いきなりその縁に嚙みついた。

ちょうど歯が生えてきたばかりで、口の中がむずがゆかったのやもしれぬ。仰天するわしにはおかまいなしに、涎《よだれ》だらけの口で貝のてっぺんをしゃぶり、嬉しそうににっと笑った。

「そうか、嬉しいか、道祖。よかったなあ」

楽しげに笑う弟の頭を撫《な》でながら、わしは心底ほっとしておった。

もし無事に蝶を取って来たとしても、幼い弟は誤ってそれを殺してしまったかもしれない。そう、道祖には蝶なぞより、この方がよかったのだ。

と、そこまで考えて、わしははっと庭を振り返った。

あまりに急いで、広縁に駆け戻ったせいであろう。馬酔木の根方には幾つもの足跡が残り、花が無惨に踏みにじられている。いや、花だけではない。そこでつぶされ、泥にまみれていたのは、わしが蹴散らしてしまった蝶と蟻の残骸じゃった。

ああ、そうじゃ。愚かで、されどほんの少しだけ頭の回るわしは、自らの愚行をその時しかと顧《かえり》みてしもうたのよ。

弟はそんなことには気付かぬまま、嬉しそうに貝殻の端をしゃぶっている。自分は今、なにをしてしまったのか。その事実がひどく恐ろしく、わしは胸の奥がしんと冷えていくのを止められなかった。

この日から事あるごとに、わしは自分がいかに駄目な男であるかを、つくづく思い知る羽目となった。学問にはまあまあ真面目に取り組むが、師を驚かせるには程遠い。歌を作らせても、漢詩を賦《ふ》させても十人並み以下。ついでに言えば、容姿までが見ての通り、平凡よりわずかに劣るといった具合じゃ。

学問にしても詩才にしても、いっそまったく出来ぬのであれば、かえって気持ちがよい。されどそれがまたいずれも中途半端に形ぐらいはつくのじゃから、困ったものじゃ。それに引き換え、人々の目を惹《ひ》いて離さなかったのは弟の道祖であった。

弟はたった七歳でわしと机を並べるほど、頭がよかった。あっという間にわしを引き離し、師から手放しで褒《ほ》められるあ奴の姿は、わしにはひそかな自慢の種であった。しかも弟はそれでいて、わしに対して常に辞を低くし、長幼の序を決して崩さなんだ。そう、あれほど出来のいい弟は、世にそうそうおるまい。そしてわしはそんな道祖に甘え、二十一歳で父を失った時も、葬儀の一切合切を弟に押し付けて、ただひたすら妹たちと泣き濡れもした。

――まあ聞け、わしにとってみれば、首さまというお人を語るには、道祖を避けては通れぬのじゃ。あの残酷なまでに優しく聡明で、わしとは何から何まで正反対の弟をな。

あれは今から十七年前。二十六歳のわしは突如、首さまの伊勢《いせ》行幸《ぎょうこう》に伴う御前《みさき》長官に任ぜられることになった。天皇の御幸に加わる官人《かんじん》の選抜から道中の宿の支度など、その準備一切を担う大切なお役目じゃ。

それまで無官であった身には思いがけぬ大抜擢に、わしは喜ぶよりも先に呆然とした。当時、すでに散位頭《さんにのかみ》に任ぜられていた道祖が宮城から駆け戻ってきたのを見て、ようやく我に返る有様じゃった。

「兄者《あにじゃ》、なにか手伝うことはありませぬか」

「おお、道祖か。はて、頼みたいことは山ほどあるはずじゃが、いったい何を頼めばいいのかすら分からぬわい」

とはいえわしの狼狽は、決してゆえなきものではない。それほどに首さまの伊勢行幸の御下命《ごかめい》は、突然のものであったのじゃ。

その前月、大宰府《だざいふ》では首さまの従兄に当たる藤原広嗣《ひろつぐ》が、一万余りの兵を率いて叛乱《はんらん》を起こしておった。幸い、武勇に優れた参議・大野東人《おおののあずまひと》が将軍として遣《つか》わされ、乱はたやすく鎮圧されるかと見えたが、首さまはその勝敗もまだ決まらぬうちに、伊勢に参ると仰せられたのじゃ。

我らからすれば、まったく寝耳に水。されど太政官《だいじょうかん》の誰が諫《いさ》めても、首さまは詔《みことのり》を改めるどころか、かえって準備を急《せ》かされる始末でな。行幸先の頓宮《とんぐう》を建てるため、大急ぎで寧楽《なら》を飛び出した行宮司の者たちや、途次の支度全てを任されたわしが、狼狽《うろた》えるのも当然であった。

「ならば兄上、まずは行幸のお供をする官人を決めましょう。行幸が過ぎ去った後の始末に当たられる御後《みあと》長官には、どなたが任ぜられたのです」

「お、おお、従四位石川《いしかわ》王さまじゃ」

「先の宮内卿《くないきょう》でいらっしゃいますな。ならば行幸時のあれこれについては、石川王さまの方がお詳しゅうございましょう。兄上はとりあえず、宮衛令《くえいりょう》を読み返しては如何《いかが》でございますか。行幸の儀式次第については、あの法典に詳しく書かれておりますから」

冷静に弟に言い聞かされ、わしはわずかに落ち着きを取り戻した。

「そ、その通りじゃな。ならばそうしよう」

しかし、あまりに動転しているせいであろう。手渡された律令のいったいどこに、行幸にまつわる記載があるのかが分からない。顔を真っ赤にして巻子《かんす》を開くわしの手から、道祖は無言で律令を取り上げた。宮衛令第六条たる車駕《しゃが》出行条を指差し、「まずはここからでございます」と低い声で言った。

その落ち着き払った態度に、わしは思わず弟の顔を凝視した。

寧楽から名張《なばり》を経て伊勢に至る行幸は、約一月《ひとつき》の行程と触れ出されている。一日や二日程度ならばともかく、そんなに長い期間、自分が御前長官の任を果たせるとは思い難い。わしは巻子のひとところを指す弟の手を、強く握り締めた。

「わ、わしには到底無理じゃ。道祖、おぬし、御前長官を代わってくれ」

「なにを仰います。兄上を選ばれたのは、他ならぬ首さま。そのご信任に応えずして、なんのための宮仕えでございます」

「ならば、行幸の一行に加わり、わしの手助けをしてくれ。のう、それであればよかろう」

実際のところ、行幸には右大臣・橘諸兄を始め、智努《ちぬ》王や長田《ながた》王といった古老がた、首さまの信頼厚い大学者・下道真備《しもつみちのまきび》などが随行すると決まっておった。そのためわしが御前長官の任を十全に果たせずとも、誰かがそれを助けてはくれよう。それでも幼き頃より共に過ごしてきた道祖が側にいるのといないのとでは、心の持ち様がまったく異なるというものじゃ。

「こたびの行幸には、騎兵だけでも四百人が加わる。先帝の氷高《ひだか》さまや、光明子さまを始めとする妃嬪《ひひん》がたもお供するそうじゃ。まるで京が丸ごと家移りするようなにぎやかな行幸になるのは間違いない。のう、共に行こうではないか」

「分かりました、分かりましたよ。兄者にそこまで言われては、どうにも断れぬではないですか」

わしをなだめるように軽く両手を上げ、道祖は小さく幾度もうなずいた。

「ならば太政官にお願いして、わたくしを御前司の掾《じょう》か主典《さかん》に任じてください。そうすればいつでもお側に侍り、手助けして差し上げられます」

「おお、おやすい御用じゃ」

かくして道祖はわしの補佐官として、共に伊勢に発つと決まった。

寧楽から伊勢へは、都祁《つげ》を越え、伊賀国《いがのくに》を通り抜けるのがなによりの近道。騎兵四百人に、官吏《かんり》・女官などを加え、計六百名を超える一行は、名張から安保《あお》を経て、出立から四日後には伊勢国の河口頓宮《かわぐちとんぐう》にたどりついた。そしてここに十日間滞在した後、伊勢国府のある鈴鹿《すずか》郡へ移動。桑名《くわな》郡を経て、美濃《みの》国へ至り、不破《ふわ》郡の頓宮にたどりついた頃には、寧楽を出てちょうど一月が経っておった。

おぬしは美濃国には行ったことがあるか。峻嶮《しゅんけん》なる山を間近に仰ぎ、荒涼たる風が日夜吹き渡る国じゃ。ここで首さまは、行幸の警護に当たっていた騎兵の任を解かれ、寧楽に帰れと命じられた。

道祖の協力もあり、ここまでの道中、わしは大過なく御前長官の任を務められていた。それだけに一足先に京に引き上げる四百名の騎兵を街道まで送りながら、わしは胸の中で間もなく終わるであろう行幸を顧みておった。

半泣きの女孺《にょうじゅ》をなだめすかしながら、大雨の山道を進んだ伊賀国。海から吹きつける風の寒さに、氷高さまが危うく風病を引きそうになった桑名。だがそんな苦労の連続だった行幸も、間もなく終わる。そう思えば矢の早さで過ぎ去った道中が懐かしく、胸の底が柄にもなく熱くなった。

(道祖にはどれだけ礼を言っても言い足りぬな。京に戻ったら、どうやってねぎらってやろう)

　吹きすさぶ風は、思わずたたらを踏むほど荒々しい。傾きかけた冠を片手で押さえ、そう胸の中で呟《つぶや》いたとき、当の道祖が足早にこちらにやってくるのが見えた。

　その顔は青ざめ、なぜかひどく強張《こわば》っている。はて、ここのところ女官たちの間で風病が流行っていたが、もしかして道祖までが罹患《りかん》したのか。

　しかし小走りに近付いてきた道祖は、大丈夫か、と問おうとしたわしの鼻先をくじくように、

「大変でございます、兄上」

と声を上げた。あ奴にしては珍しい、狼狽しきった声であった。

「首さまがただいま右大臣さまに、急ぎ山背《やましろ》国相楽《そうらく》の恭仁郷《くにのさと》に発てとお命じになられました。恭仁郷に京《みやこ》を造れとの御沙汰《ごさた》でございます」

「京――京じゃと」

その言葉の意味が咄嗟に分からず、わしは口を開けた。すると道祖は焦れたように眉を吊り上げ、

「首さまは新しき京を恭仁に造り、そこにこのまま遷移《せんい》なさるおつもりなのです。遷都《せんと》でございますよ、兄上。遷都です」

と怒鳴った。

藤原京から寧楽に京が移されたのは、かれこれ三十年前。昔の天皇が、一代に幾度も都移りをしていたことを思えば、遷都そのものは奇妙ではない。ただ問題はそれがこんな行幸の最中、突然、何の前触れもなく触れ出されたことじゃ。

そう、つまり首さまはこの一月の間、ほうぼうの頓宮を巡りながら、次なる京に適した場所はないかと思い巡らしていらしたのよ。そして東国にはどこにもお眼がねに叶う場所がないと知り、かねてより腹案となさっていた恭仁に狙いを定められたというわけじゃ。

さように考えれば、突然の行幸も、そこになぜこれほど多くの官人女官が加わらなければならなかったのかも納得が行く。要はわしは行幸の列を差配していたのではなく、

遷都の列を必死にお守りしていたのじゃ。

突然の勅命に仰天したのは、我らだけではない。寧楽からはすぐさま、参議である藤原豊成《とよなり》と鈴鹿《すずか》王が留守官の務めを放り出してすっ飛んできたし、随行の議政官たちも「なぜかような場所で遷都をお決めになられるのです」と首さまに詰め寄った。

しかしながら首さまは数々の反対の声を押し切って、そのまま美濃から近江《おうみ》、更に山背国へと遷御《せんぎょ》なさった。そして先発していた右大臣・橘諸兄と合流するや、そのまま恭仁郷にて京づくりを始められたのじゃ。

誰しもがまだ、自分たちの身に何が起きたか分かっておらなんだ。まるで悪い夢でも見ているかに思いながら、わしらは新京にて新たな暮らしを営むこととなった。

その頃の恭仁と来たら、宮と呼ぶべき堂舎もろくになく、だだっ広い野面《のづら》にぽつりぽつりと小屋が建っているだけの有様でな。首さまや氷高さまの御座所だけは大急ぎで拵えられたものの、しばらくの間、わしらは寒風吹きすさぶ野原で野営をせねばならなんだ。風病をこじらせた宮女の中には、そのまま咳病に罹《かか》り、亡くなる者まで現れたわい。

正直に申して、わしはことここに至っても、恭仁遷都はただの気まぐれ、二月《ふたつき》、三月《みつき》と日が経てば、首さまは必ずや寧楽にお戻りになられようと思うておった。しかしながら驚いたことに、年が改まり、野面のそこここに草花が芽吹き始めてくると、首さまはまず寧楽の宮城に蓄えられていた兵器を新京に運ぶよう命じられた。

そして更に、

「官人のうち、ゆえなく旧都に住んでいる者は罰される。どうしても寧楽にとどまらねばならぬ者は許可を得よ」

という命令が触れ出されるに至り、わしは「この遷都は本物か」と遅まきながら腹をくくらずにはいられなかった。

寧楽では日々多くの堂宇が壊され、恭仁に運ばれてくる。わしが父から受け継いだ屋敷は、恭仁造宮司《ぞうぐうし》の輔《すけ》に抜擢された道祖がいち早く新京に移してくれたが、なにせ恭仁は寧楽に比してあまりに狭く、庭なぞはそれまでの半分ほどに削られてしもうた。屋敷を取り囲む山の形、川の流れも、もちろんかつてとはまったく違う。なだらかな起伏を見せる春日山《かすがやま》、街区を貫いて流れる佐保《さほ》の流れが懐かしくてならなんだ。

「どうもここは落ち着かぬなあ。寧楽に戻りたいわい」

我知らずぼやいたわしに、道祖は「それは誰しも同じでしょう」と苦笑した。

「ただ兄上、まだ恭仁京内に住まうことが叶うだけ、我々は幸せなのですよ。ご存じの通り、この京は寧楽の半分ほどの広さしかありません。低位の官人の中には、京に住まいを得られず、家族を寧楽に留めたままの者も大勢いるそうですから」

旧都からの家移りが官より奨励されているのに、新都に住むところがないとは妙な話じゃ。されど弟の申す通り、実際、四囲に山が迫り、町の真ん中を木津川《きづがわ》が流れる恭仁京は、五万もの人々が住むには狭すぎた。おかげでせっかく宮城の官衙《かんが》を移築しても、同じ大きさの敷地が確保できず、泣く泣く建物を旧都に戻すことも頻《しき》りじゃった。

「それよりも、首さまは例の大仏造営の場を紫香楽《しがらき》と決定なされ、この秋にはかの地に行幸をなさるとか。その行幸の御前長官には、また兄者が任ぜられるとの噂を耳にしましたよ」

「おいおい、まさか。嘘だろう」

わしはぎょっとして、かけていた倚子から立ち上がった。

「前回の行幸では、おぬしがいたゆえどうにか務めを果たせたのじゃ。また御前長官なぞ仰せつかっては、今度こそ身が持たぬ」

造宮司の仕事に忙しい道祖を、再び自分の補佐官にすることはできぬ。つまり今度こそ自分の力で務めを果たさねばならぬという事実に、わしは心底震え上がった。

「大丈夫ですよ。こたびの行幸先の紫香楽は、ここからほんの目と鼻の先。従う人員とて、あれほど大勢ではありますまい」

行き先が近かろうが、規模が小さかろうが、天皇の行幸は行幸じゃ。ああ、せっかく御前長官の任を解かれ、気ままな日々を送っていたというのに。わしは両の手で頭を抱えた。

「まったく、まだ新都の造営も途中じゃのに、なぜ首さまは大仏などを造ろうとなさるのじゃろうなあ。しかも新京が狭く、他の地でなければ場所が取れぬというのであれば、潔く寧楽に還都なされればよかろうに」

そう、この頃から首さまは仏法に激しい傾倒を始めていらした。国ごとに国分寺・国分尼寺を造れとの勅《ちょく》も恭仁宮で出されたものであったし、かつて難波宮《なにわのみや》への行幸の途次、知識寺《ちしきじ》なる寺で毘盧舎那仏《びるしゃなぶつ》を目にしたことを思い出され、自らも大仏を造りたいと仰せられたのも、この年じゃ。

ほうぼうに使いがやられ、大仏造営に相応《ふさわ》しい場所の選定が行われていることは、わしも承知しておった。されどその選地への行幸次第司《しだいし》に、まさか己が選ばれるとは。

「今回の次第司には、兄上と石川《いしかわ》王さまのほか、左中弁《さちゅうべん》の阿倍佐美麻呂《あべのさみまろ》さま、民部《みんぶ》大《たい》輔《ふ》の多治比犢養《たじひのこうしかい》さまも加わられるそうです。行幸の日数もせいぜい四、五日でしょうから、かように怯《おび》えられずともよろしゅうございましょう」

前回と同じく、わしと石川王を抜擢なさったということは、首さまは先の行幸にそれなりに満足しておられるのじゃろう。されど本当はその手柄は弟が受けるべきもので、わしは道祖に言われるまま、あちらに走り、こちらに走りしていたにすぎぬ。

とはいえ、なまじ一度御前長官を務めてしまっただけに、「こたびばかりはお許しを」と願い出るのは無理じゃ。結局それから半月後、正式に下された紫香楽行幸次第長官の除目《じもく》を、わしは泣く泣く受けた。

恭仁から紫香楽に向かう東北道は、恭仁宮造営の最中に開削された新道じゃ。途中、狭い谷間や険しい坂も多いだけに、紫香楽行幸の随員は結局、わしらを含めてもほんの五十人。日程は全八日間と決まった。

「おお、塩焼王。こたびも世話をかけるが、よろしく頼むぞ」

よほど紫香楽行きが楽しみでいらっしゃったのだろう。恭仁を発つ前夜、首さまはわしを含む次第司の面々を呼び召され、一人一人に親しくお言葉を下さった。

正直、震え上がったな。随員が少ないとは、それだけわしを助けてくれる者がおらぬ事実を指すのじゃもの。

紫香楽にお供する大半は男性官吏であったが、恭仁に残られる光明子さまや氷高さまに、紫香楽の有様をお伝えするためであろう。一行にはまだ十三、四歳とおぼしき女嬬も四人、加わっておった。

そのうちの一人には見覚えがある。前回の行幸の最中、伊賀国で大雨に降られた折、疲労のあまり泣き出してしまった下村主白女《しもすぐりのしらめ》とかいう女嬬じゃ。

あの時、めそめそと泣く女嬬に手を焼いたわしは、行幸を止めることも出来ず、さりとて一人だけ道中で放り出すわけにもいかず、ただただ白女の傍らを馬で歩み続けた。そしてついに雨が止み、その日の宿である頓宮が見えてきたとき、「よく頑張ったのう」と声をかけて、列の先頭に戻ったのじゃ。

白女の側もわしに気づいたのだろう。いささか決まり悪げに頭を下げ、仲間たちとともに列に加わった。

よほど仲がいいのか、四人の女孺がぴったり身を寄せ合い、険しい山道を進む様は、岩場に群れ咲いた牡丹《ぼたん》の花を思わせる。かつての行幸時の泣き顔が嘘のように、額に汗をかきながら懸命に足を運ぶ白女の姿に、わしはひととき行幸次第司の重任を忘れた。

朝早くに恭仁を出たものの、山々が連なる紫香楽のほうぼうを見て回ったせいで、一行が紫香楽の頓宮に着いたのは、とっぷりと夜が更けた時刻であった。慣れぬ道に疲れ切った随員たちは倒れ込むように床に臥《ふ》したが、わしだけは身体が綿の如くくたびれているにもかかわらず、どうにも目が冴《さ》えてならなんだ。

今日一日は無事に過ぎたが、明日はどうだ。明後日はどうだ。準備万端整えているつもりではいるが、猪《いのしし》が車駕に突っ込むかもしれないし、川にかかる橋が落ちているかもしれない。そうなったとき、自分はどう責任を取ればいいのだ。

（ああ――）

両手で頭を掻《か》きむしり、わしは粗末な御床から起き直った。眠らねば明日が大変と分かっているのに、目はますます冴えてゆく。その癖、身体がかっかと火照《ほて》っているのは、夕餉《ゆうげ》に一献《いっこん》だけ出た酒のせいであろう。

そうだ、厨《くりや》にはあの酒の残りがあるのではなかろうか。この際、肴《さかな》は鮭の楚割《すわやり》（魚肉の乾物）でも、ただの塩でも構わない。もう二、三杯、酒を飲めば、少しは眠気が訪れるはずだ。

わしは忍び足で部屋を出た。急拵えの頓宮は、歩むたびにそこここがうるさく軋《きし》むが、誰もがすっかり眠りこけているのか、起き出してくる者はいない。酒の盗み呑みにはもってこいじゃ。

されど階《きざはし》を降り、隣棟の厨へ向かおうとしたわしは、目の隅に動くものを見つけ、息を飲んだ。見間違いではない。騎兵や女孺、従僕たちの宿舎に充てている屋舎の横に、四つの影が蹲《うずくま》っている。

どういうわけかそれぞれ、夜目にもはっきりと目立つほど色鮮やかな衣をまとっている。立ちすくんだわしには気付かぬまま、影たちは顔を寄せ合い、ひそひそとなにか囁《ささや》き合った。そしてそのまま建物に身を隠すようにして、小走りに駆け出した。

（く、曲者《くせもの》ッ――）

そう怒鳴って騎兵を呼ぼうにも、恐怖のあまり喉《のど》がひりついて声が出ない。そうしておるうちに影どもは屋舎を過ぎ、頓宮の門へと近付いていく。

首さまが御寝あそばされている殿舎《でんしゃ》は、曲者が向かっている方角とは逆。首さまに害さえ及ばぬのであれば、このまま見て見ぬふりをするか。いいや、万一、明日になって、奴らが何かを盗み出していたと知れたらどうするのだ。ここは何としても、あ奴らを捕まえねば。

頓宮の門には、不寝番《ねずのばん》の衛士《えじ》が配されている。彼らが曲者どもを捕縛することを願いながら、わしは足音を殺して、四つの影の後を追った。

されど、なんということじゃろう。門前には赤々と篝火《かがりび》が焚《た》かれてはいるが、その左右を固めているはずの衛士どもは、手鉾《てぼこ》を腹に抱き込んで、ぐうぐうと寝息を立てておるではないか。

影たちはしばらくの間、衛士の様子を窺《うかが》うように、じっと暗がりに身をひそめておった。さりながらやがて小さくうなずき合うと、まず一人が篝火の灯りの輪の中に飛び出し、そのまま足音を殺して門を通り抜けようとした。

その姿に、わしは思わず大きく身を乗り出した。誰あろう、その曲者はあの下村主白女とか申す女嬬じゃったのだ。いや、白女だけではない。残る三つの影、それはみな白女ともども行幸に加わっておった女嬬どもではないか。

身じろぎした拍子に足元の玉砂利が鳴り、白女とその仲間たちがはっとこちらを振り返った。そこにおるのがわしと気づくや、今にも泣き出しそうに顔を歪《ゆが》め、「塩焼王さま――」と口々に呻いた。

「どうか、どうかお許しください。わたくしたちは何としても、寧楽に戻らねばならぬのです」

夜にもかかわらず、四人の姿がはっきりと見えたのも道理。女孺どもはみな日中と変わらぬ、色鮮やかな裙《も》に大袖姿であった。

こんな格好で、夜の山道を行くつもりか。わしは驚き、そして呆《あき》れた。

「と、とにかく、おぬしらこちらに来い。衛士に見つかれば、大変な騒ぎになるぞ」

いったい何が起きているのか分からない。混乱しながらも、わしは必死に女孺どもを手招いた。

女孺どもは顔を強張らせながら、案外おとなしく、わしの後について参った。しかしそのうちの一人が鼻を鳴らしてすすり上げるや、それが移ったかのように全員が顔を覆ってしくしくと泣き出した。

「これはどういうわけじゃ。もしやおぬしら、最初から頓宮を抜け出すつもりで、この行幸へのお供を願って出たのか」

困惑しきったわしの問いに、女孺どもはみなすすり泣きながら、小さくうなずいた。

「ど、どうしても寧楽に戻りたかったのです。ですが、恭仁宮は警備が厳しく、到底、抜け出すことが出来なくて――」

女孺はその大半が、畿内の出身。寧楽で生まれ育った者も多いため、旧都が懐かしくてならぬのも分からぬではない。されど、四人もの娘たちが一斉に脱走を企《たくら》むとはどういう次第じゃ。

「なぜそこまでして、寧楽に戻ろうとする。わしでどうにかなる話であれば、力を貸してやるぞ」

わしの言葉に、四人は顔を見合わせた。次の瞬間、そろって大粒の涙を頰にまろばせながら、

「だってわたくしどもの家族のような低位の者は、恭仁に家が持てぬのでございますもの」

「このまま恭仁におっては、家の者に会えぬのですもの」

と、蚊の鳴くような声で口々に言った。

「塩焼王さまもご存じでいらっしゃいましょう。恭仁は狭く、家を移し、まともな暮らしを営めるのは、五位以上の方々のみ。わたくしどもの如き卑官は、家族と別れ、たった一人での恭仁暮らしを強いられているのでございます」

「両親に――弟や妹に、せめて一目会いとうございます。家族もさぞ、わたくしどもの身を案じているに違いありません」

いつぞやの弟の言葉が脳裏をよぎる。わしは額に手を当て、ああと深い息をついた。

そうじゃ、女嬬たちの言葉は正しい。わしのような皇族や、高位の貴族どもは狭い京にもそれなりの屋敷を建て、家族を呼び寄せられる。また反対に、宮城への出仕《しゅっし》の必要のない庶人《しょじん》は、いっそ開き直って旧都に住み続けることもできよう。気の毒なのは、

出仕を止めるに止められず、さりとて肉親と暮らすだけの住まいも確保できぬ低位の官人どもじゃ。

　これが大の大人であれば、それも宮仕えの哀しさと腹をくったに違いない。されど目の前の女孺どもはみな、ようやく少女から大人になったばかりの若人。行幸先で遷都を告げられ、そのまま家族と引き離されて暮らす心細さは、わしにもよう分かる。わしとてあの道祖とほんの一日離れているだけで、これほど心細うてならぬのじゃからな。

「さ、されどこれは、首さまの御下命じゃ。務めを擲《なげう》って旧都に戻れば、親兄弟にも厳しいお咎《とが》めが下ろうぞ」

　必死にしぼり出したわしの言葉に、女孺たちは揃ってうわっと泣き出した。それももはや顔を手で覆わず、天を仰ぎ、肩を震わせる号泣じゃ。

「愚か者。声が高いッ。誰ぞに聞かれたらどうする」

　あわてて女たちを叱りつけながら、わしはなぜかその時、首さまに対し、激しい怒りを覚えていた。

　いや、怒りというのは正確ではない。わしはその時、首さまを憎み——そして、蔑《さげす》みすらしていたのじゃ。

　おぬしも知っておろう。首さまは日輪の裔《すえ》たる皇統と臣下である藤原氏の二つの血を引き、母方たる藤原氏の助けを借りて帝位についたお人。それを天皇家と藤原氏——いわばこの国に古くから根を下ろした山と、新たに勃興《ぼっこう》した海が手を携《たずさ》えた姿と考えるのはたやすい。

されど、実際のところはどうじゃ。藤原氏は首さまが生まれるはるか以前から、有形無形様々な形で皇統にからみ付き、その幹から糧《かて》を得て、ここまで大きくなってきたのではないか。

そのいい例が、他ならぬこのわしじゃ。わが父・新田部の母君は、藤原大織冠《たいしょくかん》（鎌《かま》足《たり》）の娘。いわばわしは首さま同様、藤原氏という蔓《つる》にからめ取られた皇統の裔。そう思えば、わしや道祖と首さまの間には大した血筋の違いなぞないし、そもそも首さまは山と海の婚姻の末に生まれた輝かしき日輪なぞではない。わし同様、とうの昔に藤原氏に取り込まれた、ただの哀れな松が枝じゃ。むしろ母に藤原の女を持つ分、かの一族の血は濃いと言わねばならん。

それにもかかわらず、首さまはいまこうしてこの女嬬たちを翻弄《ほんろう》し、己の求めるがままに新京を、毘盧舎那《びるしゃな》大仏《だいぶつ》を造ろうとしている。それがひどく不条理と思われてならなんだ。

よし、とわしは誰にともなく小さくうなずいた。泣き疲れ、声を嗄《か》らし始めた白女たちを見回し、

「もう、泣くな。わしがおぬしらを寧楽に帰してやる」

と言った。

女孺たちのためではない。わしと同じく藤原氏に侵された皇統の一人でありながら、一分の瑕疵《かし》もない日輪の如く振る舞う首さまが、腹立たしゅうてならなんだ。

藤原氏がここまで勢力を増したこの国において、揺るがざること山の如き皇統なぞ、もはやありはせぬ。かつて確かに存在したであろうそれは、迫りくる藤原氏という海に飲み込まれ、とうの昔に消えてしまった。そう、皇統という山ははるか昔に崩れ去り、首さまはかつての山の名残を偽りの衣とし、海山の融合たる日輪の裔を演じておられるだけじゃ。

正直申して、このところの首さまの政《まつりごと》は、行きあたりばったりにもほどがある。こんなことなら、わが自慢の弟たる道祖の方がはるかに帝位に相応しい。そうも思った。

わしの言葉があまりに意外じゃったのだろう。白女たちは涙でべとべとになった顔で、きょとんとこちらを見つめている。そんな娘たちを安堵させるように、わしは唇に薄い笑みを浮かべた。

「それが来月になるか、再来月になるかは約束できぬ。されど必ずやおぬしらを寧楽に帰してやるほどに、ここはわしを信じてくれまいか」

「まことでございますか」

しゃくり上げながら尋ねる白女に、わしは大きく首肯した。

「もちろん、まことじゃ。だから辛いやもしれぬが、この行幸の間はどうか我慢をしてくれ」

わしに見咎められたことで、なおも脱走する気力を失ったのだろう。説得に応じたというより、ほとんど諦念の表情で宿舎に帰っていった女嬬たちは、翌日から重たげに足をひきずって行幸に従い、結局それから八日後、わしらは一人も欠けることなく恭仁京に戻った。

宮城に着いたわしらを待っていたのは、一行をねぎらう宴の用意であった。されどわしは、いささか頭が痛みます、と嘘をつき、その足で造宮司におる道祖のもとに飛んで行った。

「兄上。無事にお戻りになられましたな」

わしの形相が、よほど変わっていたのじゃろう。そう言って顔をほころばせた弟はすぐに目をしばたたき、「なにごとかございましたか」と声を潜めた。配下の者に人払いを命じると、造宮司の官衙のもっとも奥の一室にわしを誘った。

「道祖、おぬしはわしの自慢の弟じゃ。それゆえ、わしはおぬしに叶えてもらいたいことがある」

「はい、わたくしに出来る話であれば、なんなりと」

「わしは――わしは、おぬしに天皇になってもらいたい。そのためであれば、わしはどんな苦労でも致すつもりじゃ」

　さすがに思いがけなかったのか、その瞬間、道祖はぽかんと口を開いた。それは生まれてこの方、わしが一度も見たことがない、弟の心の底からの驚愕の表情であった。

「なにを仰せられます。首さまにはすでに皇子《みこ》も皇女《ひめみこ》もおいでででございましょう」

「それはわしとてよく分かっておる。されどわしはせめて、おぬしが天皇になる夢を見ていたいのじゃ」

　駄々をこねるようにまくしたて、わしは弟の腕を両手で摑んだ。

「首さまが所詮は藤原氏の血に侵された天皇であることは、おぬしも分かっていよう。そんなあのお方が天皇でいられるならば、誰よりも聡明で優しいおぬしの方が、はるかにその位にふさわしい。なあ、そうではないか」

　わしは己が天皇の器とは、これっぽっちも思ってはおらぬ。されどこれほど怜悧《れいり》で心優しい道祖が、なぜただの臣下として首さまに仕えねばならぬのじゃ。

　首さまは、皇統と藤原氏の融合を象徴する天皇なぞではない。ただの、海に切り崩された山の残滓《ざんし》じゃ。この国の本当の山がどこにあるのかなぞ、わしにはもはや分からぬ。興味もない。しかしこの日本の山でも、日輪の裔でもない首さまが平然と帝位におわし、わが弟は一官吏としてこの国を支えている。その彼我の差が、あまりに腹立たしかった。

「まったく、どうなさったのです。兄上らしくない」

道祖は苦笑いして、わしをなだめるように軽く肩を叩いた。

「きっと、行幸でお疲れなのでしょう。早く屋敷に戻り、ごゆっくりお休みください。わたくしも今日は早めに帰ります。ぜひ夕餉をご一緒いたしましょう」

ああ、道祖、道祖。これほどよく出来た男がなぜただの官吏に留まり、あの勝手気ままな御仁が帝位にあるのじゃ。

わしは弟の顔を真っ直ぐに見つめた。これから為《な》すことを、弟に気取られてはならぬ。たとえ我が身が滅びようとも、この弟に罪が及んではならぬ。

「ところでな、道祖。こたびの行幸で、わしは随行の女嬬どもと親しくなったのじゃ。聞けばそ奴らは、先の伊勢行幸にも加わっておったという。まだ若い身で、二度の行幸に従うとは実に感心な者ども。一度、屋敷に招き、ねぎらってやりたいのじゃが構わぬか」

「兄上が女子と親しくなられるとは珍しい。その女嬬どもは妙齢でございますか」

「妙齢と申すには少し若いのう。いずれもまだ十三、四歳じゃ」

それまで女っ気なく過ごしていたわしを、道祖が案じておったのは知っておる。わしは苦笑して、「そういう相手にはなるまいよ」と付け加えた。

「親兄弟とも離れ、恭仁で単身、宮仕えをする娘どもが気の毒になっただけじゃ。近々、そ奴らのためにわが家でささやかな宴を開き、ひととき楽しませてやりたいがよいか」

「そんなこと、わたくしに尋ねられる必要なぞありますまい。どうぞ、盛大にねぎらってやってください」

――もう、分かったであろう。それから半月後、わしは宴を開くと偽って白女たちを自邸に招いた。そしてかねて用意の粗末な衣に着替えさせると、我が家の水仕女《みずしめ》と偽って、四人を旧都に送り届けてやったのじゃ。

もっとも、あの娘どもが家族との団居《まどい》の時を持てたのは、ほんの数日じゃった。女嬬どもが戻らぬと知った采女司《うねめのつかさ》が、すぐさま方々に使部《つかいべ》を走らせ、わしが四人を寧楽に逃がしたことをあっという間に探り当てたからな。

糺問使《きゅうもんし》が我が家に遣わされ、わしはまだ新京に移築されておらなんだ寧楽の牢獄に拘禁された。それぞれの家で捕縛された、四人の女嬬たちも同様であった。

皮肉な話じゃのう。かつてあれほど帰りたくても寧楽に帰してもらえなんだにもかかわらず、いったん罪を犯せば、すぐさま寧楽の獄舎に放り込まれるとは。

薄汚く寒い獄で糺問使の取り調べを受けながら、わしはこみ上げてくる笑いを堪《こら》えられなんだ。白女たちを逃がしたのは、愚かなわしの首さまへの精一杯の反逆じゃった。

拘禁から五日後、我々に下されたのは、わしが伊豆《いず》国へ、白女が常陸《ひたち》国へ、その他の三人もそれぞれ佐渡島《さどがしま》、隠岐《おき》、土佐《とさ》国へ配流《はいる》されるという苛烈なものであった。

巷《ちまた》では、わしが女嬬たちと遊び戯《ほう》けたため、首さまのご勘気に触れたことになっておるらしいが、真実は違う。そしておそらく首さまは、わしがなぜ女嬬たちを逃がしなぞしたのか、敏感に気付いておられたのではあるまいか。そうでなければ、旧都に女嬬どもを帰らせただけで、あれほどの厳罰が与えられるはずがないわい。

道祖との面会も許されぬまま配流先に引き立てられながらも、わしの心はひどく晴れ晴れとしておった。

なにせわしは女たちを逃がすという些細な行為によって、首さまの喉元に刃を突き付けてやったのじゃからな。そしてその抵抗は間違いなく首さまに届き——そしてほんの少し、首さまが我が身を顧みられるきっかけとなったのではあるまいか。

わしらがそれぞれ配流された二年後、首さまは突如、難波宮を京にすると詔を発された。更にそれからわずか一年後には、今度は紫香楽宮遷都を布告。あまりに相次ぐ都移りに、京の人々からは不満の声が湧き起こり、結局、伊勢行幸から五年後、京は再び、寧楽に戻された。

首さまが最終的に寧楽に戻られたのは、我が身を賭《と》して遷都の愚かさを説いた、わしの存在があればこそ。わしはそう思うておる。

——なんじゃ、その顔は。およそ信じ難いという面じゃな。

ならばおぬしはなぜ、わしたちが配流から数年で呼び戻され、元の官職に戻されたと思う。一度は罪人となったわしに不破内親王さまを妻合《めあわ》され、遂にはわが弟の道祖王を次なる皇太子に定められたと思うておる。現在、宮城には、長屋《ながや》王さまのご遺児である安宿《あすかべ》王、黄文《きぶみ》王、山背《やましろ》王の三兄弟の他、大炊《おおい》王、白壁《しらかべ》王など多くの皇族がおるのじゃぞ。

それなのになぜ首さまは、官歴も乏しいわが弟に目をかけられたのじゃ。

ちゃんとご承知じゃったのよ、あのお方は。ご自身が天皇家と藤原氏の融合の象徴などではなく、藤原氏に侵された哀れな皇統の裔に過ぎぬ事実を。そして同じく出来損ないの皇族であるわしが、女嬬どもを逃がし、その政に反抗してみせたこともな。

　京に戻って以降、直接、首さまと言葉を交わす機は一度としてなかった。されどかような真似をせずとも、わしは分かっておる。

　自らが日輪の裔でないと知っておられればこそ、首さまはわしを許し、婿《むこ》として迎え——そして聡明なる道祖を跡取りに定められたのじゃ。ともに藤原氏の血に汚され、皇族でありながら臣下に侵された点において、我ら三人は兄弟のようなものじゃったのよ。

　そういえば今、ふと思い出したことがある。わしが配流先から寧楽に戻った日の話じゃ。道祖は京の南端に建つ朱雀《すざく》門まで、わしを出迎えに来てくれた。痩《や》せた馬に、よたよたと揺られながら大路をやってくるわしを見つけるなり、「兄上ッ」と叫んで走り寄り、馬の手綱《たづな》に取りすがった。

「よくぞ、よくぞ命長らえてお戻りになられました。道祖は嬉しゅうございます」

　その首元にきらりと眩しく光るものがあった。抜けるように白い玉《ぎょく》で拵えられた管玉《くだたま》の飾りが、紐に通され、首から下げられておったのじゃ。

　わしが知る弟は、女子の如く身の飾りをじゃらじゃらとつける男ではなかった。それだけに、思わず「それは」と呟いたわしに、道祖は明るい顔で笑った。

「美しゅうございましょう。実はこれは首さまより、いつか兄上が下さったあの貝の彫り物の代わりに賜《たまわ》った品なのです」

「貝の彫り物じゃと」

　その刹那、もう何十年も昔の出来事が、巻子を繰るが如く、わしの胸に甦った。

　わしが与えたあの彫り物を、幼き弟はそれはそれは大切にし、常に身から離さなかった。しかし父が亡くなった際、葬儀やら喪やらのどたばたで失われ、確かそのままになっていたはずではあるまいか。

「兄上が配流されて二月も経った頃でしょうか。不思議なことにあの彫り物がどこからともなくひょっこり出て来たのでございます。あまりの懐かしさにわたくしは涙ぐみそうになりましたが、それにしても、これはいったいどこで採れる貝を模しているのかと不思議に思いまして。宮城の図書寮《ずしょりょう》に参り、手がかりになる書物を調べたのでございます」

　ああ、この生真面目さこそ我が弟じゃ。こみ上げるものに胸を熱くしたわしは、それに続いた道祖の言葉に、目を見開いた。

「残念ながら結局、何も分からなかったのでございますが、珍しいことにたまたまその時、首さまが図書寮の文蔵《ふみくら》にお運びになられ、わたくしが手にしていたあの彫り物に目をお留め下さいました。そして、美しいのう、と一言、ご褒詞《ほうし》を賜ったのです」

　首さまは道祖の手から彫り物を取り上げるや、もう一度、「美しいのう」と繰り返されたそうじゃ。そのお声があまりに感嘆に満ちておったゆえ、弟は思わず、

「よろしければ首さまに献上させていただきます」

　と申し上げたという。

「その彫り物はわたくしが幼き頃、兄の塩焼が与えてくれたもの。持ち主の身を守り、その危難を救うそうでございます。首さまがお手元に置いてくだされば、兄もさぞ喜びましょう」

　それはわしの名を出すことで、首さまの勘気が少しでも解ければと思うての計らいじゃったのだろう。とっさに偽りの伝承まで口走り、あれはわしの存在を首さまに思い起こしてもらおうとしたのじゃ。

　残念ながらわしの名に対しては、首さまは眉一筋動かされなんだらしい。されど数日後、道祖の元には彫り物の代わりに、と美々しい管玉の飾りが下賜されたという。

「その時わたくしは、兄上はいずれ赦《ゆる》されて都に戻られると確信しました。心底、帝が兄上に対してお怒りであれば、兄上がわたくしに下さったあの彫り物を、首さまが嘉納《かのう》

くださるはずがないのですから」

そこまで言って、道祖は驚いたようにわしを見つめた。

「いかがなさいました、兄上」

「なんでもない。――本当に、なんでもないのじゃ」

わしの脳裏にはその時、明るく澄んだ木肌、ぼうと内側から灯《とも》したように朱に染まった彫り物の姿が、まるで昨日のことのように思い出されておった。

天皇家が山とすれば、藤原氏は海。そして皇族でありながら藤原氏の血に染められた我らもまた、この国をひたひたと取り囲む深く冷たい水の中に取り込まれておるのやもしれぬ。ならば海の中の生き物を象《かたど》りながら陸に在《あ》るあの彫り物は、そんな我々のもう一つの姿だったのではないか。

わしには道祖がおる。道祖にはわしがおる。されど首さまはどうじゃ、と思った途端、わしはだからこそ首さまはあの貝の作物《つくりもの》を召し上げられたかのように思うた。

わしはゆっくりと、道祖に向かって手を伸ばした。血を分けた愛しい弟を強く抱き締め、その肩に顔を埋めた。

足元にわしと弟の影が長く伸び、大路に巻き上げられた砂埃が、それを淡く霞ませておった。

——どうした、御坊。なにを黙り込んでおる。わしが首さまについて、有体《ありてい》に語ったのがそんなに恐ろしいのか。

何度も申しているように、別に信じられぬのであれば、信じずともよいぞ。山と海、その血の諍《いさか》いに関わりなき者たちに、わしの話が理解できるとも思えぬ。じゃがまあ、こうして首さまが亡くなられてみれば、わしは道祖の今後がどうしようもなく不安じゃ。首さまのご真意を知らぬ者たちからすれば、あ奴が皇太子になった理由はこれっぽっちも理解できぬであろうしな。

本当にあ奴はこのまま、阿倍女帝さまの皇太子で居続けることができるじゃろうか。今のわしには、それだけが案じられてならぬわい——。

その六　中《なか》臣《とみの》継《つぐ》麻《ま》呂《ろ》

なにをする。放せ。その手を放さぬか、この糞坊主《くそぼうず》。

人の屋敷に押しかけるだけならともかく、従僕の制止を振り切って、かような奥まで上がり込むとは。それでも御仏《みほとけ》に仕《つか》える仏弟子か。恥を知れ、恥を。

お、さすがに御仏の御名を出されると、言葉に窮するか。

だいたい、おぬしは宮城《きゅうじょう》の内道場《ないどうじょう》に詰める供奉僧《ぐぶそう》であろう。それが左中弁《さちゅうべん》・中臣清麻呂《きよまろ》の子息に狼藉《ろうぜき》を働いたとなれば、供奉僧の職を追われるのはもちろん、おぬしの師僧にも迷惑がかかるぞ。

さあ、それが分かったら、さっさと帰れ。わたしはもう金輪際、首《おびと》さまのご遺詔《いしょう》探しになぞ、付き合いたくはないのだ。すでに橘諸兄《たちばなのもろえ》さまは亡くなられた。さればその御下命《ごかめい》も、もはや知ったものか。

だいたい円方女王《まとかたのおおきみ》さまの元にうかがった帰り道、おぬしを置いて光明《こうみょう》皇太后さまの手の者から逃げてから、すでに半年あまりが経つのだぞ。それから今まで、おぬしはわたしの気持ちが変わりはせぬかと、じりじりと待ち続けていたのか。なんとまあ、生真面目で間抜けな坊主だな。

時世だ、時世が変わったのだ。いくら俗事に疎《うと》い坊主とはいえ、それぐらいは分かっているだろう。

前左大臣・橘諸兄さまが亡くなられて、すでに二月《ふたつき》。ここのところどうも、宮城の中がきな臭い。

先月の末には、皇太子である道祖王《ふなどおう》さまを阿倍《あべ》さまが叱責《しっせき》なさったとの噂が流れたし、つい昨日は、藤原部《ふじわらべ》の姓を「久須波良部《くすはらべ》」と改めよという、わけの分からん勅令が出されもした。

いや、違う。藤原部とは、藤原氏とは別物だ。わたしもこのたび初めて知ったが、なんでも東国の下総《しもうさ》や常陸《ひたち》に暮らす造《みやつこ》の名らしい。

そんな僻地《へきち》の部民《べみん》の姓を、なぜわざわざ変えさせるのか。それもこれもひとえに、藤原氏を他の氏族と区別し、その地位を確固たるものにせんという帝《みかど》のご意志だ。

もともと阿倍さまは幼き頃より、一回り年上の従兄である仲麻呂《なかまろ》さまを、それはそれは気に入っていらしたと聞く。無論わたしは、お二人が男女の仲にあるというみだらがましい巷説《こうせつ》なぞ、信じておらん。さりながら首さまが亡くなられ、その片腕でいらした橘諸兄さままでがお後を慕うかのように薨去《こうきょ》なさった今、宮城の権勢は全て、あの仲麻呂さまの元に集まりつつある。そんな中、生真面目に亡き人のご遺志を守っていては、どこで足を引っ張られるか危なくてならんではないか。

ふん。軽蔑したければ、するがいい。

当節の帝は首さまにしても阿倍さまにしても、みな大の仏法好きでいらっしゃる。春日山《かすがやま》の麓《ふもと》ではいまだに東大寺《とうだいじ》の造営が続いておるし、京のそこここでは貴族どもが相次いで私寺を建てておる。かような仏法礼讃の御世《みよ》にあっては、我ら神祇《じんぎ》を司《つかさど》る中臣氏は、これぐらい用心してかからなくては、いつ足をすくわれるか分からんのだ。

だいたいわが父の清麻呂が、なぜ中臣家の分家に過ぎぬ藤原氏にへつらい、懸命にその機嫌を取っておると思う。それもこれもすべて、仏法が興隆し、藤原氏の権勢ばかりがいや増す当節、かつての蘇我《そが》氏の如《ごと》く一族衰微の憂き目に遭《あ》わぬようにと思案なさっての計らいじゃ。

半年前、諸兄さまからお声がけを受けたとき、わたしはそれがまさかあれほど厄介な御下命を賜るものとは思ってもおらなんだ。とはいえ首さまのご信任厚かった前左大臣さまのお言葉に逆らうことも出来ず、渋々、承知しましたと申し上げたが、事ここに至り、そんな約束を守り通していては、いつ藤原氏からあらぬ疑いをかけられるか知れたものではない。

相役と定められたおぬしには悪いが、わたしは今後一切、この話からは手を引かせてもらう。死人に忠義なぞ尽くしても、何の得にもならん。しかもそれがわが中臣家に害を成すやもしれぬとなれば、なおさらだ。

道鏡《どうきょう》とやら。おぬしもわたし同様、あの厄介な御下命なぞ、忘れることにしてはどうだ。

だいたいおぬしら僧侶は、本来、俗事に関わりを持たぬのが定めだろう。それが下手に政《まつりごと》に首を突っ込んでは、やがて身の破滅を招きかねぬぞ。

――なに。中臣家さまはそれほど藤原のご一族を恐れておられるのですか、だと。

当たり前のことを尋ねるな。昨今、あの家に怯《おび》えぬ氏族が、この国のいったいどこにいるものか。

いいか。この日本《ひのもと》の歴史を、飛鳥《あすか》の昔から顧《かえり》みてみろ。蘇我、物部《もののべ》などの古き豪族はみな、貪欲な藤の如きあ奴《やつ》らに飲み込まれ、姿を消した。平群《へぐり》氏や紀《き》氏といった家々はかろうじて細々と血統を守っておるが、それでも大王《おおきみ》に妃嬪《ひひん》を奉《たてまつ》った昔ほどの権勢はすでにない。せいぜい五位六位の官人《かんじん》となって、藤原氏の顔色を窺《うかが》いながら、宮城の端でせせこましく働いているばかりではないか。

幸い、わが中臣氏は藤原氏の本系。それゆえ他の氏族に比すればまだあの一族と親しくはあれど、それでも用心するに越したことはあるまい。

更に申せば、藤原氏に怯えているのは各氏族だけではない。天皇を始めとする皇族方とて、それは同様だ。

首さまはご生涯に亘って、母方の一族たる藤原氏の影から抜け出せなんだし、ご当代の阿倍さまは言わずもがな。藤原淡海公《たんかいこう》と手を組まれた鸕野讃良《うののさらら》女王を始め、かつての女帝方とて、似たりよったりだ。

思えば、軽《かる》大王（孝徳《こうとく》天皇）の愛し子でいらした有間皇子《ありまのみこ》、その不羈《ふき》なるご気性から大海人《おおあま》大王随一のお気に入りでいらした大津《おおつ》皇子……非業《ひごう》の最期を遂げられた歴代の皇子の死には、常に藤原氏の影がまとわりついておる。

それにそうじゃ、今から三十年近く前、当時、左大臣でいらした長屋《ながや》王さまご一族を自害に追いやった首謀者も、他ならぬあ奴らではないか。

そういえば先月の十二日は、長屋王さまとそのご妻子の命日だったな。されど宮城の者どもは、そんなことをこれっぽっちも口にせん。まあ、かく言うわたし自身、今こうしておぬしと話をするまで、長屋王さまのことなぞ思い出しもしなかったのだから、あ奴らをとやかく言う資格はないが。

それにしてもこうして思い返せば、あの長屋王さまというお人は、今、この国をひたひたと覆い尽くしておる藤原氏に対し、敢然《かんぜん》と立ち向かわれた最後のお方だったと言えよう。

いわば藤原氏が海であれば、長屋王さまは——いや、この国を古《いに》しえより治めてきた大王《おおきみ》や天皇は山。そして我ら中臣氏は、決して揺るがぬ山を守るべき一族でありながら、傍系たる藤原氏に呑み込まれ、いつしか海の下部《しもべ》となってしもうた裏切り者だ。

はて。そうなるとその藤原氏を母とする首さまや、その愛娘たる阿倍女帝さまは、いったい海山どちらのお方なのであろう。いや、待て。更に考えれば、藤原氏の後押しを受けて即位なさった軽さまは……まあ今は、そんなことはどうでもいい。

　ここだけの話だがな。わたしはまだ少年の頃、たった一度だけ、母に連れられて長屋王さまのお屋敷にうかがったことがある。わが母が娘時分、ご嫡妻・吉備内親王《きびないしんのう》さまにお仕えしていたご縁によるものだ。

　なぜ、その話を長屋王さまの娘御でいらっしゃる円方女王さまに申し上げなかったか、だと。

　ふざけるな。先日の話でも分かる通り、あのお方はなにせ、首さまに忠勤を誓い、藤原氏とはいささか隔てがある。かような女性と近付きになり、藤原氏に目を付けられでもしたら、この先のわたしの官途に障りが出て来るではないか。

　あれは、わたしが七歳の春。吉備内親王さまが風病をお召しになられたとの噂を耳にした母が、東市《ひがしのいち》で従僕に求めさせた蜂蜜を携《たずさ》え、長屋王邸に伺候《しこう》したのに同行したのだ。

とはいえおそらくその外出は、わが父には内密のものじゃったのだろう。母が輿舁《こしか》きたちに命じ、わざわざ屋敷の裏口から長屋王さまのお屋敷に向かったことを、わたしはよく覚えておる。

息子のわたしが言うのも奇妙だが、わが母はそれはそれは美しい女性であった。肌の色は抜けるように白く、凜と咲く菖蒲《しょうぶ》の花も、母の前では恥じろうて花弁を縮めると思われるほどであった。

されどあの日、母は普段であれば決して身に着けぬ地味な袍《ほう》をまとい、釵子《さいし》もたった一本を髪の根に挿《さ》しただけの身拵《みごしら》えをしていらした。おお、それに併《あわ》せてこのわたしも、えらく色の褪《さ》めた麻の袍を着せられてな。幼い頃から洒落者《しゃれもの》だったわたしには、それがひどく不満でならなんだ。

まだ春先とはいえ、風の冷たい日であった。布知奈《ふじな》（タンポポ）の綿毛に似た丸い雲が、よく晴れた空に二つ、三つと浮かんでいた。

長屋王さまは大海人大王さまのご長男・高市《たけち》皇子さまのご子息。母君は中大兄《なかのおおえ》大王（天智《てんじ》天皇）のご息女という、貴きお血筋でいらした。早くに父君を亡くされたものの、そのご聡明さは宮城の官人たちの間で評判で、一時期はもしかすれば長屋王さまが帝位を踏まれるやもという噂が立ちもしたという。

　さりながら長屋王さまは首さまのご誕生直後、首さま以上の尊い血を持ちながら、官人として叙位され、すぐに太政官《だいじょうかん》の一員に列せられた。

決まっておろう、藤原氏がそう仕組んだのだ。つまり首さまをつつがなく天皇と成すがために、長屋王さまにはどうしても官人になっていただかねばならなかったわけだ。

　ご当人がそれをどうお考えだったのかは、知らん。ただ少年の日、母ともども伺候した長屋王さまのご邸宅は、宮城もかくやと思わせるほどに壮麗であった。何十人もの家《か》令《れい》が忙しく庭を往き来し、諸国から調進されたと思しき荷車が、築地《ついじ》の外まで列を成していた。

　長屋王さまはあの当時、正二位左大臣。光明子《こうみょうし》さまの兄君である藤原淡海公の四人のご子息がたも、すでに太政官の一員として政に携わっておられたが、まだまだ朝堂《ちょうどう》の筆頭たる長屋王さまに太刀打ちできるほどのお力はなかった。

　とはいえ、その藤原四兄弟からすれば、天皇である首さまは自分たちの甥、皇太后である宮子《みやこ》さまは実の姉。そう、つまり藤原氏が権勢を握るためには、長屋王さまお一人だけが邪魔だったのだ。

　そう思えば、吉備内親王さまの元にうかがうに際し、母が父の目を避けたのも得心できる。おそらく機を見るに敏なわが父は、あの時すでに、長屋王さまと藤原氏の間に決定的な対立が起きることを予測し、母に吉備さまとの交誼《こうぎ》について、あれこれ文句を言っていたのに違いない。もっともそれがまさか、あのような無惨なものになろうとまでは、お考えではなかったとは思うが。

「広能《ひろの》、来てくれたのですか」

ああ、母の姿に嬉しそうに御床から身を起こされた吉備内親王さまのお姿は、今もありありと思い出すことができる。

吉備さまはあの時すでに、五十歳近いお年だったのではなかろうか。されどこめかみにわずかに白いものが交じっておられたものの、そのお顔は娘のように瑞々《みずみず》しく、誰ぞ支えて差し上げねば、と幼いわたしが不安に思うほど、華奢《きゃしゃ》な骨組みをなさっていらした。

「吉備さま、お起きになってはなりませぬ。どうぞ横になってくださいませ」

驚いたことに母は吉備さまのお姿を見るや、息子のわたしが見たこともないほど狼狽し、その枕上《ちんじょう》に小走りに駆け寄った。吹けば飛びそうなほど薄い吉備さまの背に手を添え、壊れ物を扱うかのように、そのお身体を褥《しとね》に横たえた。

「大丈夫ですよ、広能。少し咳が続いただけです。そんなに心配しないで」

「いいえ、吉備さまは元々お身体がご丈夫ではないのですから。なにかお召しあがりになりたいものはございませんか。粥《かゆ》でも、甘葛湯《あまづらゆ》でも、すぐにわたくしが厨《くりや》をお借りして、拵えて差し上げます」

「まあ。広能ったら、大げさな」

ころころと笑う吉備さまの傍らに跪《ひざまず》き、そのお顔を心配そうに覗きこむ母の姿を、わたしは言葉もなく見つめた。

なにせわたしの知る我が母は、どちらかと言えば他人に冷淡なお人であった。わたしや兄が風病にかかろうが、庭の木から落ちて怪我をしようが、さして心配もしない。看病はすべて乳母《めのと》や侍女たちに任せ、「男の子は育てにくいと聞いたけど、本当だったのですねえ」と溜息《ためいき》をつくような母だったのだ。

それは父に対しても同様で、あの二人が親しく言葉を交わし、笑いあうところなぞ、わたしは一度も見た覚えがない。無論、母が父のために茶を淹《い》れたり、その身体を気遣うことも皆無であった。

そんな母が今、まるで別人の如く甲斐甲斐しく、吉備さまに傅《かしず》いている。幼いわたしがその姿に当惑したのも、至極当然であった。

「少し、疲れが出ただけよ。聞いているでしょう、広能も。最近、宮城でひそかに囁《ささや》かれている噂を」

「――なんの話でございますか」

母の口調がわずかに硬くなった。

だが吉備さまは薄い瞼《まぶた》を静かに閉ざされると、「隠さなくてもいいわ。わたくしと広能の仲じゃない」と仰《おっしゃ》って、疲れ切ったように一つ、溜息をつかれた。

「半年前、皇太子の基《もとい》王さまがお亡くなりになったのは、わが背の君が呪詛《じゅそ》を行ったためという巷説よ」

吉備さま、と母が素早く、そのお言葉を遮《さえぎ》った。

「かような根も葉もない噂なぞ、わたくしは皆目存じません。ですから吉備さまもどうか、そんな愚かな話はお忘れください」

基王——そう、首さまと藤原光明子のお子でいらっしゃるこのお方こそ、長屋王ご一族を死に追いやった元凶とも呼ぶべきお人であった。

おぬしも知っておろう。首さまには当時、藤原光明子さまと県犬養広刀自《あがたいぬかいのひろとじ》、二人の夫人がおられた。ほぼ同時に後宮《こうきゅう》に上がったこの二人は、不思議にも孕《はら》む時期までがよく似通っていらした。広刀自が井上皇女《いがみひめみこ》さまを産めば、光明子さまが阿倍さまを産む。光明子さまが待望の男児である基王さまを産めば、広刀自は安積《あさか》親王さまを産むといった具合にな。

そんな寵姫《ちょうき》の存在に、焦ったのだろう。藤原四兄弟は首さまをせっつき、ご誕生からたった一月《ひとつき》後、基さまを強引に立太子《りったいし》した。そう、まだ襁褓《むつき》をした赤子を皇太子に定め、天皇家と藤原氏の紐帯《ちゅうたい》を更に強くせんとしたのだ。

ところがあろうことか、その基さまはそれから一年も経たぬうちに、病を得て夭逝《ようせい》なされてな。帝と光明子さまのお悲しみぶりは、側仕《そばづか》えの者たちが涙をそそられるほどだったとやら聞く。

生まれて間もない赤子が急に命を落とすのは、さして珍しくはない。されど我が子を失った首さまや光明子さま、更に幼い皇太子に期待を寄せていた藤原氏の面々は、それを天命と諦められなんだのだろう。

基さまが亡くなられて三月も経った頃から、都には一つの噂が流れ始めた。基王さまの死は病ゆえではない。藤原氏の血がこれ以上皇統に混じることを厭《いと》うた長屋王さまが、巫覡《ふげき》に命じて呪詛させたのだ、というものだ。

わたしはこの噂を比較的早くに、屋敷の若い馬丁から聞かされていた。そしてわたしはこの噂を乳母に話して、「かようなことは仰るものではありません」と叱られたし、きっと乳母はその事実を母に告げているに違いない。いや、仮に乳母が口をつぐんでいたとて、あれほど都にはびこった取り沙汰を、わが母だけが聞いていないはずがあるものか。

だが「けど、広能」と続けようとなさる吉備さまを、母は「なんと仰《おっしゃ》られようが、わたくしは存じません」と厳しい音吐《おんと》で制された。

そして夜着の端から出た吉備さまの御手を両手で握り締めると、それを己の頬にこすりつけた。

「お願いですから、吉備さま。妙な噂なぞ、お気になさらないでください」

その声はそれまでの語気が嘘のように弱々しく、ほとんど哀願に近かった。

「怪しげな言説が吉備さまのお心をそれほど乱しているかと思うと、わたくしは大路に走って行って、誰がかような風聞を流していると、誰彼かまわず怒鳴り付けてやりたくなります。お願いですから、この広能にそんな真似をさせないでください」

広能ったら、と吉備さまが困ったように微笑まれる。わたしはご寝所《しんじょ》の戸口に突っ立ったまま動きもならず、そんな二人をただひたすら見つめていた。

吉備さまは、首さまの父君である軽さまや、先の帝でいらっしゃる氷高《ひだか》さまの妹御。母が娘時代、一時期、長屋王邸に侍女として上がり、吉備さまにそれはそれは気に入られていたという話は、母自身の口から聞いていた。

されどまるでこの世にお互いしかいないかのように微笑み合う二人は、内親王と侍女という身分の違いを感じさせぬほど仲睦《なかむつ》まじげであった。

二人の姿はまるで透明な繭《まゆ》に包まれているかの如く静かで、何者をも阻む隔《へだ》てがあった。実際その時、わたしが声をかけたとて、母は決して振り返りなぞしなかっただろう。なぜかわたしは、そう確信していた。

「わたくしは吉備さまのご気質をよく存じております。実のところこの数年、わたくしは長屋王さまと藤原家さまが宮城の勢力を二分していらっしゃるとの話を聞くにつけ、きっと吉備さまはお苦しみに違いないと心を痛めておりました。ですからどうかせめて、要《い》らぬ噂には耳をふさぎ、ただお心を安んじることだけをお考えください」

「ありがとう、広能。そうね、それはよく分かっているのだけど」

吉備さまは白い手で、わが母の頰をそっと撫《な》でた。

「こうして一人、横になっていると、不安でならないのよ。広能も知っているでしょう。わが背の君は生真面目なお方。政道に背くとあれば、藤原のご一族はもちろん、首さまが相手であっても、一歩もお譲りになられぬのですもの」

「それは——それこそが長屋王さまの素晴らしきところではございませんか」

言いながら母は、傍らに置いていた手土産の蜂蜜の壺を、そっと取り上げた。手近な小几《しょうき》にそれを置き、口封《くちふう》を切る。共に添えてきた匙《さじ》で、中身をぐるりと大きくかき混ぜた。

今から数十年前、来日した百済《くだら》の王子が三輪山《みわやま》で養蜂を始めたのをきっかけに、都の上卿《しょうけい》の間では蜂蜜が貴重な薬として珍重されるようになっていた。

ただ残念ながら、その後、宮城の諸官司が様々な策をめぐらしたものの、日本の蜂はどうやら蜜を取るのに向いていないらしい。現在、国内で流通する蜂蜜の大半は、新羅《しらぎ》や渤海《ぼっかい》、唐からの到来物で、その価格は金とほぼ同額と言われるほど高価であった。我が家にも小さな壺が備えられてはいるが、よほどの高熱を出しでもせぬ限り、我々がそれを与えられることはない。

しかし母はとろりと黄金色に輝く蜂蜜をすくい上げると、吉備さまの枕元に置かれていた玻璃杯《はりはい》に、それを惜しげもなく二匙も入れた。手近な水差しから白湯を注ぎ、二度、三度と混ぜて蜜を溶いた。

吉備内親王さまへの見舞いの品に、まさか父が金を出すとは思えぬ。おそらく母はあの蜂蜜の小壺のために、ずいぶんな銭を支払ったはずだ。

もう何年も前、咳病にかかった際、たった一度だけ与えられた蜂蜜湯の甘さを思い出し、わたしはごくりと喉《のど》を鳴らした。

「ええ、そうよ。わたくしも背の君は敬愛すべきお方だと知っているわ。だけど、宮城の権勢を掌握せんとしている藤原氏は、そうは思わないでしょう」

「落ち着いてください、吉備さま。さあ、蜂蜜湯をどうぞ。たった今、市で求めたばかりの品でございます」

「聞いてちょうだい、広能。背の君を憎む藤原氏の耳に、基王さまの死にまつわる風聞が届けば、どうなると思う。あの一族はきっと喜々として、首さまに背の君の中傷を吹き込むに違いないわ」

ああっ、と声を上げて、吉備さまは夜着の端にがばと顔を埋められた。その途端、母が吉備さまに差し出そうとしていた玻璃杯が、大きく動いた夜着に当たる。

あっという小さな悲鳴は母のものか、それとも戸口で立ちすくんでいたわたしのものか。次の瞬間、がしゃりと耳障りな音がして、冬の氷のように透き通った玻璃杯が磚《せん》を敷き詰められた床で砕け散った。

わずかに陽射しの色を含んだ蜂蜜湯が、四方八方に飛び散り、はっと息を飲んだ母の膝《ひざ》を汚す。

だが吉備さまはそんなことにはまったく気づいておられぬご様子で、夜着に顔を埋めたまま、震える声で言葉を続けられた。

「ねえ、広能。なぜ、なぜ、人というものはかように争い合い続けるの。わたくしは背の君に幾度となく、藤原氏とそんなに諍《いさか》わなくとも、と申し上げたのよ。だけど長屋王さまは、あ奴らは皇統を汚し、この国を簒奪《さんだつ》せんとする不逞《ふてい》の輩《やから》と仰られ、わたくしの声に皆目、耳を傾けてくださらないわ。わたくしはただ、背の君や皇子たちと穏やかな日々を送れればそれで充分なのに」

吉備さま、と呻《うめ》く母の顔は、蒼白に変じている。ぬれそぼった裙《も》からぽたぽたと滴がしたたり、それが磚にまた新たな水たまりを作った。

「いいえ、わが背の君だけではないわ。顧みれば、わたくしが幼い頃から、宮城には大小様々な諍いが起こり、人々の憎悪が渦を巻き続けていたわ。わたくしのお祖母《ばあ》さまの讃良さまは、我々にはとてもお優しかったけど、同時に叔父上の大津皇子さまを謀反《むへん》の疑いで殺させもした恐ろしいお方。わたくしは観音菩薩のようなお優しさと、邪魔者を容赦なく排除する厳しさを併せ持ったお祖母さまが、ずっと恐ろしくてならなかったわ」

　日が傾いてきたのだろう。朱を含んだ陽射しが斜めに部屋に差し込み、呆然と膝立ちになったままの母の影が、床の上に長く伸びた。

「わたくしとて一度は背の君が帝位に就く日を夢見もしたわ。でも首さまが天皇となられ何年も経てば、そんな望みもいつしか胸から消えてしまった。けれどお祖母さまや藤原の一族を始め、世の人々はいつまでも様々な野望を抱き、それに向かって邁進《まいしん》している」

　広能、とすがるような声を上げながら、吉備さまは更に背を大きく波打たせた。

「わたくしには分からないの。人の心というものは、ぐるぐると渦を巻く川瀬の如く、優しさと険しさを同時に胸の中に納めてしまえるものなのかしら。だとすれば人の争いとは、どれだけ歳月が流れようとも、決してなくならないものなのかしら」

　悪夢に泣きじゃくる子どものような吉備さまの背に、母はおずおずと手を伸ばした。しかしすぐに、熱いものに触れたかのようにびくっと身体を震わせ、そのまま悄然《しょうぜん》と肩を落とした。

「申し訳ございません、吉備さま。広能には分かりません」

母の声は小さく、まるで幼い少女そっくりに頼りなげであった。

「ただ広能はこのお屋敷にいたときも、中臣家に嫁いだ後も、ずっと吉備さまのお幸せだけをお祈り申しておりました。ですから、もし……もし、吉備さまが長屋王さまと藤原のご一族の諍いにそれほどお心を悩ませておられるのでしたら、どうでしょう。お子がたも随分大きくおなりになったのですから、一度、宮城にお戻りになられ、姉君と親しく団居《まどい》なさってみては」

吉備さまの姉君でいらっしゃる氷高さまは、現在、太上天皇として気ままな隠居暮らしを楽しんでおられる。一度、慣れ親しんだ宮城に戻り、娘時分に返った気持ちを味わわれては、というわが母の勧めには、不思議なほどの熱意が籠《こも》っていた。

吉備さまはしばらく無言で、母の言葉に耳を傾けていらした。しかしやがて紅潮した顔を上げ、「それはできないわ」と、きっぱりと首を横に振られた。

「仮にもわたくしは左大臣・長屋王の妻。多くの侍女家従を束ねねばならぬ身で、さような気随《きずい》をするわけにはいかないもの」

「ですが――」

もしかしたら母は吉備さまにこれをお勧めするために、長屋王邸に伺候したのかもしれない。そう思うほど熱心に、母は吉備さまに食い下がった。

「いいえ、駄目よ。それにわたくしがこの家を去れば、なにより家令たちが不安がるわ」

当時、長屋王さまのお屋敷には、政所《まんどころ》・務所《つかさどころ》を筆頭に、邸内には大炊司《おおいのつかさ》、膳司《ぜんのつかさ》など、宮城にも劣らぬほどの家政機関が備えられていた。通常、それらを管理するのは家令頭の務めであるが、この家の主の長屋王さまが日輪であれば、ご嫡妻の吉備内親王さまは月。いわば日月が共に備わってこそ、長屋王家の威信は保たれるのだ。

「広能、あなたは昔から優しい娘だったわね。その心遣いには感謝するわ。ここのところそなたの背の君は、ずいぶん藤原の一族と親しいとか。そんな最中にわたくしの見舞いに来るのは、さぞかし苦労だったでしょうに」

だけど、と仰りながら、吉備さまはついと背を伸ばされた。

「いくら諍いは嫌と嘆いても、やはりわたくしはそのただなかに暮らさねばならないんだわ。だってわたくしは長屋王さまの妻なのですから」

「吉備さま――」

この国の宮城に、諍いの起きぬ日はない。ならば天皇家の皇女として生まれた吉備さまは、生まれ落ちたその時から、どうしても避けられぬ対立の渦に身を投じておられたことになる。

母は大きく肩を上下させ、吉備さまを見つめた。哀しげに一つ息をつくや、小几に置いた蜂蜜の蓋を閉め、口封を結び直して立ち上がった。

「分かりました。それでは吉備さま、わたくしはそんな吉備さまのお心が少しでも安んじることだけをご祈念しております」

静かに一礼する母に、吉備さまは無言でいらした。

強く唇を結んだ母が素早く踵《きびす》を返し、そのままわたしに目もくれず、回廊へと飛び出す。あわててその後を追い掛けながら、わたしはふと背後を振り返った。

華やかな調度の置かれた部屋のただなかに、百合の花に似た吉備さまの白いお顔がぽっかりと浮かび上がっている。わが母の背だけを見つめた眼差しの寂しさに、わたしは胸が詰まるような哀しみを覚えた。

まだ七歳の少年じゃもの。どれだけ冷淡であろうとも、わが母は慕わしい。だがそのときわたしは、目の前の高貴な女性がわたし同様――いや、もしかしたらそれ以上に、わが母のことを思うていらっしゃる気がしてならなんだ。

いや、分からぬ。今にして思えばそれは、幼いわたしのただの勘違いであったのかもしれん。されどともかくそのときのわたしには、吉備さまの小さなお顔があまりに哀しげで、それを見捨てるように踵を返したわが母の挙動が不思議で不思議でならなんだ。

回廊を小走りに駆ける母に追いついた後も、母さえ吉備さまの元に戻れば、少しはあのお方も笑ってくださるのではないか、どうにか母を吉備さまのご寝室に引き戻せないか、とそればかりを考えた。

さりながら母はそんなわたしの内奥にはお構いなしに、供待ちに控えていた輿に乗り込むと、

「屋敷に戻ります。早くッ」

と、権高《けんだか》に輿舁きたちを怒鳴り付けた。

わたしが何か言う暇なぞ、ありはしない。下手に口を出せば、頬を叩かれかねぬ気配すら感じ、わたしは身を屈めるようにして母の隣に座り込んだ。

緑瓦が置かれた豪壮な門をくぐって二条大路に出れば、生駒《いこま》の山々にたなびく春霞が茜《あかね》に染まり、山の稜線をぼおっと滲《にじ》ませている。一日の仕事を終え、家に戻るのだろう。慌ただしげに行き交う人々の足元に黒々とした影が伸び、それが頭上を覆う空の美しさと裏腹に、どこか禍々《まがまが》しげに映った。

「あの、母上」

遠慮がちに呼んだ声に、応えはない。それもそのはずだ。強く唇を引き結び、ただ前だけを見つめていた母の目からは、一筋の涙が流れていた。

白い頬に滴る涙が、夕陽を受けて眩《まばゆ》く輝く。その涙の意味も、吉備さまの哀しみの理由も尋ねられず、ただ無言で涙を流し続ける母の顔を、わたしは息を飲んで見つめ続けていた。

春先の夕風が身体に悪かったのか、それとも吉備さまの風病が移ったのか。その夜からわたしは熱を出し、二日間ほどを褥の中で過ごす羽目となった。

乳母は狼狽して厨に粥を炊かせ、わたしの口に無理やり匙を突っ込んだ。我慢して必死に飲み下した粥はおそろしくまずく、わたしはそれを吐き戻さぬようにと、必死に歯を食いしばらねばならなんだ。

高熱で朦朧《もうろう》とした頭の中で、わたしは幾度となく、玻璃杯が音を立てて割れ、蜂蜜湯が四方八方に飛び散る様を思い浮かべた。

とろりとした陽光そっくりの蜂蜜の壺は、今も吉備さまの枕上に置かれたままになっているのだろうか。もしあの中のひと匙でもあれば――そしてそれを母がわたしのために湯に溶いて飲ませてくれたなら、これしきの熱などあっという間に下がってしまおうに。

母はいつも通り、わたしの寝間に近付きもせなんだ。常であれば何とも思わぬその事実がその時ばかりはひどくこたえ、わたしは誰もが寝静まった夜更けにこっそりと、

「――母上はわたしよりも、吉備さまの方が大事でいらっしゃるのだ」

とひとりごち、わずかに涙をこぼしもした。

しかしまあ、今にして思えばそれも当然だ。初めて長屋王さまのお屋敷に出仕《しゅっし》した折、

母はまだ十三、四の少女だったと聞く。

　きっと吉備さまは、そんな幼い母に実の母のように、もしくは年の離れた姉のように優しく接し、行儀作法から言葉遣いまで、懇切丁寧にお教えくださったのに違いない。そうでなければ、あの二人の主従の垣根を越えた親しさは理解できぬ。

　おお、もちろん、悔《くや》しかったとも。されど何よりも口惜《くちお》しくてならなんだのは、どれだけ床で歯がみしたとて、自分はあの吉備さまに到底かなわぬ事実だ。

　母の冷淡さはよく分かっていたつもりであった。しかしその母も相手によってはあれほど優しく、少女のようになるのだと思い知らされれば、諦めきっていた心が改めてざわめきもする。

　それゆえ数日後、すっかり熱が下がってもなお、わたしは床から出る気分になれず、ごろごろと床の中で過ごしていた。

　寝間に籠った湿気を逃がすため、ほんの少しだけ乳母が開けた窓の向こうに、白い梅の花がほころんでいた。その小さく可憐な姿は、ほっそりとたおやかな吉備さまのお姿によく似ている。

（そうだ。母君に、あの梅の花を見ていただこう）

　今にして思えば、健気《けなげ》な話だ。自分に冷たい母であることを理解しつつも、わたしはどうにか母の目を己に向けてもらいたくてならなんだ。

いや、己に、というのは間違っておるな。わたしはとにかく、どうにか母を吉備さまから引き離したくてならなかったのだ。

「乳母、乳母はどこ。母上を呼んできてほしいんだ」

枕上に置かれた鈴を鳴らし、わたしは乳母を呼んだ。

されどどういうわけであろう。普段、疎《うと》ましいほどわたしについて離れぬ乳母は、どれだけ鈴を振り、声を張り上げても一向に現れなかった。

乳母だけではない。侍女たちの姿も見えぬことに気づき、わたしは首をひねりながら御床を抜け出した。

わずか四、五日、寝込んでいただけというのに、一歩歩むたびに足はふわふわとする。壁際に手をつき、わたしは広縁に出た。

まだ木々の芽吹かぬ庭を見回し、「乳母、どこなの」と再度声を張り上げた、その時である。

ぎゃあッと引き裂かれるような声を立てて、鳥が啼《な》いた。いや、違う。鳥の声と聞こえたのは、人の叫びだ。誰かが回廊の果てで、激しい咆哮《ほうこう》を上げている。

「だ、誰かッ。誰か来てッ」

侍女の甲高い悲鳴が聞こえる。わたしは思わず声の方角へと足をもつれさせながら駆け——そして、立ちすくんだ。

一人の女性が髪を振り乱して座り込み、庭の植え込みを両手で掻《か》きむしっている。辺り構わぬその姿は、誰あろうわが母であった。

侍女たちが羽交《はが》い締めにしようとするのを振り払い、母は「いやあああッ」と絶叫した。その顔には涙が滂沱《ぼうだ》として伝い、紅や白粉《おしろい》が混じり合って、醜いまだらの模様を描いていた。

「お願いです。どうか落ち着いてくださいませ」

駆け付けてきた従僕たちが、あまりの母の取り乱しように息を飲んでいるのが視界の片隅に映る。

そんな周囲にはお構いなしに、母はなおも激しく泣き喚《わめ》きながら、両の手をぶんぶんと振り回した。その口から時折、吉備さま、という呻きが漏《も》れているのに気づき、わたしははっと目を見開いた。

止めようとする乳母の手をかいくぐって、わたしは庭の真ん中で暴れ回る母に飛びついた。自らの顔を、身体を掻きむしろうとする手を必死に押さえ、「母上」と叫んだ。

「まさか、吉備内親王さまの御身に、なにかあったのですか」

「つ、継麻呂。継麻呂――」

わたしの身体を抱きとめるなり、母はそれまで以上に大きな悲鳴を上げた。

「吉備さまが、吉備さまがお亡くなりになられてしまったのよ。継麻呂、わ、わたくしはいったいどうすればいいの」

まるで助けを求めるかのように、母がわたしを抱く腕にぎゅっと力を込める。ああ、それ以前もその後も、母があの時ほど力一杯、この身を抱きしめてくれたことがあっただろうか。

「吉備さまが。なぜ、なぜなのです」

お加減がすぐれなかったのは確かだが、命取りになるほどのご病状とは見受けられなかった。驚いて問い返すわたしに、母は「長屋王さまに――」と震える声で続けた。

「長屋王さまに左道を学び、国家を傾けんとしたとの疑いがかけられたのよ。藤原式部《しきぶ》卿宇合《きょううまかい》さまに率いられた六衛府《ろくえふ》の武官がお屋敷を囲み、太政官の方々も相次いで、糺《きゅう》問《もん》のためにお屋敷に押しかけられたの。陥《おとしい》れられたことに気づかれた長屋王さまは、吉備内親王さまと四人の皇子がたともども自害なさり、亡骸《なきがら》は明日にも生駒山に埋葬されるとか」

なぜ、と母は呻いた。がらがらにしゃがれた、老婆の如き声音であった。

「長屋王さまだけならば、まだ分かるわ。だけど、だけどどうして吉備さままでが、亡くなられねばならないのッ」

天を仰いで叫ぶや、母は遂にその場に蹲《うずくま》って激しく嗚咽《おえつ》し始めた。すかさず駆け寄った侍女たちがその両肩を支え、奥の間へと母を運んでゆく。

長屋王さまとそのご一族が亡くなった。わたしはあまりに思いがけぬその知らせを頭の中で反芻《はんすう》しながら、壊れた木偶《でく》のように運ばれてゆく母の背を見つめた。

つい数日前にうかがったお屋敷が衛府の官人に制圧された事実も信じられなければ、あのたおやかな吉備さまがすでにこの世にいらっしゃらぬことも信じられない。衛門《えもん》府・衛士《えじ》府からなる六衛府は、天皇直属の部隊。その動員には勅許《ちょっきょ》が必要である。つまり長屋王さまは首さま――いや、藤原氏から謀反の濡れ衣を着せられ、自死の道を選ばれたわけだ。

遠くから微かに響いてくる母のすすり泣きに胸を詰まらせながら、そうか、とわたしは呟いた。

噂だ。皇太子・基王さまの死は、長屋王さまの呪詛によるものという例の噂。それがとうとう、首さまのお耳に届いてしまったのに違いない。

首さまとて普段であれば、そのような風評は取るに足らぬものと一笑なさろう。しかしわずか一歳の息子を失ったばかりの首さまには、その流言はまさに耳から流し込まれた毒の如き効き目をもたらした。そして長屋王さまと敵対する藤原の一族は、そんな首さまの猜疑心《さいぎしん》を巧みにあおり立て、遂には六衛府を動かすに至ったのに違いない。

藤原氏からすれば、世間の取り沙汰がまことであったかどうかなぞどうでもよい話。ただあの一族は目の上のたんこぶたる長屋王さまを葬り去るために、市井《しせい》の取るに足らぬ流言をわざわざ取り上げ、首さまのお耳に吹き込んだのだ。

そうだ。わたし自身、あの噂を馬丁から聞いた後は、兄や乳母に面白半分にそれを伝えたではないか。

だがわたしは面白半分であったとしても、それを聞いた兄が、乳母が、どう思ったかまでは分からない。ならばあの噂を広めたという一点において、わたしは知らず知らずのうちに、長屋王さまと吉備内親王さまの死に一役買ってしまったのではあるまいか。

そう気づくや、自らのぐるりに忌まわしい死の影がまとわりついている気がして、わたしはぶるっと身体を震わせた。

「わたしは――わたしはなにも知らなかったんだ――」

亡き人々に言い訳をするように呟いた声は、自分でも驚くほど弱々しい。それがかえって恐ろしく、わたしは両手を振り回して庭を駆け出した。

「継麻呂さま」

「お待ちください。いずこに行かれるのです」

留《とど》めようとする侍女たちの手から飛びしさり、門番の老爺を突き飛ばす。

どこへ、という当てがあったわけではない。ただただわたしは恐ろしくてならなんだ。わたしを始め京の者たちが、何気なく口にした長屋王さまの噂。藤原氏がそれを利用してあのご一家を滅ぼしたのであれば、ご一家の死は我らにも責めがある。

そう、古くよりこの国をしろしめす皇統が山であれば、それをひたひたと侵す藤原氏は海。いわばあの噂を広めた者たちはみな、知らず知らずのうちにその海の手助けをしていたわけだ。

――どうじゃ、わたしが藤原氏が恐ろしいと言った意味が分かっただろう。

わが中臣家は本来、この国の基たる祭祀を預かり、決して揺るがぬ山たる大王家を支える一族。されどいつの間にか我々はあの傍系たる藤原氏に引きずられ、その旗幟《きし》を変ずるに至った。そしてついには長屋王さまを死なせたその罪咎《つみとが》まで、共に背負わされてしまったのよ。

門を飛び出し、大路を駆けるうち、わたしの足はいつしか二条大路に向かっておった。

長屋王さまのお屋敷が近付くにつれ、広い大路には貴賤さまざまな人々が増え始めた。厳《いか》めしい挂甲《けいこう》に身を固めた武人が辻々に立ち、険しい目を四囲に配っている。縄で一つなぎにされて、今しも大路を西へと連れて行かれる数十人は、長屋王家の従僕どもであろう。

やがてたどりついた壮麗なお屋敷は、驚くほど大勢の野次馬たちに取り囲まれ、心なしか緑瓦の色までが褪《あ》せて映った。数日前には大きく開かれていた門は今は堅く閉ざされ、ここでもそこここに立つ武官どもが警戒の目を投げている。

吉備さま、と唇だけで呟いたわたしの脳裏に、先ほどの母の泣き顔が浮かんだ。

自らの夫や息子よりも、吉備さまのことを思い続けていた母。長屋王さまと藤原氏の諍いを嘆く吉備さまに、「一度、宮城にお戻りになられては」と勧めた母。

なんの根拠もない。しかしその瞬間、わたしはふと、長屋王さまの呪詛の噂を最初に口にしたのは、わが母なのではないか、と思った。旧主の御身を案じるあまり、天下の対立さえ更に激しくなれば、吉備さまは宮城に戻られるのではと思いつき、かような風評を立ててしまったのではないか、と。

なんと恐ろしいことを口にする、と言いたげだな、御坊《ごぼう》。されどそう考えると、あの並外れた母の取り乱しようも、得心がゆくではないか。

念のために申しておくが、もはやそれを検《あらた》める手立てはないぞ。なぜならわが母は長屋王家が滅びた日から床につき、そのまま二月もせぬうちに亡くなったからな。

ただあの日から今まで、わたしはずっと考え続けておる。もしかしたら母は、子どものわたしが思うよりもずっと深く、吉備さまをお慕いしていたのではなかろうか、とな。

吉備さまは長屋王さまのご嫡妻であるとともに、太上天皇・氷高さまの妹御。それゆえ母は長屋王さまと藤原一族の対立が激しくなるのを見るにつけ、両者の仲が更に険悪になれば、吉備さまは身の安全のために宮城にお戻りになるに違いない――と思い、あんな噂を呟いてしまったのではないか。

ただ母にとって考え違いだったのは、その噂が思ったよりも早く世上に広まったのと、吉備さまが長屋王さまのお側を離れようとなさらなかったこと。そう、つまり母は大事な吉備さまを山と海の諍いから逃そうとするあまり、かえって要らぬ争いを招いてしまったのだ。

――ええい、うるさいな。そうだ、すべてはただのわたしの想像だ。

あの透明な繭の中にいた、わが母と吉備さま。誰の声も届かぬ帳《とばり》の向こうで吉備さまの手を取ったわが母は、そのままわたしを置いてはるか遠くに飛び立ってしまった。だから、いいではないか。実の息子を置いて、さっさと大切な御主の後を追ってしまった母を慕うぐらい、勝手にさせろ。

しかしともかくこれで、何故わたしがこれ以上、首さまのご遺詔探しに付き合いたくないと申すのか、分かったであろう。それにここのところの宮城の有様は、なんとなく長屋王さまがお亡くなりになった直前の気配と似ておらぬでもない。あのとき、藤原氏に対立していたのは長屋王家だったが、ここのところはその長屋王家に代わって、橘氏があの一族に歯向かっておる。

まあ、わたしの気のせいであればよいのだがな。政争とはいつの時も惨《むご》いもの。長屋王家のような――そしてわが母のような犠牲が出ぬのであれば、それに越したことはないがな――。

その七　道鏡《どうきょう》

お話はそれで終わりでございますか。

いささかお声がしゃがれておいでですな。ちょうど、ここに水差しがございます。さあ、どうぞお飲みなさいませ。

いや、正直申して拙僧は、継麻呂《つぐまろ》さまがこれほど素直にご本心をお聞かせくださるとは思うてもおりませなんだ。ご意志、よう分かりました。かような古《いに》しえを踏まえて当節の宮城《きゅうじょう》を顧《かえり》みれば、継麻呂さまが中臣《なかとみ》家のさわりにならぬように身を処さねばと考えられるのも当然でございます。

実を申しますと拙僧も、昨日、宮城に宿直《とのい》していて、一つ妙なことに気付きました。どうも阿倍《あべ》女帝さまと藤原中務卿《ふじわらなかつかさきょう》さまのご様子がおかしゅうございます。

ええ、ここのところ、藤原仲麻呂《なかまろ》さまが朝早くから夜遅くまで阿倍さまの元に伺候《しこう》しておられる件は、承知しております。ただ阿倍さまは父君母君の教えを受け、何を差し置いても三宝《さんぽう》を尊ばれる敬虔《けいけん》なお方。それが昨夜ばかりは我ら内供奉《ないぐぶ》たちの勤行《ごんぎょう》も退《しりぞ》けられ、ずっと仲麻呂さまと一間に籠《こも》りきりでいらしたのです。

あ、いや、ずっと一間に籠っておられたというのは、あくまで言葉のあや。実際には采女《うねめ》や舎人《とねり》どもが頻繁に御前にうかがっておりましたし、仲麻呂さまが庭に出てこられ、近侍《きんじ》の随従になにやら申し付けられるところも目にしております。

ただ、先帝の首《おびと》さまが亡くなられて、まもなく一年。もしかしたら女の身で尊い皇位をお受けになられた阿倍さまは、亡き父君の忌日を前に、何か重大な勅令《ちょくれい》を出そうとなさっているのではないでしょうか。

もしそうだとすれば、首さまの真実のご遺詔《いしょう》を探せと命じられた我らも、もはや安閑《あんかん》とはしておられませぬ。せっかくご遺詔を見つけても、それが阿倍さまの勅令と相容《あいい》れぬものであっては大変でございますから。

先帝のお後を追うように亡くなられた左大臣さまの御霊《みたま》を安んじるためにも、我らは一日も早くまことのご遺詔を見つけねばなりますまい。

しつこい坊主じゃ、と仰《おお》せでございますか。はあ、それは大変申し訳ございませぬ。ただ拙僧は今年、五十八歳。宮城にございます内道場《ないどうじょう》に出入りするようになってから、かれこれ十二年になりまする。ええ、さようでございます。継麻呂さまのように、まだ若いうちから官位官職を賜《たまわ》られる上《うえ》つ方《かた》のご子弟に比べれば、年齢のわりに宮での暮らしは短うございますよ。されどなまじ年を経てから宮城に上がった者の目には、そなたさま方には見えぬものもよう映っておりましてなあ。

ちょうどいい機会でございます。拙僧がなぜ、橘諸兄《たちばなのもろえ》さまの御下命《ごかめい》をこうも生真面目に果たそうとしているのか、お話し申し上げておきましょう。

これからそなたさまは、父君の御跡《おんあと》を譲られ、宮城であまたの政敵とやり合いながら、宮仕えをしてゆかれるのでございましょう。それに引き換え拙僧は、いずれはどこぞの寺に移り、御仏《みほとけ》に仕えて生涯を終える身。ならばそれがしの宮城の見聞は、そなたさまにこそ役立つものでございましょうからなあ。

拙僧が初めて内道場へ出仕《しゅっし》したのは、今から十二年前の夏。すなわち、天平《てんぴょう》十七年五月の初めでございました。

継麻呂さまも覚えておられましょうか。あの年は、ひどくあわただしい一年でございましてな。足かけ五年にわたって平城京《へいじょうきょう》を離れておられた首さまは、この年になってようやく、平城京への還都を決意。それに伴い、紫香楽宮《しがらきのみや》で始められていた毘盧舎那《びるしゃな》仏《ぶつ》像造立《ぞうりゅう》は、寧楽《なら》の東、いまの東大寺《とうだいじ》の地に移されるとも決まりました。

内道場にうかがうまで、拙僧は東大寺上座の良弁《ろうべん》さまにお仕えし、その身の回りのお世話を弁じておりました。

ご存じの通り、良弁さまは元は東大寺の前身である金鐘山房《こんしゅさんぼう》の智行僧《ちぎょうそう》。その類まれなる学識を首さまに認められ、東大寺建立に際してはその寺務一切を任せられたお方です。

ただ東大寺の作事がいよいよ大詰めの最中、平城還都が決まり、その上に毘盧舎那大《びるしゃなだい》仏《ぶつ》が東大寺に造られると定まりますと、師僧の御身の周りはひどくあわただしくなりました。経典の借用や寺に収める御像の様式の確認といった、拙僧のような愚鈍な男には荷が重い務めも急増し、思わぬ失態を犯してしまった折も一、二度ではありません。

そんなわけで良弁さまの元には急遽、諸寺から選りすぐった三人の従僧が新たに付けられました。が、そうなると困ったのはこの身でございます。

実を申せば拙僧は、俗世での出世に失敗し、四十を超えてから出家を果たした身でございましてな。年こそ食ってはおりますが、要はようやく沙弥《しゃみ》となったばかりの未熟者でございます。学識に長《た》け、何をさせても手際のよい新参の三人と並べられては、身の置きどころがありませぬ。

しょんぼりした顔で、年下の従僧の後をついて回っているのを見かねられたのでございましょう。ある日、良弁さまは拙僧をこっそりご自室にお呼びくださいました。

香りのよい蘭《らん》の茶を手ずからお淹《い》れくださり、「のう、道鏡」と静かに仰いました。

「帝《みかど》の平城宮還御に伴い、内道場では従僧を増やすと定まったそうじゃ。東大寺からも二、三人、人を寄越して欲しいと言われておる。嫌でなければ、おぬし、出仕してみぬか」

ご存じの通り内道場とは、天皇《すめらみこと》やその一族の安寧を祈願するため、宮城内に置かれた修行所。禅師《ぜんじ》と呼ばれる僧侶が皇族に近侍して玉体護持《ぎょくたいごじ》の祈禱《きとう》を行うほか、求めがあれば仏法の講義も行う場でございます。

「なにを仰せになられます。拙僧の如《ごと》きのろまには、内道場への出仕なぞ、到底無理でございます」

あわてて固辞しながらも、拙僧は胸の中で師僧の言葉の意味を考えておりました。

継麻呂さまもすでにお気づきでございましょう。拙僧は愚鈍な性質で、なにをするにも少々人より遅れるきらいがございます。――下手な世辞はようございますよ。それは自らが一番よく承知しておりますれば。

官吏《かんり》としての栄達を夢見つつ、結局志半ばで学問を捨てたのも、そんな自らに見切りをつけてのこと。東大寺の作事はこれからますます繁多となり、良弁さまは多忙を極めましょう。そんなお方に、愚かな拙僧がお仕えしていては、またどんなご迷惑をおかけするかしれません。

心優しい良弁さまは、拙僧がこれ以上お側《そば》に留《とど》まり、東大寺の面々から後ろ指を指されぬようにと考えられ、内道場従僧の務めをお勧めくださったのに違いありません。そのありがたさと情けなさにうなだれた拙僧に、「実はなあ」と良弁さまは続けられました。

「内道場に現在、わしの兄弟弟子の玄昉僧正《げんぼうそうじょう》がおることは、おぬしも存じておろう。その玄昉からも直々《じきじき》に、従僧が欲しいと頼まれておるのじゃ。もし道鏡さえ嫌でなければ、わしはおぬしを玄昉付きに推挙しようと思うておる」

「玄昉さまでございますと」

拙僧は大きく目を見開きました。

玄昉さまは、御年六十七歳。先帝の御世《みよ》に大唐に渡り、二十年近い研鑽《けんさん》を積んで帰国なさった学僧でございます。良弁さまとはかつて同じ師僧の元で学び、互いに研鑽を重ねた間柄とうかがっております。

とはいえ良弁さまが東大寺の創建に傾注なさり、ほとんど寺外の雑事を顧みられないのに比べ、玄昉さまは内供奉禅師として宮中に出入りし、貴賓からの寵愛《ちょうあい》もしきりと聞きます。

そんな中でも、とりわけ玄昉さまを身近に置いて放されぬのが、首さまの母君でいらっしゃる皇太夫人《こうたいぶにん》・宮子《みやこ》さま……。五年前、大宰府《だざいふ》にて挙兵された大宰少弐《しょうに》・藤原広《ひろ》嗣《つぐ》さまが「君側の奸《かん》たる玄昉および下道真備《しもつみちのまきび》を除くべし」と主張なさっていたことからも分かる通り、そのご寵愛は人の目に余るほどと噂されておりました。

「世人が皇太夫人さまと玄昉の仲を淫らがましく評判しておるのは、わしもよう知っておる。されど玄昉はかような不埒《ふらち》な輩《やから》ではない」

ぬるくなった茶をすすり、良弁さまは溜息《ためいき》まじりに仰いました。

「あ奴《やつ》は生来真面目で、心の優しい男。おそらくは皇太夫人さまのお気の弱りを哀れと思ってしまい、頻《しき》りのお召しを突っぱねることができずにおるのだ」

首さまの母君たる藤原宮子さまが、首さまをご出産後気鬱《きうつ》を病まれ、長らく、宮城の一室に閉じこもりっきりでいらしたことは、お互いすでに円方女王《まとかたのおおきみ》さまからうかがいましたな。

約四十年に及ぶその病を癒し、初めての首さまと宮子さまのご面会を実現させたのが、誰あろう玄昉さま。されどそれ以来、宮子さまは玄昉さまを引き留め、朝夕を問わず、御坊を身近に置き続けていらしたのでございます。

それゆえお二人を巡る忌まわしい風評は姦《かしま》しく、やれ玄昉さまは唐国《からくに》でおよそ言葉にはしがたい淫らな技を身につけ、それを用いて宮子さまを癒しただの、そもそも宮子さまの気鬱の病は早くにご夫君を亡くした孤閨《こけい》に耐えかねてのものだの……東大寺に籠りっぱなしの拙僧の耳にも、聞くに堪えぬ噂は頻々《ひんぴん》と届いておりました。

「良弁さまのお気持ちは、この道鏡、よくよく承知いたしました。されど皇族方からかように重用されているお方に近侍するなぞ、愚鈍な拙僧には到底――」

「いや、そんなおぬしじゃからこそ、わしはもってこいじゃと思うておるのだ」

　良弁さまは手の中の椀を置き、ぐいと膝を進められました。

「わしに言わせれば、玄昉とおぬしはよう似たところがある。おぬしはわしの元に来る以前、葛城山に山籠して幾年にも及ぶ修行を積んだであろう。その熱心さ、真面目さは、大唐で十八年にも及ぶ学問を積んだ玄昉にも通じるものじゃ。そしてそんなおぬしが玄昉に仕えてくれれば、あ奴の悪評も少しは薄れるのではないか」

　ここに及び、頭の回転の悪い拙僧にも話の流れが見えてきました。

　つまり良弁さまは兄弟弟子の悪評を気に病まれ、拙僧をその従僧に配することで、少しでも世上の噂が小さくならないかと望んでおられるわけです。なにせ良弁さまは、首天皇さまの信頼厚い清僧。長年、その良弁さまのお側に仕えていた拙僧が玄昉さまの元に移れば、良弁さまと玄昉さまの交流が余所目《よそめ》に明らかとなり、人々も少しは要らぬ噂話を憚《はばか》られるに違いありません。

　なるほど、そういう理由であれば、拙僧に拒むいわれはありません。なにせ拙僧はただ、玄昉さまにお仕えだけしていればいいわけなのですから。それになによりも、師僧が拙僧の愚鈍さを買い、その気性を活《い》かそうと考えてくださった事実が、ひどくありがたく思われました。

「承知いたしました、良弁さま。どれほどのことが出来るかは分かりませんが、この道鏡、喜んで内道場に上がらせていただきます」

　ですが早速翌朝、寧楽を発ってたどりついた恭仁《くに》京で、拙僧は呆然としました。かれこれ五年も前に都と定められた地というのに、恭仁京は京と呼ぶのが憚られるほどの貧相さ。大路は街の中心を貫く朱雀《すざく》大路程度しか作事が終わっておらず、宮の築地《ついじ》塀《べい》に至っては瓦一枚葺《ふ》かれておらぬ有様だったのです。

　この五年間、首さまは紫香楽や難波《なにわ》に頻繁に行幸《ぎょうこう》なされ、いったいどこが真実の都やらよく分からぬような有様でございました。そして今、造営半ばの恭仁京を捨てて平城京に還都なさろうとする姿は、子どもが様々な料理をひと箸《はし》だけ突いては食べ飽きる様に似ております。

　ようやく定まった平城京への帰還は、そんな首さまの気まぐれを見るに見かねた上《しょう》卿《けい》がたが進言した末のものでしょう。

　衛士《えじ》に案内されて踏み入った内道場は、柱の色こそ真新しゅうございましたが、どこか埃《ほこり》っぽく、荒れた気配がありました。ようやく正式に触れ出された平城宮帰還を受け、早々と荷造りに取りかかっているのか、板間の隅では幾人もの僧侶たちが、巨大な櫃《ひつ》にせっせと経典を詰めておりました。

「あの……寧楽の東大寺より参りました道鏡と申します。本日より玄昉さまにお仕えさせていただきます」

拙僧が恐る恐る名乗るや、道場内の僧たちが一斉にこちらを振り返りました。もっとも近くにいた一人が立ちすくむ拙僧をじろじろと眺め、「玄昉さまなら、皇太夫人さまの殿舎《でんしゃ》においでだ」と、東南の方角に顎《あご》をしゃくりました。

「言っておくが、玄昉さまはほとんどこの詰め所にはお越しになられんからな。御坊も今後は、わざわざここに顔を出す必要はないぞ」

「それはお教えいただき、ありがとうございます」

二度とここには足踏みするなとばかりの言いざまに身をすくめ、拙僧はそそくさと踵《きびす》を返しました。

「なんだ、あの男は。いい年をして、なんとまあ卑屈《ひくつ》な態度だ」

「しっ、あれでも律師・良弁さまの推輓《すいばん》で配されてきた奴だぞ。滅多な口を叩くな。告げ口をされては厄介だ」

僧たちの囁《ささや》きが、背中を叩きます。拙僧はそれに耳を塞《ふさ》ぐようにして、足を速めました。

「なあに、構うものか。いくら良弁さまの推挙を受けて来たとしても、まともな僧侶があの玄昉さまの従僧になぞなりたがるものか。おおかた玄昉さまへのご寵愛を頼みに、立身出世を願っている不届きな輩に決まっているさ」

違いない、という嘲笑《ちょうしょう》混じりの同調が、その言葉に重なりました。拙僧は後ろも見ずに、とうとうその場を駆け出しました。

玄昉さまを取り巻く噂については、よくよく承知していたつもりです。ですが同じ内道場の僧侶までもがそれを公然と口にするおぞましさに、二の腕にはびっしりと鳥肌が立っておりました。

とはいえ、宮城に不案内の身の悲しさ。走り出したはいいが、いったいどこが皇太夫人さまの宮やら分かりません。不揃いに建ち並ぶ殿舎を見回し、途方に暮れていると、突然、「おおい、そこな男。おぬしはもしかして、東大寺から来た僧か」というしゃがれ声が辺りに響きました。

見回せば、半町ほど先、板塀に囲まれた堂宇の門前で、腰の曲がった老僧が杖を振り上げています。細い鼻筋とまばらな白髭が、どことなく雄鶏《おんどり》を思わせました。

「は、はい。さようでございます」

「ちょうどよかった。そろそろ寧楽より着く頃と思い、内道場まで迎えに行こうとしていたのじゃ」

近付けば老僧の背丈は低く、こちらの胸程度までしかありません。拙僧はご無礼にならぬように腰をかがめました。よもやそんなはずはと思いつつも、「もしかして、玄昉さまでいらっしゃいますか」と、恐る恐るお尋ねしました。

「おお、さようじゃ。おぬしは道鏡とやら申すそうじゃな。昨夜、東大寺の良弁より文が参り、おぬしのことをくれぐれもよろしくと記してあったぞ。さあ、入れ入れ」

曲がりなりにも玄昉さまは、この国の僧尼を束ねる僧綱《そうごう》の長でございます。そんな御《ご》仁《じん》自らのお迎えに、拙僧は狼狽《ろうばい》しました。

招き入れられた宮は、何もかもが中途半端な恭仁宮にしては珍しく、美しく整えられておりました。平城宮から移築してきた建物でしょうか。いささか古びた殿舎は小ぶりながらも優美で、どこかで焚《た》かれているらしき香が鼻を突きます。

初夏の陽射しを受けた庭の木々が、青葉を瑞々《みずみず》しく輝かせています。恭仁京に入って以来強張《こわば》っていた心が見る見るほぐれてゆく心地がして、拙僧は深く息をつきました。

「すでに気づいておろうが、ここが皇太夫人・宮子さまのお住まいじゃ。あちらの隅に宮子さまの念持《ねんじ》堂があり、我らが詰めるべき庫裏《くり》も備え付けられておる」

早口に説きながら先を行かれる玄昉さまの足は速く、およそ杖がご入用とは見えません。慌ててそのお後を追いながら、拙僧は懸命に宮の間取りを頭に叩き込みました。

「あちらが采女どもの詰め所、そしてあの奥が宮子さまのお住まいじゃ」

立て板に水の勢いの玄昉さまの言葉が、このとき急に途切れました。不審に思ってその眼差《まなざ》しの先を追えば、宮子さまのお住まいと教えられたばかりの殿《あらか》の階《きざはし》を、あでやかな衣をまとった人影がのろのろと降りてこられます。

「し、しばしここで待てッ」

独り決めにそう怒鳴るなり、玄昉さまは拙僧を置き去りに駆け出されました。

その間にも階の人影は勾欄《こうらん》を両手で摑《つか》み、一歩一歩、伝い歩きで階を降りてこられます。拙《つたな》いその足取りは歩みを覚えた赤子を思わせましたが、玄昉さまの後を追って近付けば、それは量の乏しい髪を高々と結い上げ、鶴の如く痩《や》せた老婆でした。

錦織の衣が、夏陽を映じて白々と光っております。あの女性がこの宮の主、皇太夫人・藤原宮子さまでしょう。

そう拙僧が気付いた刹那《せつな》、宮子さまの足がずるりと滑りました。あ、と思う間もなく、そのお姿が傾きます。

「宮子さまッ」

絶叫とともに、玄昉さまが階の下に身を投げ出されました。次の瞬間、拙僧が目にしたのは、階を落ちた宮子さまが玄昉さまのお身体を下に敷き、きょろきょろと四囲を見回しているお姿でした。

「そ……僧正、僧正ッ。ここにいたのですねッ」

ご自分の尻の下にいる人物に気付き、宮子さまは甲高い声を上げられました。強引に玄昉さまの手を取り、白粉《おしろい》を塗りこめた頰を愛おしげに当てられました。

「うたた寝から覚めてみれば、どこにもお姿が見当たらぬのですもの。どこに行ってしまわれたのかと、肝《きも》がつぶれる思いをいたしました」

足の筋でも違えられたのでしょう。いたた、と小さく呻きながら、玄昉さまは宮子さまの尻の下から這《は》い出されました。それとなく宮子さまの手を払い、「それは失礼いたしました」と慇懃《いんぎん》に頭を下げられました。

「ですが拙僧は、皇太夫人さまが必要としてくださる限り、決してお側を離れはいたしませぬ。どうぞご案じなさいますな」

「本当ですね、僧正。約束ですよ」

ご自分が玄昉さまを下敷きにしたことなぞ忘れ果てたように、宮子さまは嬉しげに微笑まれました。

ほとんど日に当たっておられぬのでしょう。さらした紙に似て白いお顔は、幼児を思わせる稚気《ちき》を湛《たた》えておられました。

「はい、承知いたしました」

なおも手を取ろうとする宮子さまからそれとなく後じさり、玄昉さまはちらりとこちらを振り返られました。

その眼光はひどく鋭く――そして妙に悲しげであるように、拙僧には思えてなりませんでした。

その五日後、首さまは五年ぶりに平城京にお戻りになり、再び都は寧楽に定められました。

恭仁京からの殿舎の移築が終わるまでの間、宮子さまは首さまとともに中宮院を御在所となさり、拙僧の本格的な出仕がここに始まりました。

それにしてもいざ玄昉さまにお仕えして驚いたのは、宮子さまのあまりに激しい玄昉さまへのご信任です。

なにしろ宮子さまはお目覚めの間は玄昉さまを身近に置いて離さず、少しでもお姿が見えなくなると、初めて恭仁京の宮でお目にかかった時のように、懸命に玄昉さまを探し求められます。その様子は、まだ頑是《がんぜ》ない赤子が母を求める姿にそっくりで宮子さまのお心がまだ完全に癒えておらぬことをまざまざと物語っておりました。

玄昉さまはそんな宮子さまに甲斐甲斐しくお仕えになられ、殿舎にほとんど住み込みで暮らしておられます。当然、従僧である拙僧もそこに随行し、時には本当に自分が内道場の僧なのかと疑問を抱くことすらありました。

（なるほど、あの禅師たちの言葉も、あながち嘘ではなかったのか）

ただ一方で玄昉さまは、甘えかかろうとする宮子さまからは必死に身を離され、君臣の序を弁《わきま》えぬ真似は決してなさいません。宮子さまをひたむきに支えつつも、臣下としてまた僧侶としての立場を崩さぬお姿は、拙僧がそれまで耳にしてきた玄昉さまの噂とは、まるで裏腹な実直さでございました。

　さすがは良弁さまのご兄弟弟子でいらっしゃる、と感嘆し、拙僧は一瞬なりとも淫らがましい噂に耳を傾けた己を恥じました。そして自らに課された務めを果たすべく、懸命に玄昉さまにお仕えしようと心に誓いました。

　遷都《せんと》に伴い、内道場もまた寧楽に戻って参りました。ですが初めて恭仁京に伺候した日同様、他の禅師たちは拙僧や玄昉さまの姿を遠目に見かけると、なにやら顔を寄せ合い、ひそひそと聞こえよがしの囁きを交わします。

　言わせておけばいいのです。誰が何と謗《そし》ろうと、玄昉さまのご忠義には一点の曇りもありません。遠からずそれが明らかになるはずと、拙僧は無邪気に信じておりました。

　そうして、一月《ひとつき》も経った頃でございましたか。拙僧は玄昉さまから突然、こう命じられました。

「道鏡。おぬし、今、手は空いておるか」

「はい、何でございましょう」

「先ほど采女が参り、わしが所有しておる廻浄経《かいじょうきょう》を首さまがご覧になりたいと仰せだそうじゃ。すまぬが首さまの元に、これをお持ちしてくれ」

　仏法に深く心を寄せられる首さまは、これまでにもほうぼうの寺から経典を取り寄せられ、供奉僧の講義を受けておられます。かしこまりました、と低頭し、拙僧は錦に包まれた経典を捧げ持って殿舎を出ました。

回廊を渡り、幾つもの門を経てたどりついた帝の御座所では、側仕《そばづか》えの采女が拙僧を待っておりました。経典を渡せばよいとばかり思っていた拙僧に、まだ二十歳そこそこの采女は「少々お待ちください」と言って、小走りに殿宇の中に入って行きました。

待つ間もなく駆け戻ってきたかと思うと、

「首さまが一目会おうと仰せです。どうぞ庭にお回りください」

と、白い手で背後の階を指しました。

「会おうと仰せとは、拙僧にでございますか」

なにせお相手は、この国を治める天皇です。拙僧は腰を抜かすほどに驚きました。もしや首さまは、経典を運んできたのが玄昉さまだと勘違いしておられるのでは。そんな推測が胸を衝《つ》きましたが、采女は朱を差した唇をほころばせ、「はい、さようでございます」とうなずきました。

「玄昉さまの元に従僧が参られたと聞き、主上《おかみ》はかねてよりご興味をお持ちなのです。さあ、早く」

信じられぬ思いで庭に降りれば、広縁《ひろえん》にはすでにひょろりと痩せた人影が佇《たたず》んでおられます。

「そなたが玄昉の従僧か。名はなんと申す」

お顔を仰ぎ見る余裕なぞありません。拙僧はがばとその場にひれ伏しました。

「は、はい。道鏡と申します」

「道鏡、道鏡か。わが母のせいで様々な悪評を立てられておるにもかかわらず、玄昉はそれを一向に意に介さず、まめまめしい働きをしてくれている。おぬしが玄昉に仕えることは、すなわちわが母、更には朕《わたし》に仕えることでもある。そう心得て、これからも僧正を支えてやってくれよ」

なんというありがたいお言葉でしょう。首さまは玄昉さまが世人からいらぬ噂を立てられている事実を案じられ、わざわざ拙僧にお言葉を賜ったのです。

そのお心遣いに、熱いものが胸にこみあげてまいりました。涙ぐみそうな目を、拙僧は懸命にしばたたきました。

「お、お言葉しかと承知いたしました」

「わが母は孤独なのじゃ。そんな母に対する玄昉の忠義、朕はありがたく思うておるぞ」

そう仰せられてから、首さまはふと、「――いや、母だけではないな」と呟《つぶや》かれました。拙僧にというより、ご自分に言い聞かせるような口走りでございました。

「天皇とその一族の者は、とかく様々な務めを荷《にな》い、日々もがき続けねばならぬ。仏法僧の三宝は、かような我らに救いを与えてくださる、ありがたい存在なのじゃ」

　愚かにもそのとき拙僧は、首さまのお言葉に有頂天になり、その意味を理解できませんでした。

　一刻も早く、これを師僧にお伝えせねば。弾む心を抑えて御前を退き、拙僧は一目散に宮子さまのお住まいに戻りました。

　幸いにも宮子さまはお昼寝の最中でいらっしゃいました。その控えの間で経典を読んでいらした玄昉さまは勢い込む拙僧に、「そうか」と意外なほど平板な声でうなずかれました。

　その横顔に嬉しげな気配は皆目なく、白いものが交じった眉はむしろ不機嫌そうにしかめられています。拙僧は不審を覚え、師僧の顔を仰ぎました。

「天皇やその一族は孤独、となあ。まあ確かに首さまや宮子さまを拝見しておると、決して幸せとは思えぬわな」

「それはいったい、どういう意味でございますか」

　つい問うた拙僧に、玄昉さまは「余計なことを口走ったか」とばかりに顔をしかめられました。しかしすぐに、

「まあおぬしとて仮にも内道場の僧のはしくれ。この宮城のことを知っておるに如《し》くはないか」

と、溜息まじりに仰せられました。

「よいか。この国において、皇統とは日輪の裔《すえ》。いわば磐石《ばんじゃく》なること巌《いわお》の如き、陸じゃ。陸は常に、ひたひたと打ち寄せる海に取り囲まれ、荒ぶる波と毎日毎夜戦い続けておる。本邦においては、いわばその海は藤原氏。言うなれば本来、天皇家と藤原氏は相容れぬものなのじゃ」

されど、と続けながら、玄昉さまは宮子さまが微睡《まどろ》んでおられる隣間にちらりと目を走らせました。

「もう何十年も以前から、その海たる藤原氏は有形無形様々な形で皇統にからみ付き、遂には磐石なるはずの陸すら侵してしもうておる。藤原氏を母とし、帝位に就かれた首さまは、お立場から言えば、何よりも陸の礎《いしずえ》でなければならぬお方。されどその実際は、藤原氏という波に足を取られた哀れなる皇統の裔じゃ」

玄昉さまのお言葉はあまりに不遜《ふそん》で、拙僧は相槌《あいづち》すら打てずに絶句しました。

確かに、仰っておられることは間違いではありません。ですがそれを堂々と言い切る師僧に、わずかな怯《おび》えを抱きました。

「宮子さまがお心を病まれたのは、自らのお子が全《まった》き天皇ではないことに気付いてしまわれたがゆえ。そして首さまはご自身のそんなお立場をよくご存じだからこそ、宮子さまを忌まれ、激しい孤独の中に沈んでおられるのじゃ」

　もし皇統が正しき陸の裔であったならば、かような孤独を覚える必要はありますまい。首さまが外来の仏教に心を寄せられ、それでもなお激しい苦しみに責めさいなまれておられるのは、この国を治めるべき我が身が、忌むべき藤原氏に侵された「海」の末裔と承知しておられればこそなのだ。

　そもそもこの国を古くより治め続けてきた一点においては、天皇とは巨峰の如くそびえ立つ山でなければならない。ゆえに首さまは山と海、決して混ざらぬ二つを産まれながらに御身に抱えさせられている、と玄昉さまは仰いました。

「わしは唐から戻り、初めて宮子さまにお目にかかった折、瞬時にしてそのことを理解した。宮子さまが今なおわしを重用しておられるのは、それゆえなのじゃ」

　よいか道鏡、と玄昉さまは不意に声を低められました。

「現在、皇太子位におわす阿倍さまは、藤原光明子《こうみょうし》さまを母とし、首さま以上に藤原の血の濃いお方。もしかしたら阿倍さまは今後帝位に就かれた時、首さまや宮子さま以上の苦しみに苛《さいな》まれ、激しく御仏を求められるやもしれぬ」

「は、はい」

　玄昉さまの双眸《そうぼう》はぎらりと光り、有無を言わさぬ光を湛えておられます。拙僧はまるで蛇《へび》に見込まれた蛙《かわず》の如き気分で、あわてて首をうなずかせました。

「そんな折、万一、おぬしが阿倍さまのお側にいたならば、下手なご厚遇を受ける前に、早々に逃げよ。わしは最早《もはや》、宮子さまをお見捨てするわけにはいかぬが、おぬしは違う。このわしの轍《てつ》を踏まぬためにも、おぬしはこの宮城で如何《いか》に生きるべきか、今のうちからよくよく考えておけ」

とはいえこの玄昉さまのご懸念は、杞憂としか申せませぬな。なにせ内道場には何十人という僧が詰めておりますし、そもそも拙僧は入唐を果たしたこともなければ、大寺の三綱《さんごう》を務めた経験すらない、平々凡々な僧侶でございます。阿倍さまの如きお方が拙僧に御目を留められることは、金輪際ありますまい。

「玄昉さまは……皇太夫人さまのご寵愛に懸念を抱いておられるのですか」

拙僧の問いかけに、玄昉さまはふんと鼻を鳴らされました。

「別に宮子さまを信じておらぬわけではない。むしろ用心すべきとすれば――」

この時、宮子さまが午睡から覚められたらしく「玄昉、玄昉はどこ」というか細い声が、わずかに聞こえてまいりました。

「はい、拙僧はここでございます」

急いで立ち上がる玄昉さまを見送り、拙僧は「それにしても玄昉さまはいささかご用心が過ぎられる」と胸の中で独言しました。

なにせ宮子さまは、天皇であらせられる首さまの母君。そして他ならぬ首さまが、玄昉さまの存在を殊《こと》の外《ほか》喜んでおられるのです。

この先、どのような誹謗中傷が宮城に吹き荒れようとも、首さまが玄昉さまのご忠義を疑われることはありますまい。ましてや首さまと宮子さまが、同じ孤独を有しておられるとなればなおさらです。

しかしながらそれから半年後のある日、思いもかけぬ勅令が首さまより発せられました。

――玄昉法師を遣わして、筑紫《つくし》観世音寺《かんぜおんじ》を造らしむ。

玄昉法師でございますよ、玄昉法師。僧正でも禅師でもなくただの法師という呼称は、その勅令が同時に玄昉さまの僧綱《そうごう》位を剝奪《はくだつ》することを物語っておりました。

筑紫観世音寺を造らせる。つまり造営を命じるという勅命は、言葉面だけはようございます。さりながら実際はそれは、京から何千里も離れた筑紫の地に玄昉さまを左遷《させん》すると言っているのと同じです。

突然の勅令に驚く間もあればこそ、宮子さまの宮には衛門府《えもんふ》の衛士たちが押しかけました。取りすがる宮子さまから玄昉さまを引き剝がし、あっという間に玄昉さまに縄を打ってしまったのです。

「お、お待ちくださいッ。玄昉さまは、宮子さまと首さまのご信任厚い僧正。これは何かの間違いでございますッ」

玄昉さまを引きたてる衛士たちの裾にしがみつき、拙僧は懸命に叫びました。さりながら厳《いか》めしい甲に身を包んだ衛士は拙僧の腕を振り払い、「他ならぬその首さまが、玄昉法師を捕《とら》えよと仰せなのだ」と冷たく言い放ちました。

そんなはずはありません。つい半年前、首さまは拙僧に玄昉さまの忠勤を嘉《よみ》せられたばかりではありませんか。

周りを見回せば、内道場の僧侶たちが諸官司の官吏たちと一緒になって、拙僧たちを遠巻きにしています。その顔には嘲《あざけ》りと冷笑が等しく浮かび、罪人の如く両腕を取られた玄昉さまを、泥まみれになって懇願する拙僧を面白そうに眺めております。

(まさか、あいつらが玄昉さまを――)

いや、そんなわけがありません。いくら玄昉さまを毛嫌いしていたとしても、皇太夫人の寵愛著《いちじる》しい僧侶を陥《おとしい》れる度胸まではありますまい。

間違いです。これはきっと何かの間違いなのです。見る見る小さくなっていく玄昉さまの背を見つめ、拙僧はがばと立ち上がりました。禅師や官吏たちの嘲笑を振り払うように踵を返し、土を蹴立てて駆け出しました。

逃げたわけではありません。なんとしても、かような間違いを正していただかねば。その思いだけが、胸の中でぐるぐると渦を巻いておりました。

半年前、経典を奉じて伺候した殿舎に向けて、拙僧は両手を振り回しながら駆けました。

とはいえ中宮院の門は、衛士が厳重に固めております。

「待て、何者だッ」

彼らに行く手を阻まれ、拙僧は「お願いします、ここをお通しくださいッ」と喚《わめ》きました。

「玄昉さまが、なぜ玄昉さまが筑紫に左遷されねばならぬのですッ。何卒、首さまにお目通りをお許しくださいッ」

首さまにさえお目にかかれれば、すべての過ちは氷解するはず。その思いだけを胸に、拙僧は衛士たちに引きずり出されまいと、懸命に足を踏ん張りました。

幸い大声を上げるのは、日々の読経《どきょう》で慣れております。せめて首さまのお耳に届けとばかり、拙僧は更に怒鳴り立てました。

「お願いいたしますッ。先ほどの勅令はまことに首さまがお出しになられたものかだけでも、お教えくださいッ」

「なにごとですか」

やがて殿宇の奥から顔をのぞかせたのは、いつぞや経典を受け取った若い采女でした。

衛士と揉み合う拙僧の姿に驚いたように目をしばたたく采女に向かい、「どうか、どうかお口添えをッ」と拙僧は更に声を張り上げました。

「一目、一目首さまにお目通りをッ。なぜ玄昉さまが筑紫に左降されねばならぬのですッ」

　采女は怯えた面持ちで後じさりました。あっと思う暇もありません。まるで小鼠が逃げるかのように身を翻したその様に、拙僧はしまったと歯がみしました。それを見澄ましたように、衛士の一人が法衣の襟首を摑み、他の衛士たちが両脚を持ち上げます。足をばたつかせる拙僧を無造作に抱え、門へと運び出そうとしたその時です。

「お、お待ちなさい」

　先ほどの采女が青ざめた顔で駆けてきました。それがしの耳に顔を近付け、「首さまが目通りを許すと仰せです」と口早に囁きました。

「ま――まことでございますかッ」

　声を筒抜かせた拙僧を、采女はしっと制しました。そして衛士たちが顔を見合わせるのにはお構いなしに、拙僧の袖を摑んで宮の庭へと引っ張り込みました。

　いつしか季節は冬へと変わり、呆けた芒《すすき》が数本、築地塀の隅で北風に揺れています。広縁に立つ首さまの肩先を、薄い冬陽が斜めに照らし付けておりました。

　半年前と同じように佇む首さまのお姿に、拙僧は思わず泣きだしそうになりました。首さまはあのときと変わらぬお姿でいらっしゃるのに、季節は冬へと進み、玄昉さまは筑紫に流されようとしているのです。

　なぜ、なぜこんなことが起こってしまったのか。激しい混乱に肩を上下させた拙僧を、首さまはゆっくりと顧みられました。

「――道鏡か」

名を覚えてくださっていると恐懼《きょうく》するだけのゆとりは、そのときはありませんでした。庭のただなかに跪《ひざまず》くと、拙僧は「玄昉さまが――」とだけ言って、声を詰まらせました。

そんな拙僧を見下ろされる首さまの眼差しは静かで、辺りを照らす冬陽そっくりに澄明でした。そう気づいた瞬間、拙僧は不意に、胸を鷲掴《わしづか》みにされるに似た恐怖を感じました。首さまは玄昉さまの左遷の件を承知なさっている。唐突にそんな気がしました。

「玄昉はすでに捕えられたのだな」

静かな口調があまりに恐ろしく、拙僧は「なぜ」と呻《うめ》きました。

「なぜ、玄昉さまが左遷されねばならぬのです。宮子さまはあれほど玄昉さまのことをご信頼なさっていると申しますのに」

首さまはしばらくの間、無言でいらっしゃいました。しかしやがて、身体の底から吐き出すような深い深い吐息をつかれ、「母君が羨《うらや》ましい」と吐き捨てられました。

「母には玄昉がおる。されど朕にはかような者はおらぬ」

「なんでございますと」

弾かれたように顔を上げたそのとき、拙僧は初めて首さまのご尊顔をまともに拝しました。

ほっそりとしたお顔は頬骨が目立ち、形のよい目には癇性《かんしょう》な光が宿っております。無礼にも目を上げた拙僧を咎《とが》めもせずに見下ろされ、「朕は誰にも頼れぬ」と首さまはまるで自らに言い聞かせるように仰いました。この国を治める天皇とは到底思えぬ、ひどくか細いお声でございました。

「朕は……朕は天皇じゃ。それゆえ一人の僧にすべてを擲《なげう》って、頼りはできぬ。それはわが母である皇太夫人とて、本来、同じ。仮にも皇統にある者が人目も憚《はばか》らず一介の僧侶に甘えるなぞ、許されぬのだ」

「そ、そんなことはありませぬ。帝と言えど、我らと同じ悩める衆生《しゅじょう》でございますッ」

拙僧の叫びを振り払うように、首さまは大きく首を横に振られました。両の手で頭を抱えるや、その場に蹲《うずくま》って絶叫なさいました。

「そんなはずがないッ。朕はこの国の礎《いしずえ》たる天皇なのだッ。母もその母である以上、あのような法師にすべてを委ねるなぞ、あってよいはずがないッ」

（ああ――）

太い息が思わず、喉《のど》を突きました。

半年前、拙僧に下さった首さまのお言葉は、紛《まぎ》れもない本心でございましたでしょう。ですが首さまはそれと同時に、自分と同じ孤独と哀しみを抱きつつも、玄昉さまを身近に置くことで心を慰めていらした宮子さまを、心のどこかで羨んでいらしたのです。

そういえばこの年の秋、首さまは重い病に罹《かか》られ、二月《ふたつき》もの間、まともな政務をお執《と》りになられませんでした。その時、枕上《ちんじょう》に侍った内道場禅師はいったい誰だったのか……少なくとも彼らが帝の病を癒せたとしても、玄昉さまのようにそのお心までを安んじることはできますまい。

大病に罹られ、一人、臥所で呻吟《しんぎん》なさったそのとき、首さまは宮子さまのようにすべてを任せ、孤独を分かち合える人物が身近にいないことに絶望なさったのでしょう。そして自分とは異なり、一人の僧侶に身も心も委ねる母を許せぬと考え——同時に激しい憎しみを抱かれたのに違いありません。

そうです。つまり首さまは母君と玄昉さまの結びつきに嫉妬なさったのです。子どもが他の子どもの大事な玩具を奪うような思いで、玄昉さま左遷の勅令を出されたのです。

（なんと——なんと哀れな——）

この時、武具の鳴る音がして、先ほどの衛士たちがどどっと庭に駆け込んで参りました。呆然と座り込んだままの拙僧の腕を摑み、そのまま宮の外へと引きずり出しました。

小突かれ、蹴飛ばされながら、拙僧はかろうじて背後を振り返りました。広縁に打ち臥し、わなわなと身体を震わせた首さまのお姿はあまりに小さく、初めてお目にかかったときの宮子さま同様、頑是ない子どもそっくりに見えてなりませんでした。

――玄昉さまは宮子さまの嘆願にもかかわらず、その日のうちに筑紫に送られました。お亡くなりになられたのは、それから半年後の夏……。護送の際に痛められたおみ足が膿《う》んだためとも、憤懣《ふんまん》のあまり、かの地で食を断たれたためとも聞きました。

拙僧はそのまま内道場に留まり、他の禅師たちの嘲笑を受けつつも、宮子さまの元に出仕を続けました。ええ、もちろん宮子さまは玄昉さまを朝な夕な探し求められ、拙僧は采女たちとともにそれを必死にお慰めするばかりの毎日でございました。ですがその時の拙僧には、それしか出来ることがなかったのでございます。

昨年、首さまが病みつかれた際には、拙僧は看病禅師に取り立てられ、そのご枕頭《ちんとう》に侍りました。ですが首さまは拙僧の姿を見ても何も仰せられず、無表情に読経を聞いていらっしゃるばかりでございました。

しかしながら、今でも時々思うのです。首さまはそこにいる禅師が、かつて自分に取りすがった新米の従僧だったと気付いておられたのではないか、と。

とはいえ拙僧を呼び召し、親しく声をかけることは、かつて嫉妬のあまり母君から玄昉さまを引き離した身には許されぬ行いでございます。それゆえあのお方は病の床から、ずっとそ知らぬ顔で拙僧を眺めておられたのではないでしょうか。

そして更に憶測が許されるのであれば、首さまは毘盧舎那大仏を造り、あれほど激しく仏法に傾倒する一方で、心の底ではそんな己を懸命に叱り付けておられたのではありますまいか。

なにせ遠く天竺《てんじく》より渡来した仏法は、いわばこの日本をひたひたと侵す海と同じ類のもの。そこに激しく思いを寄せるのは、この国の礎である天皇でありながら、とうの昔に藤原氏という海に取り囲まれた我が身を認めるのと同じなのですから。

海と山、それらが諍い合わず容易に混じり合うことができたなら、首さまはあのようにお苦しみにならずとも済みましょうに。つまり首さまはどうにも変えられぬ対立の権化にして、その苦悩をご一身に背負っていらしたのですよ。

橘諸兄さまから真実のご遺詔を探せと命じられたとき、拙僧は母君から玄昉さまを引き剝がされた首さまのことを思いました。

誰にも明かせぬ孤独を抱え、それでもなお天皇であらねばと思い定めておられた首さま。もしかしたらその遺詔をお探しすることは、誰にも胸の裡《うち》を明かすまいとなさっていた首さまの御霊を、少しでも慰めることになるのではないか、と——。

その八　佐伯今毛人《さえきのいまえみし》

——ええい、何者だ、お前らは。

いかに裏門からとはいえ、首太上《おびとだいじょう》天皇御願のこの東大寺《とうだいじ》に、武具を携《たずさ》え、騎乗のまま入り込むとは、いったいどういう了見だ。

見たところ、その身ごしらえは衛門《えもん》府の武官のものだな。されどいかに阿倍《あべ》女帝さまの勅命《ちょくめい》であろうとも、ここは天下を守る毘盧舎那《びるしゃな》大仏《だいぶつ》のおわす御寺だ。そこになんの前触れもなく物々しく押し入るとは、四海安寧《あんねい》たれと願われた首さまのご遺志に背《そむ》こうぞ。

仮に寺の衆僧《しゅうそう》がそれを許したとて造東大寺司長官たるこの佐伯今毛人の目が黒いうちは、かような狼藉《ろうぜき》は致させぬ。用があらば、玄蕃寮《げんばりょう》と三綱《さんごう》を通じ、手順を踏んでから改めて来い。

なんだと。決して、東大寺に害をなそうとして押しかけたわけではないとぬかすか。

ふうむ。ならば、いったいどういうつもりで、かように物々しい出で立ちをしてこの寺に参った。

……なに、ご遺詔《いしょう》。首さまのご遺詔が東大寺に安置されておるとの風聞が阿倍さまのお耳に入り、それで内々におぬしらがこの寺に遣《つか》わされたと申すか。

馬鹿馬鹿しい。かような詔《みことのり》をお預かりしておれば、このわたしがとっくに宮城《きゅうじょう》に持参し、阿倍さまのお耳に入れておるわい。

——いやいや、分かっておる。その話であれば、わたしも風の噂には聞いておるよ。

なんでも、首さまが末期《まつご》に及んで、極めて私的なご内意を詔に記し、どこぞに隠されたという話だろう。藤原中務卿《ふじわらなかつかさきょう》さまが後宮《こうきゅう》じゅうの女官を問い詰め、そのご遺詔の有無を尋ねられたとか、首さまの後を追うように亡くなった左大臣・橘諸兄《たちばなのもろえ》公が、死の直前、信用できる者たちを集め、そのご遺詔を探せと命じられたとやら……あの頃は、まことに様々な風評が飛び交っておったからなあ。

されど首さまが亡くなられてから、まもなく一年。そんな噂が今になって再び取り沙汰されるとは、さて、どういう次第だ。

ああ、いや。よいよい。いまのはわたしの独り言だ。帝に近侍《きんじ》する衛門府の衛士《えじ》が、軽々しく口を滑らせられぬことぐらい、こちらとてよくよく分かっておる。

されど、せっかくわざわざ参ったのだ。ついでと思うて、一つだけ教えてはくれんか。おぬしらがご遺詔を求めてこの東大寺に来たということは、首さまの一周忌を前に、阿倍さまには父君のご遺志を改めて確かめねばならぬ事情がおありなのか。

ふふふ。隠しても無駄だ。ちゃあんとおぬしらの顔に、その通りだと書いてあるぞ。

まあ、それも分からぬではない。なにせ首さまがかつて阿倍さまの皇太子にと定められた道祖王《ふなどおう》さまは、血筋こそ正しきお方ではあるが、いささか生真面目すぎるお人と聞くでな。先の皇后さまの一人娘として育ち、驕慢《きょうまん》の気のある阿倍さまとうまく行く道理がない。おおかた阿倍さまは股肱《ここう》の臣たる中務卿どのからご遺詔の噂を聞き、道祖王どのを廃すための口実に用いんと、ご遺詔を探しておいでなのであろう。仮にそれが見つかれば、父君のご真意はこうだと言って、新たな皇太子を定めることが出来るものなあ。

心配するな。これもまたわたしの独り言。この東大寺を造る造寺司《ぞうじし》の官人《かんじん》として、長らく宮城から遠く隔《へだ》たったこの春日野《かすがの》に寝起きしている者の、勝手な繰り言だ。おぬしらも、聞かなかったふりをした方が、お互い身のためだぞ。

それにしても、だとすればかつて橘左大臣公がご遺詔探しを命じた者たちは、今、どこで何をしておるのだろうな。おぬし、宮城に戻ったならば、そ奴《やつ》らを探し出し、わたしの元に来るように話をつけてはくれぬか。そうすればその代わり、先ほどおぬしらの部下が、大仏殿に土足で入り込まんとしたことは、わたしの胸の裡《うち》だけに秘めておいてやるぞ。

なにせ阿倍さまは父君に似て、熱心な崇仏の徒。いくら東大寺の探索をおぬしらに命じたとはいえ、大仏の御前に土足で上がってよいとまではよもや仰《おお》せではあるまい。下手なお怒りを買いたくなければ、わたしの言う通りにした方がよいと思うがなあ。

別に脅そうなどとは思っておらぬさ。ただ、左大臣たる諸兄さまが亡くなられてからというもの、橘氏はかつての繁栄が嘘の如く勢いを失い、ご一子の奈良麻呂《ならまろ》さまは悔しさに日々歯がみしておられるとか。そんな最中に、あるかないか分からぬご遺詔を探しておる者たちに、いささか興味が湧いただけだ。

なに、おぬしらはそ奴らの身の周りにまで、すでに細作《さいさく》を放っておるのか。ふむふむ。本来であれば奴らがご遺詔を探し出すのを待ち、それを傍らから引っさらおうと思うていたが、一向に見つけ出す気配がないため、衛門府は衛門府で独自に探索を始めたとな。

その者たち、名はなんと申す。——ふむ。内供奉《ないぐぶ》僧の道鏡禅師《どうきょうぜんじ》と、中臣継麻呂《なかとみのつぐまろ》なる二人とな。

いやはや、これは面白い。遠く西域より到来した仏法を護持する禅師と、この国の祭《さい》祀《し》を古くより守り伝える中臣家の三男坊か。まるでこの国を取り囲む海と本邦の礎《いしずえ》たる山から、それぞれ一人を選んだかのようではないか。

どうだ、そこなる志《さかん》どの。今すぐ宮城に戻ったりすれば、どうせ探索を命じた中務卿さまにこっぴどい説教を受けるのであろう。ならばしばしこの寺で休息など取り、わたしの繰り言に耳を傾けてはくれんか。

折しも今日は、見ての通りの上天気。春日の山々の若葉もそれ、滴《したた》るが如《ごと》き美しさだ。なにせわたしは二十歳そこそこの頃からずっとこの寺の造営に携わり、今年で早十五年になる。寺の僧侶や楽人、はたまた造寺司の工人どもとも身分の隔てを越えて懇意だが、反対におぬしの如き武官と話をする機会はほとんどない。これもまあ、ありがたい御仏《みほとけ》の導きと思うて、わたしに付き合ってくれ。

――大仏殿の裏手より、いい匂いがしてきただろう。あれは造仏所の炊屋《かしきや》（食堂）が中食《ちゅうじき》（昼食代わりの軽食）を拵《こしら》えているのだ。どれ、ちょうど日も頭上に差しかかった時刻、あそこから汁なぞもろうてきて、話の菜にしようではないか。

それにしてもおぬし、引き留めてすまんな。なにせ長年この造東大寺司に詰め、毎日、毎日似たような顔ばかりを見ておると、どうにも飽きてくる。こうして時折、宮城から誰か来てくれれば、わたしも退屈せずに済むのだがなあ。

おや、どうした、食わんのか。自慢するのも妙だが、この造仏所の飯は旨いぞ。かれこれ十年も同じ男が作っておるのだが、造瓦《ぞうが》所や写経所といった他の所の仕丁《しちょう》や官人がわざわざ自分の所の厨《くりや》を避け、ここまで食らいにやって来るほど評判の飯だ。

大声では言えんが、ここで働く皆を力づけるために、魚や獣の肉も用いられておる。

おぬしら武官にとっては、なによりの馳走だろう。さあ、遠慮せずに食え。

なにをきょとんとしている。仮にも正五位上造東大寺司長官のわたしが、諸国から徴発された仕丁と同じ飯を食らうのが、そんなに妙か。

だが、ここは宮城ではない。確かに身分の高下はあれど、少なくともこの東大寺にいる限り、我らは同じく御仏の御弟子。そんな御寺を造るのが務めである以上、わたしもたまには仕丁や雑人に混じって、寺内の隅々まで見て回らねば、東大寺の創建者たる首さまのお志に背くではないか。

　正直申さば、わたしも初めてこの地に遣わされた時には、この寺の創建がかほどの大作事になるとは、思うてもおらなんだよ。なにせあれから十五年が経つにもかかわらず、寺の伽藍《がらん》はようやく半数が完成したばかり。東西両塔は基壇を据えたところで作事が中断しているし、大仏殿の瓦もまだ葺《ふ》き終わっておらぬところが数多《あまた》ある。南大門に中門、大仏殿に講堂、それに僧房に食堂、東西七重塔に回廊を巡らす壮麗な伽藍が仕上がるまでには、あと十年、いや二十年あまりはかかろうか。

　そのときまでわたしの命があるか、いささか怪しい気もするが、ともあれかほどの大伽藍を願われた首さまの思いを考えれば、今はとりあえず目の前の作事に邁進《まいしん》するしかあるまい。

それはそうと、おぬし、年は幾つだ。ほう、二十四歳。首さまが日嗣《ひつぎ》として帝位を踏まれたのと、同じ年齢か。若いな。するとおぬしが物心ついた頃には、すでにこの春日《かすが》山《やま》の裾野では、東大寺の建立が始まっていたわけだな。

おぬしはこれまで、なぜ首さまがかような大寺の建立を決意なさったか、考えたことはあるか。

――ふむ。全く、思いもせなんだとな。

それは何故だ。よく考えてもみよ。なにせ首さまはこの国を統《す》べる天皇。天照大神《あまてらすおおみかみ》を皇御祖《すめみおや》と仰ぐ、日嗣の大王《おおきみ》の裔《すえ》でいらっしゃるぞ。それが遠き異国より渡来した仏法にこれほど心を寄せるなぞ、何とも奇態ではないか。

わたしは今でも、よおく覚えておる。あれは諸国に国分寺造営の詔が発せられ、当時まだ金鐘寺《こんしゅじ》と呼ばれていたこの寺が、大和国分寺に定められた折だ。山間《やまあい》の小寺にすぎなんだ寺を天下の総国分寺にふさわしい伽藍に改めよとの勅令《ちょくれい》に従い、この寺には多くの官人と工人が派遣されるに至った。

かくいうわたしはその当時、皇太子の位におわした阿倍さまにお仕えしていたが、造営の始まったこの寺への異動を急に命ぜられてな。何がなにやら分からぬまま宮城を出て、春日野の裾にやってきたのだ。

当時のこの界隈《かいわい》の有様と来たら、今のおぬしには想像もつかぬであろう。春日山へと続く斜《なぞえ》はほうぼうが切り崩され、無数の仕丁がまるで蟻《あり》の群のようにそこに取り付いていた。北の山々から切り出された木材が、筏《いかだ》となって佐保《さほ》川へと流され、それを引き上げ、作事場へと運ぶ荷車が、大路に長い列を作っておった。

とはいえ金鐘寺は本来、山房とも俗称されていたほどに粗末な寺。それだけに思いがけぬ大作事に戸惑ったのは、わたしだけではなかったのだろう。誰よりも金鐘寺の御僧方が、ひどく居心地悪そうな面持ちで寺の作事を眺めておられたのが、その証しというものだ。

元々この一帯は、春日の御山に連なる深い森でな。山の中腹に金鐘寺が造られた後も、鹿や猪、狐といった獣がそこここを走り、それを追う猟師が辺りをうろつき回っておった。

されど金鐘寺が天下の総国分寺と定まり、壮大な大寺がここに築かれると定まっては、どうしようもない。そう、ここに任ぜられたわたしの初めての務めは、作事場のすぐ裏に迫る森で狩りをせんとする猟師を力ずくでもって追い払い、以後、金輪際、この地での猟はならぬと命じることだった。

さりながらこの地に都が定められる以前より、先祖代々、猟を生業《なりわい》としてきた者からすれば、かような命は不条理以外の何物でもない。そうでなくともほうぼうの山を渡って狩りを行う猟師は、家や公田を持たず、どの国にも属さぬ不定の衆。我らの言葉に従おうとせぬばかりか、むしろかような作事があるからよくないのだとばかり、造営が始まったばかりの寺に火を放たんとする無法者までおってな。造寺司の官人はそれらをいかに止めさせるかと、大いに苦労しておった。

　これは余計な話だが、かつて首さまが紫香楽宮《しがらきのみや》に大仏を建立なさろうとした折も、作事場には毎夜の如く付け火が働かれ、結局、大仏造営はこの地に定められたと申す。おそらくあれは紫香楽の山中に住まいする民たちが、余計なものを拵《こしら》えられてはかなわんとばかり、造営を妨げにかかったのだろう。

　もともとこの春日山の麓は、寧楽《なら》の都を望む景勝の地。藤原家の氏神たる春日神を祀《まつ》る社《やしろ》もほど近いだけに、卑しい猟師の妨害如きで、作事を中断するわけには参らぬ。

　されどそんな官を嘲笑《あざわら》うかの如く、金鐘寺を大和国分寺、つまり金光明寺《こんこうみょうじ》に改寺すべく作事が始まるや否や、この地にはとかく様々な嫌がらせが相次いだ。金堂の基壇を定めんと土地を均《なら》せば、夜のうちにそこに獣の血がまき散らされ、新たな伽藍を建てるために古き堂舎を解体すれば、その材木に火が放たれるといった有様だ。

　当時、首さまは紫香楽宮に都を移されていた。それゆえ幸い、帝や宮城の上卿《しょうけい》がたの耳にかような失態が届くことはなかったが、だからといって猟師どもの野放図を見過ごしていては、官の威信に関わろう。

　しかも改寺開始から半年が過ぎた頃には、首さまは年明けまでには諸堂の建造を終え、盛大なる法会《ほうえ》を行おうと触れ出されてな。つまりわれら造寺司の官人たちは、一日も早く邪魔な猟師を捕《とら》え、作事を進めねばならなくなったというわけだ。

　それだけに当時のわたしの上役たちは、なにが何でもかような不逞の輩《やから》をひっ捕まえよと眉を吊り上げて怒っていらしてな。造寺司に赴任したばかりのわたしには相談もなく、勝手に作事場の裏手に小さな寝小屋を建てられた。そしてまだこの地に詰めて日の浅いわたしにいきなり、「おぬしはここで毎夜、不寝番《ねずのばん》をしろ」と命じられ、否応なしに衾《ふすま》（寝具）や着替えまで運び込んでしまわれたのだ。

　当時のわたしは、今のおぬしよりも年下。七条大路にほど近い家に、病身の母と二人暮らしをしておった。

　母はもともと備前《びぜん》の沖の小島の出でな。かの地の国司として赴任した父と結ばれてわたしを産み、夫の帰京に従って都に来たのだ。ただその後、父に先立たれてからというもの病に臥《ふ》し、わたしは日々の勤めの傍ら、その世話に忙殺されていた。

　その上、宮仕えに出てまだ日も浅いとあって、当然、住まいも田も持たぬ猟師など見たこともない。されど、かような若造に捕縛の命を下さずにはおられぬほど、当時の造寺司の官人がたは追い詰められていらしたわけだ。

今でこそ堂舎が揃い、何百人という僧が起居しておるが、当時の金光明寺に暮らしておった僧は、ほんの十数人。寺奴婢《じぬひ》・雑人を合わせても、寺内におったのは三十人にも満たなんだだろう。

このため日が沈み、夕の勤行《ごんぎょう》を終えた僧たちが僧房に戻って行くと、境内は野原同然に静まり返った。春日の御山で妻を求めて啼《な》く鹿の声が、冷たい秋風と相まって、寝小屋の中まで響いて参った。

猟師が寺地に出没するのは、いつも深更過ぎ。それも空に雲の垂れ込めた暗い夜と決まっておるという。

寝小屋の木戸を細く開ければ、望《もちづき》を二夜か三夜過ぎた月が春日山の稜線を離れ、今しも中天へと昇って行こうとしている。

澄んだ秋の月光に照らされ、境内は昼のように明るい。狸か、それとも狐か。物陰をこそこそと走り抜ける獣の足音まで聞こえてくるほど、界隈はしんと静まり返っていた。

初めて出仕《しゅっし》を果たしてから、三年。朱雀《すざく》門や大極殿《だいごくでん》の壮麗さ、宮城を行き交う官吏《かんり》たちのにぎやかさには、すでに慣れ親しんでいた。しかしながらその時、作事半ばの金光明寺を照らす月光の凍えた美しさは、それまで眺めてきた宮城の美々《びび》しさとはまるで異なっていた。

いずれこの地には、丹塗《にぬ》りの柱、緑瓦で葺かれた豪壮な伽藍が建ち並ぶ。だがその壮麗さが日輪の如きものだとすれば、この寂しき秋の作事場はまるで月のように、そして深い海の底のように静かで美しい。

　わたしは自分がなんのためにここにおるのかも忘れ、腑抜《ふぬ》けの如くぽかんと口を開けて、高く高く昇って行く月を飽かずに見つめておった。つい先ほどまで、七条の家で臥《ふ》せっている母の身を案じていたことなぞ、ついぞ念頭から消え失せていた。

　どこからともなくやってきた狐の母子が、夕刻に運び込んだばかりの材木の上に登り、野鼠らしきものを食《は》んでいる。そのくちゃくちゃという微《かす》かな物音をぼんやり聞きながら月を見つめていると、不意に激しい風音がわたしの耳を叩いた。

　いや、風ではない。なぜならその音と同時に、母狐がはっと顔を上げ、次の瞬間、なにかに横っ面を叩かれたかのように、材木のてっぺんから転がり落ちたからだ。

　一瞬遅れて、まだ親狐の半分ほどの大きさの子狐が、毬《まり》が転がる勢いで走り出す。その途端、あの風音が再び耳をつんざき、今度は子狐が小さな啼き声とともにふっ飛んだ。見ればその小さな身体には、すり切れた羽で拵えられた征矢《そや》が射立ち、激しい弓勢《ゆんぜい》を物語るように左右に揺れているではないか。

（あれは――）

　わたしが息を飲むより早く、たたたっと軽い足音がした。どこからともなく走り出て来た小柄な影が、二つの狐の骸《むくろ》を左右の手に引っ摑《つか》んだ。

　頭からすっぽりと頭巾のようなものをかぶっているせいで、顔つきまでは分からない。だが背には靫《ゆき》が背負われ、腰には刃の厚い刀が提《さ》げられている。間違いない。猟師だ。春日山伝いに入りこんだ輩が、案の定、この寺に狼藉《ろうぜき》を働こうとしている。

　わたしが見ていることには気付かぬ様子で、猟師は二頭の首をぽきりと折った。ついでそれぞれの腹を射抜いた矢を引っこ抜いて靫に戻し、腰に提げていた縄に死骸を結びつけた。

　こんな月夜に現れるほど、春日山の猟師たちはこの寺をないがしろにしているのか。

　わたしは両手で思い切り板戸を押し開いた。「待てッ」と喚《わめ》きながら、猟師に向かって疾駆した。

　だが猟師はぱっとこちらを顧《かえり》みるや、まさに兎のような敏捷《びんしょう》さでその場を駆け出した。逃がすまいとぞ奴に飛びかかり、わたしはがむしゃらに両手を振り回した。奴が頭からかぶっていた頭巾が引っ張られ、ついでに首元が締まったのだろう。ぎゃっという悲鳴が上がる。

　その叫びにかえって血をたぎらせながら、わたしは倒れ込んだ猟師の腹の上にどすんとまたがった。

「静かにしろッ。命までは取らん」

　そう怒鳴って相手の面を覗きこみ、わたしは息を飲んだ。

きっとこちらを睨《にら》み上げる眸《ひとみ》は大きく、月光を映じてきらきらと輝いている。頭巾からあふれた長い髪が地面に広がり、日焼けした小さな顔をくっきりと夜の色に縁どっていた。

（女だと――）

それもまだ乳房すら膨《ふく》らみきらぬ、十二、三の少女だ。

驚きのあまり、その場に跳ね立とうとしたわたしの腹を、少女は下から力いっぱい蹴り上げた。思わずうぐっと呻《うめ》いたわたしを突きのけ、そのまま走りだそうとする。

わたしは痛む腹を片手で押さえながら、少女の帯を背後から摑んだ。つんのめって倒れ込むのを後ろ手に抑え込み、「騒ぐなッ」と押し殺した声で命じる。

二度まで捕えられ、さすがに逃げられぬと思ったのだろう。少女は悔しげに唇を嚙《か》みしめると、こくりと顎《あご》を引いた。そんな娘に向かい、よし、とうなずきつつも、わたしは頭の中でこれは困ったと考えていた。

屈強で荒くれ者の猟師であれば、ひっ捕え、京職《きょうしき》に突き出すことに躊躇《ちゅうちょ》せぬ。しかし相手があどけなさを残した少女となれば、話は別だ。

なにせこの春日野の寺は今や、天下の太平を願う諸国国分寺の筆頭。それに対する狼藉は天下に弓引くのと同義であり、下手をすれば国家に背く大罪と見なされかねない。そうなれば、この少女を待っているのは死刑か流刑か……最低でも、徒刑《ずけい》は免れまい。

ここまでの道中、幾匹もの獣を狩ってきたのだろう。少女の腰には、先ほどの狐たちばかりか野兎や鼬《いたち》の死骸まで吊り下げられている。わたしは藤縄を編んで拵《こしら》えたような少女の粗末な帯に、手をかけた。

そこにぶら下がった獲物を強引に奪い取り、「これはわたしが預かる」と低い声で言った。

「この地はもはや、おぬしたちの狩場ではない。御仏の鎮座まします聖地となったのだ。次に見かけたときには、わたしは何があってもおぬしに縄を打たねばならん。今回だけは見逃してやるゆえ、さっさとここを立ち去れ」

だが少女はどういうわけか、こちらの言葉なぞ耳に入っていないかのように、大きく目を見張ってこちらを仰いでいる。

もしや人の言葉を解さないのか。これは厄介だ、と思った途端、少女はおずおずとわたしの頬に手を伸ばした。

驚いて身を引くわたしにはお構いなしに、こちらの目をじっと覗きこみ、みずのいろ、とぽつりと呟《つぶや》いた。

「なんだと」

わたしは己の左目を、軽く片手で押さえた。

どういうわけであろう。私は幼い頃より左目の色が淡く、明るい場所でじっと鏡を覗きこむと、それが時折、水の色に見えることがあった。とはいえ、これまで添い臥しした女にすら気付かれなかった眸の色を、こんな暗がりの中で見つけられるとは。この少女はよほど夜目が利くらしい。

「あんたは猟をするのか」

「なんだと」

　少女の突然の問いかけに、わたしは我知らず聞き返した。

「水の色と土の色の目を併《あわ》せ持つ者は、狩りがうまいんだって。あたいがようやく兎を狩れるようになったとき、おっかさまから聞いたことがある。ただそれはここから遠い遠い海の果ての島にしか住んでいないって聞いたけど」

　言いながら、少女はわたしの手をまじまじと見た。

　我が佐伯氏は本来、武門の家柄。しかしこの平城に都が移ってからというもの、一族の者たちは次第に武芸よりも筆硯《ひっけん》に親しむようになったそうで、わたしも生まれ落ちてよりこの方、弓刀を取ったことは一度としてない。

　このためつるりと白く、傷一つない私の手をしげしげと見つめ、少女は「もったいない」と続けた。

「水の色と土の色の目の者は、海の魚も山の獣も取り放題に狩れるってのに」

　そんな話は皆目聞いた覚えがない。それとも故国を持たず、野山を渡り歩いて生涯を送る猟師たちは、我々とは違う伝承を持つのか。

首をひねったわたしをつくづくと眺め、少女は小さな息をついた。

「水の色と土の色の目の者が来るなと命じるなら、もうここには来ない。山の獣も海の魚も、すべてはあんたのものだ。その獲物も——」

と、少女はわたしが奪った獣たちを目で指した。

「あんたが欲しいのなら、すべてやる。水の色と土の色の目の者には、逆らうわけにはいかないからな」

体の泥を払いもせずに立ち上がり、少女は転倒した拍子に投げ出された矢を手早く拾い集めた。いささか名残惜しそうな顔で獲物を眺め、ぱっと地面を蹴って走り出そうとした。

「ま、待て」

別にわたしは狐や狸が欲しいわけではない。だいたいこんなものを寝小屋に持ち帰り、明朝、誰かに見られては、わたしが狩りをしていたと勘違いされてしまうではないか。

「二度と、ここに来ないというなら、この獣はおぬしにやろう。さあ、持って行け」

わたしの言葉に、少女は大きく目を見開いた。恐る恐るわたしに近付き、「本当にくれるのか」と小さな声で言った。

「ああ、そうだ。その代わり、決してここには寄りつくなよ」

少女がなにを勘違いしているのか知らないが、これを利用せぬ手段はない。傷だらけのその手に、わたしは獲物の結わえられた縄の端を押しつけた。

しかし少女はそれを強く握りしめると、「それはつまり、あんたがここの獣をすべて狩るということか」と低い声を漏らした。

「なんだと」

「この辺りの獣は、山の実りを食い尽くすと北の平野に降り、田畑を荒らす。あたいたちが獣を狩るから、里の者たちは安心して田畑を作っていられるんだ」

少女は片手に握った弓で、春日山の北、奈良坂の方角を指した。

「あんたが狩りをしなきゃ、ここいらの鹿や猪は、ほうぼうの野に降り、田畑の実りを食らうだろう。それが出来ないんだったら、あたいがそいつらを狩るしかない」

「もしや――おぬしら猟師は、洛外や木津《きづ》の郷の者たちとつきあいがあるのか」

もちろんだ、とばかり、少女が顎を引く。わたしはなんということだ、と頭を抱えた。

つまり我々官人の苦労とは裏腹に、公民たる里の者たちは公田も戸籍も持たぬ猟師たちと通じ、米や食い物を渡すのと引き換えに、山の獣から田畑を守ってもらっているらしい。

だが京職や民部省ですら知らぬであろう百姓《はくせい》の秘密を、自分がこんな形で知ってしまうとは。それを隠しておかねばならぬ秘事とも思っていないらしい少女に、わたしは軽い眩暈《めまい》すら覚えた。

「この山は豊かだ。鹿も猪も、時には熊だって出る。あんたが狩らないんなら、あたいがそいつらを狩る」

「ま、待て待て。そういうわけにはいかん。ここには間もなく、大きな寺が建つ。御仏がおわす寺の界隈で、殺生なぞ許せぬのだ」

みほとけ、と呟いて、少女が首を傾げた。仏法の何たるかなぞ、皆目知らないのだろう。まったく未知の言葉を聞いたと言わんばかりのあどけない表情に、わたしは髪を搔《か》きむしった。

少女の言う通り、春日の御山での猟を禁じれば、おびただしい山の獣はすぐに溢れ、近隣の田畑を荒らそう。とはいえ金光明寺を建てんとするこの寺地を猟師の自在にさせては、帝の威信に傷がつく。

「なにが駄目なのだ」

少女はむっと頬を膨らませた。

「ここはあたいの山だ。おっかさまもじいさまもずっとこの山で獣を獲ってきた。それなのに、あたいだけここで猟をしちゃいかんというのは、どういうわけだ」

「それは、確かに道理だが」

これは困った。どうすれば野放図な少女に、遠く天竺《てんじく》から渡来した仏法を説き、殺生の禁令を飲み込ませられるのか。

だが先ほどからの言葉を反芻すれば、どうやら猟師の縄張りは代々定まっており、この界隈にいるのはこの少女一人らしい。だとすればこの娘さえ納得させれば、金光明寺造営の邪魔をする者もいなくなるというわけか。

「その……一つ聞きたいのだが。先だって、この寺地に獣の血をばらまいたのはおぬしか」

わたしの問いに少女は一瞬考え込み、ああとうなずいた。

「三月《みつき》ほど前だろ。猪を罠にかけて捕まえ、血抜きをしたからな」

「血抜きだと――」

獣を捕えた際、早々にその血を抜いてしまわねば、肉に血が回って不味《まず》くなることぐらい、わたしでも知っている。つまりこの少女はここを清浄なる寺地と知って嫌がらせをしたわけではなく、ただ単に猪の解体を行っただけらしい。

「では、材木に火を放ったのは」

「ほどよく乾いた木があったから、肉を焼かせてもらったが、そのことか。辺りに下草もなく、他の家もなかったから、どこにも迷惑はかからなかったはずだぞ」

ううむ、とわたしは呻いた。この少女を捕縛し、京職に突き出すのはたやすい。しかしそうすれば春日山界隈の里では獣が田畑を荒らす害が急増しよう。加えて、意図的に寺の造営の邪魔をしていたわけではない以上、彼女を責めもし難《がた》い。

（これは――これは困ったぞ）

うなり声を上げたわたしを、少女がじっと見つめている。その真ん丸な黒い目は先ほどの狐にも、また春日山を疾駆する鹿の目にも似ていた。

ええい、しかたがない。わたしは両の手を強く握りしめた。

「よし、分かった。おぬしはこれから先も、春日山で狩りをすればよい。ただし決して、この寺地には踏み入るなよ」

宮城への害意があるわけではないと分かった以上、この年若い猟師を無理にひっ捕えることはわたしには出来ない。

それに元々この山を切り開き、異国より渡来した仏法を安置せんとしているのは、首さまの側。何十年、いや何百年も前から山々を渡り歩き、獣を狩り続けてきた彼らからすれば、むしろよそ者であるのは官の側だ。

とはいえ、仮にも造寺司の官人であるわたしが、そんなことを口にするわけにはいかん。こちらを仰ぐ少女に、わたしは「いいな」と念押しをした。

「それともし出来れば、狩りはなるべく深夜にしろ。それであれば、この寺の者たちにも気取られずに済む」

言い募るわたしをまじまじと見つめ、少女はぽつりと「分かったよ」と呟いた。そしてひどく早口に、「やっぱり、おっかさまの言っていたことは本当だったんだね」とつけ加えた。

「おっかさまが教えてくれたんだ。水の色と土の色の目の者は、この国の山と海を仲立ちする者。だから決して逆らうんじゃない。そいつの言うことさえ聞いておけば、大抵はうまく行くってね」

　どうやら猟師たちの間では、水の色と土の色の目の者というのは一種の審神者《さにわ》に似た役目と考えられているらしい。とはいえ今更違うと説明し、反発されても厄介だ。わたしは少女の言葉には知らん顔で、「分かったか」と再度念を押した。

「わたしは今毛人という。夜の間は大抵あの小屋にいるから、困ったことがあれば、訪ねて来い」

「分かった。あたいの名は大日女《おおひるめ》だよ」

　言うなり少女はわたしの手から獲物をひったくり、若鹿の如き素早さで駆け出した。その小さな影が見る見る遠ざかり、あっという間に夜陰に紛れて消える。

　知らず知らずのうちに詰めていた息を大きくついてから、わたしは少女が名乗った名が皇祖神たる天照大神の別称であると気付いた。

（まったく、なんと不遜《ふそん》な）

　だが考えてみれば、山に臥し、獣を狩って生きる猟師たちは、日本の始めよりこの方、変わることなき暮らしを続けている者たち。もしかしたら彼らは女児には代々、大日女の名を与え続けているのかもしれない。

（水の色と土の色の目の者、か――）

そんな自覚は、わたしには一切ない。それに土が山だとすれば、水とは何だ。

ふと見れば月は大きく西へと傾き、春日の山塊は夜目にも黒々とした稜線を空へと伸びあがらせている。わたしは己の左目に、そっと手を当てた。

星が一つ、月影を過《よ》ぎって飛び、微かな残影を空に刻んだ。


次の夜も、そのまた次の夜も、わたしは夜更けとともに寝小屋に臥し、寺地内の気配に耳を澄ませた。しかしどれだけ注意深く窺《うかが》っても、大日女の狩りの気配は小屋までは伝わって来ず、同時に金光明寺への嫌がらせはぱたりと止んだ。

「今毛人が不寝番をしているのに、奴らも気付いたのじゃろう。このままおとなしくいなくなってくれればよいのじゃがなあ」

造寺司の上官がたは、喜んでそんなことを仰った。だが大日女が春日山の狩りを止めたわけではない証拠に、少し寺地を外れて斜を登れば、そこここに草を結わえた罠や、地面を掘り返して作った落とし穴が仕掛けられている。つまり大日女はわたしの言葉に従い、寺地には踏み入らずに狩りを続けると決めたわけだ。

獣をさばいた跡だろう。時には窪地に血だまりが生じ、蠅《はえ》がぶんぶんと辺りを飛び回ってもいる折もあった。もし夜中に寺僧が目を覚ましたら、風に乗って流れて来る血の臭いに驚くに違いないが、よほど深夜に獣を解体しているのか、不思議にそんな騒ぎが持ち上がることはなかった。

上役たちの手前、相変わらず寝小屋で起居を続けながら、わたしは昼なお暗い春日山に潜《ひそ》み、俊敏な動きで獣を狩る大日女の姿を思い浮かべた。なぜあの娘がわたしの言葉に従うのかは分からない。しかし少なくともわたしの側から探さぬ限り、彼女は二度とこの寺に姿を現しはすまい。

ならば、それで十分ではないか。壮麗な伽藍を築き、御仏を安置する傍らに、あの小さな少女が狩りをする場を残してやるぐらい、なんの差しさわりがあろう。

さりながらそれからほんの一月《ひとつき》後、思いがけぬことがわたしの身の上に降りかかった。なんと恭仁《くに》宮におわす首さまが、紫香楽宮への行幸《ぎょうこう》の途次、金光明寺の作事を見たいと仰せられ、わざわざお立ち寄りになられると決まったのだ。

思いがけぬ知らせに、造寺司の官人はもちろん、作事場の全員が浮足立ったのは言うまでもない。なにせ二年前、突如、寧楽を捨てて行幸あそばされて以来、首さまがこの地を顧みられたことは一度とてなかった。それだけに突然の寺へのお運びは、首さまの金光明寺へかける並々ならぬ意気込みを物語るものでもあった。

（待てよ、大日女は大丈夫だろうな）

先触れによれば、首さまは前夜は平城宮に泊まられ、日の出とともに金光明寺にお出ましになるという。作事場を巡見後、そのまま紫香楽に向かわれるとなれば、ご一行はまだ薄暗いうちにこの地にお運びかもしれない。

もし大日女が明け方まで猟をし、その物音がご一行の耳に入っては大変だ。とはいえ前もってあの娘を探し、早めに狩りを切り上げろと告げるのも難しい。

いいや、案じる必要はなかろう。これまで幾度か早朝に見回りをしても、大日女の気配を感じることはなかった。あの娘がわたしの言いつけを堅く守っている今、万に一つも首さまが春日山で行われている狩りに気付かれるはずはない。

明朝は首さまがお越しになられるという夜、わたしは自分にそう言い聞かせながら横になり、懸命に外の物音に耳を澄ませた。念のため、もし大日女の矢のうなりが聞こえたなら、外に飛び出し、彼女を捕まえようと思っていたが、待てど暮らせどその音は響かず、わたしはいつしかうとうとと浅い眠りに身を任せていた。

そうして、いったいどれだけの時刻が経ったのだろう。不意に銅鑼《どら》を打ち鳴らすに似た怒声が聞こえた気がして、わたしははっと飛び起きた。もしや、すでに朝か。いいや、違う。微かに春日山の稜線が明るんでこそいるが、窓の外はまだとっぷりと暗い。

「ならず者めッ、捕まえよッ」

夢かと思った瞬間、今度こそはっきりと割れ鐘の如き罵声《ばせい》が外で響き、私は衾を蹴立てて飛び起きた。

外に駆け出せば、身を切るような冬の夜気が、全身を瞬時に押し包む。しかしそれよりもなおわたしが戦慄したのは、木材が積み上げられ、基壇が剝《む》き出しになった作事場のそこここに何十人という従僕が居並び、その真ん中に美々しい車駕《しゃが》がかき据えられていたことだ。

（これは——）

わたし同様に顔色を失った僧侶たちが、次々と僧房から飛び出してくる。ああ、なんということだろう。金光明寺の造営を早く見たくて堪《たま》らぬあまりか、首さまはまだ夜が明けぬうちから供を急き立て、この作事場にお運びになられてしまったのだ。

「離せッ、離せッてばッ」

およそ寺には不釣り合いな、甲高い声がした。

見れば春日山へと続く斜面に赤々と松明《たいまつ》が灯《とも》され、その灯りのただなかを後ろ手にひっくくられた大日女が、衛士に両手を摑まれて引きずり出されてくる。

山中で猪をさばきでもしていたのだろう。松明の焰《ほのお》に照らしだされたその衣はどす黒い血に濡《ぬ》れ、日焼けした頰にも血飛沫《ちしぶき》が飛んでいる。四囲に漂う濃い血の臭いに、わたしは喉《のど》を突きそうになる声をかろうじて堪えた。

そうか、血だ。作事場にお越しになられた首さまご一行は、春日山から漂ってきた血の臭いに不審を抱かれ、衛士を山に遣わされたのだ。そして寺地に入りさえしなければ構わぬと決め込んで、猪を解体していた大日女を見つけてしまわれたのに違いない。

車駕に巡らされた帳《とばり》が、微かに揺らめく。ようやく明るみ始めた空から、一つまた一つと星が消え、それとともに四囲に漂う血の臭いがいっそう濃くなった。

「いかがいたしましょう、首さま」

恭《うやうや》しく輿《こし》の前で頭を垂れたのは、行幸に従って来られた左大臣・橘諸兄さまだ。帳がまた揺らめき、その奥におわす首さまがお声を発せられるよりも早く、「臣が思いますに」と諸兄さまは言葉を続けられた。

「こ奴は、ここに天下の総国分寺たる金光明寺が建立されていると知りながら、その傍らにて獣を殺める不届き者でございます。およそ律に従えば、その咎《とが》は斬。いえ、むしろ天下の聖地を汚した咎を思えば、その咎は死罪よりもなお重いかと」

「――おぬしに任せる」

妙に平板な声が帳の奥から響き、諸兄さまがはっとその場に額《ぬか》ずかれた。

大日女は罠にかかった獣のように暴れながら、周囲にせわしく目を配った。その眸がわたしの姿に釘付けになり、はっと顔が強張《こわば》る。

その瞬間、わたしの背中に冷たいものが走った。真っ黒な大日女の目はまさに殺される鹿の如く慄《おのの》き、か細い手足がぶるぶると震えている。

わたしは官人だ。公田を持たぬ猟師がどうなろうとも、知った話ではない。しかしなぜかその瞬間、わたしは目の前の少女を何があっても守らねばならぬ気がした。

それは古き山を崩し、渡来の仏を祀らんとする首さまへの反感か。それとも、かつてわたしの言うことを素直に聞いた、大日女への憐憫か。いや、そのときのわたしには、自らの行動を考えている暇はなかった。

「お、お待ちくださいッ」

と叫びながら、わたしは車駕に向かって駆け寄った。

「なんじゃ、おぬしは」

居並ぶ衛士たちが、一斉にわたしの前に飛び出し、その行く手を遮った。彼らに抑え込まれてもなお、ぶんぶんと両手を振り回し、

「その者を、その者をお許しくださいッ。そ奴は——そ奴は、それがしの母を助けんとして、狩りをしていたのでございます」

と怒鳴った。

「おぬしの母じゃと」

諸兄さまが怪訝そうに眉をしかめ、わたしを振り返られた。はいッと声も限りに叫び、わたしは諸兄さまに向かって這《は》い寄った。

「わ、わたしの母は病身にて、いまこのときも七条の家で臥せっております。それなる大日女はそんな我が母に少しでも精をつけさせようと、猪を獲っておったのでございますッ」

無論、大嘘だ。されどそう怒鳴った瞬間、余所目にもはっきりと、諸兄さまの顔から血の気が引いた。

「母、母親だと――」

諸兄さまはちらりと車駕に目をやられた。なぜであろう。先ほどまでちらりちらりと揺れていた帳は、いまや堅い板のように動かず、その向こうにおわすはずの首さまの気配も感じられぬ。

諸兄さまはわなわなと身体を震わせながら、わたしを凝視なさった。なにせこちらはまだ駆け出しの造寺司の下っ端。向こうは首さまのご寵愛著《ちょうあいいちじる》しき左大臣さまだ。だが、諸兄さまはまるで恐ろしいものの如くわたしを見ると、不意に全身の息を吐き尽くすが如き吐息をつかれた。

「母か……それであれば、しかたがあるまい」

わが耳を疑う暇もなく、諸兄さまは衛士たちに軽く手を振られた。それと同時に大日女を押さえつけていた衛士たちが、その腕をぱっと放す。すると大日女は迷う素振りすら見せず、足をよろめかせながら、わたしに向かって駆け寄って来た。わたしの身体を楯にするようにして、その場に座り込む。その癖、首だけを突き出して、車駕に大きな目を向けた。

「大丈夫か、大日女」

車駕の帳が、再び風にあおられたようにはためいた。

そのときわたしは輿の奥にはっきりと、この国を治める日嗣の君の姿を見た。あの時、首さまはまだ四十を二つ、三つ過ぎたところでいらしただろう。しかしそのお姿はまるで齢を重ねた老人の如く弱々しく――そしてその双眸《そうぼう》は、なぜか濃い水の色に輝いておられた。

見間違いだ。分かっている。それはきっと、折しも藍色に明るみ始めた空のせいだったのに違いない。されどその首さまの眸に、わたしはふと大日女が水の色と呼んだ、己の左目を思い出した。

（水の色と土の色――）

首さまはこの国の帝。天照大神を祖と仰ぐ日嗣の王にして、この国の礎たる山の如き存在だ。だがなぜその首さまが、外国《げこく》から来た御仏にあれほどお心を寄せられるのか。

思えばこの国はいまや、唐国《からくに》より渡来した律令によって縛られている。ならばその律令によって定められた天皇もまた、我々の知らぬ間に、本来の大王とは異なる存在へと変わってしまっているのではないか。

そしてそれゆえに首さまは、外国から来た御仏を尊び、これほどまでに厚い信心を重ねられているのでは――。

(だとすれば、あのお方はいったい何者なのだ)

生まれ落ちた瞬間から帝位を踏むことが定められていたはずの首さま。この国の礎にして、全き日輪の裔。なぜだ。なぜそのお方が。

立ちすくむわたしの前で、ぱさりと帳が降りた。同時に駕輿丁《かよちょう》が車駕を担ぎ、しずしずと行列が歩き出す。

そう、後にも先にも、わたしが首さまのお姿を拝したのは、あの折、たった一度だ。されど首さまがこの世を去られ、今こうしてあのお方のご遺詔なるものの噂を聞くと、わたしはあの水の色を湛《たた》えた首さまの眸を思い出さずにはおられん。

もし……もし、首さまのご遺詔がまことにあるとするならば、それは全き日嗣の王でありながら、渡来の御仏に帰依し、この国の礎たる立場を捨ててしまわれた御身を悔いてのものではあるまいか。

いや、分からん。あくまで仮にそんなものがあるとすれば、だ。なにせ当の首さまがご自身をどのように考えておられたのかは、海のものとも山のものともつかぬわたし如きには、どうにも分からぬ話だからな。

……おや、すっかり汁が冷めてしまったではないか。やれやれ、もったいない。どれ、ちょっと温めなおしてもらってくるか。

遠慮はいらん。せっかく春日の奥山で大日女が獲り、炊屋に運んできた獣の肉だ。骨の髄まで、ちゃんと食ろうてやってくれ。

おお、そうだ。あれ以来、大日女もずいぶん懲《こ》りたようでな、寺に近接する山々では狩りをしなくなった代わりに、一人でずいぶん奥山まで分け入り、猪や鹿を獲るようになった。思えばわたしがいまだにこうして造寺司におるのも、一つにはあの人日女にこうして便宜を図ってやりたいと考えればこそだ。

なんだと。亡き首さまがこのことをお知りになられれば、さぞお怒りになられましょう、だと。

さあ、それはよく分からん。しかし大日女は狩りより他に生きる術《すべ》を知らぬし、獲られた獣は誰かが食わねばならん。ならばわしがこうして在りさえすれば、この作事場も八方丸く納まるのではないか――。

その九　再び、光《こう》明《みょう》子《し》

ふん、もしやと思うて待っておれば、やはり来たな、道鏡禅師《どうきょうぜんじ》。――おお、共に参ったそ奴が、先だっておぬしを置いて逃げおおせた中臣《なかとみ》家の薄情な三男坊か。まあ、とにかく落ち着いて、水でも飲め。わらわは別に逃げも隠れもせぬ。それにおぬしらが今になって驚き騒いだとて、事はすでにすべて終わってしもうた。

さようじゃ。わが背子たる首《おびと》さまが皇太子にと定められた道祖王《ふなどおう》は、昨日のうちに東《とう》宮《ぐう》を追い出され、右京にある自らの邸宅に戻されてしもうた。叛意《はんい》を抱き、妙な動きをせぬよう見張るため、今ごろは衛府《えふ》の兵がそのぐるりを固めておろうよ。

ええい、うるさい。口々にしゃべるでない。如何《いか》に現在帝位におわす阿倍《あべ》の母、先帝・首さまの皇后たるわらわといえども、世のすべてを前もって知らされておるわけではないのじゃ。

本当じゃ。今更、嘘なぞ申して何になる。わが娘が道祖王を廃太子《はいたいし》すると知っておれば、わらわとて懸命に止めたであろうよ。ましてやそれが、首さまのご遺詔《いしょう》なるものを振りかざしての行いとなればなおさらじゃ。

――まったく、しつこいのう。以前にも申したじゃろう。まことにわらわは、首さまのご遺詔の存在なぞは知らぬ。それはあの娘も同様のはずじゃ。

ならば何故、じゃと。分からぬか。先だってよりおぬしらは、宮城《きゅうじょう》の内外を走り回り、ご遺詔の有無をほうぼうで尋ね回っておったじゃろうが。

阿倍とその股肱《ここう》の臣たる中務卿《なかつかさきょう》（藤原《ふじわらの》仲麻呂《なかまろ》）は、かねてより道祖王を疎《うと》ましく思っておった。なにせ道祖王はまだ若けれど、さすがは新田部《にいたべ》親王《しんのう》どののお子だけに頭がよく、百官の信頼もなかなか厚い。天皇の位にありながら、皇統よりも藤原氏の面々と親しい阿倍にも、これまでにしばしば苦言を呈したとも聞く。

首さまがそんな道祖王を皇太子に定められたご真意は、今となっては確かめようがない。じゃがもしかしたらわが君は、この国を支えるべき天皇には、本来、藤原氏と縁遠い皇子《みこ》こそがふさわしいとお考えじゃったのかもしれぬのう。

すでにおぬしらも、これまであちこちで首さまのお話を聞き、うっすらと勘付いておろう。

首さまは皇統の裔《すえ》にして、この国を照らす日嗣《ひつぎ》の王。されど磐石《ばんじゃく》なること山の如きその御身は、とうの昔に藤原氏に蝕《むしば》まれ、その血と肉はこの国をひたひたと侵した海の如き藤原氏の女より受けたものじゃった。それだけに首さまは帝《みかど》の責務と自らの血と肉の乖離《かいり》に苦しまれ——そして末期《まつご》に及び、ご自身に比ぶれば藤原氏からはるかに縁遠い道祖王を、後嗣《こうし》として選ばれたのではなかろうか。

　言うなれば首さまは、身体は藤原氏と強く繋がりつつも、そのお心はこの国を統《す》べる全《まった》き帝であろうとなされた。されどかような尊きお志《こころざし》は、藤原氏の女子《おなご》を母と祖母に持つわが娘には、てんで理解できなんだと見える。己の娘ながら情けないが、阿倍は己に与えられた天皇の責務よりも、自らの身体を流れる海の血の声に従うほうが、はるかに心地よいようじゃ。

　おぬしらの挙動を知った阿倍は、自分たちこそが遺詔を承っておると言い立てれば、目障りな道祖王を追い落とせると思いついたのじゃろう。先だっては東大寺《とうだいじ》にまで兵を遣《つか》わし、ご遺詔はないかと探させたそうじゃ。

　あの娘が道祖王を廃太子した理由は知っておるか。いわく、あ奴《やつ》は首さまの喪中でありながら自邸で猥《みだ》りがわしいことを行い、どれだけ教え諭《さと》しても言うことを聞かなんだじゃと。馬鹿馬鹿しい。口実じゃとしても、もう少しましな言い訳をでっちあげればよかろうに。

すべては道祖王を廃さんがための戯言《ざれごと》じゃよ。わらわには、よう分かっておる。阿倍に言わせれば、「皇太子がその位にふさわしからぬ男であれば、それを誰の許しもなく廃してもよい」と首さまから遺詔されたとのことじゃ。さりながらまことにかような詔《みことのり》が残されておれば、わらわがそれを知らぬはずがなかろう。結局、阿倍と中務卿めはありもしないご遺詔をでっち上げ、まんまと皇太子をすげ替えてしもうたのじゃ。

次なる皇太子はおそらく、舎人《とねり》王どのの第七子たる大炊《おおい》王になるのじゃろうな。なにせ聞くところによれば、大炊王は中務卿の義理の娘を妻に娶《めと》ったばかりとか。やれやれ、情けなや。どうやらこの国はこれから、藤原氏の血を恥じもせぬ帝ばかり続くと見えるわい。

……なんじゃ、二人とも。何故かように奇妙な面をしておる。藤原氏の女子たるわらわが、かようなことを申すのが、それほど奇態か。

まったく、愚かな。ことに道鏡、おぬしはいつぞやわらわが話してやった昔語りを、なんと心得ておる。

わらわはちゃんと申したであろう。帝の元に上がった女子の最大の務めは、なにより次なる天皇を産むことじゃ、と。

天皇。そう、天皇じゃ。わらわが産みたかったのは、藤原氏に侵された偽りの天皇ではない。この国を統べる日嗣の御子、藤原の女子を母としながらも、その事実を歯牙《しが》にもかけず、雄々しく帝としての務めを果たさんとする、一点非の打ちどころのなき天皇じゃ。

そういう意味では、阿倍はわらわが望んだ通りの子ではない。いや、腹を痛めて産んだ実の娘じゃもの。無論、あの子はかわゆくてならぬよ。

されど皇太后として眺めれば、昨今の阿倍はどう考えても天皇の器ではない。おそらくあの娘は首さまが帝の責務と藤原氏の血の板ばさみになっておられたことなぞ、これっぽっちも理解しておらぬのではなかろうか。そうでなければ、並み居る親王や皇親たる橘《たちばな》氏を遠ざけ、あの中務卿ばかりを寵愛《ちょうあい》する理由がない。

首さまはその血肉は藤原氏の母より生まれながら、お心は常に帝であらんとなさった。無論、古《いに》しえの——たとえばあるいは熊襲《くまそ》を討ち、あるいは三韓《さんかん》を相手に戦おうとなされた雄々しき大王《おおきみ》たちに比べれば、その輝きははるかに及ばなんだやもしれぬ。されど懸命にこの国を照らさんと輝き、自らの出自に足掻《あが》き苦しみながらも帝位に座し続けたそのお姿は、わらわの目には夜空に輝く月の如く映った。

それに対して、阿倍はどうじゃ。身も心もすっかりとうの昔に藤原氏のものとなり、わが背の君の如き尊い魂は、これっぽっちも持ち合わせておらぬ。まったく、なんとも情けない。あれでも若き頃は違ったのよ。ことに女子の身ながら、二十歳そこそこで皇太子に据えられた当時は、「父上をお助けできるような、立派な東宮にならねば」と随分勢い込んでおったわい。

とはいえ、幼い頃よりとにかく驕慢《きょうまん》な子ではあった。わらわと同じく首さまに侍《はべ》っておった県犬養広刀自《あがたいぬかいのひろとじ》の娘どもとは、腹違いの姉妹と申すにとにかく仲が悪くてのう。それをまた互いの侍女どもが煽《あお》り立てるせいで、一時期、後宮《こうきゅう》ではとにかく様々な騒動が絶えなんだわい。

ただ一方で不思議なことに、阿倍は広刀自の産んだ安積《あさか》だけは、ひどく可愛がっておった。おぬしらとて、名前ぐらいは知っておろう。首さまのたった一人の成人を遂げた皇子、わずか十七歳で亡くなった安積皇子じゃ。

安積は阿倍より、ちょうど十歳年下。それだけに、幼い皇子がそれはそれは珍しくてならなんだのだろう。安積の姉どもとは、顔を合わせれば歯を剝《む》き出しにしていがみ合う癖に、阿倍はとかく安積に会いたさに、毎日のように広刀自の宮に通っておった。

広刀自はわらわとほぼ同時期に首さまにお仕《つか》えした身ではあれど、なにせわらわが皇后に登った後も、あれはただの夫人止まり。それだけに広刀自は山のような玩具を抱えて安積を訪《おとな》う阿倍を追い返しも出来ず、毎度毎度、当惑しながらもあ奴を迎え入れていたとやら。

とはいえ広刀自も、阿倍と安積が親しくなることに、一抹の打算があったのじゃと思う。なにせ普通に考えれば、首さまの後を継ぐべきは、唯一の男児たる安積。されどその母親たる広刀自の生家の権勢は当時、それ以前に比ぶればはるかに衰えておったゆえ、結局、安積はなんの後ろ盾も持ち合わせておらぬ。そうなると結局、帝位がいずれ阿倍の元に転がり込むであろうことは、誰の目にも明らかじゃったからなあ。

これで阿倍が安積と不仲であれば、長じた後、阿倍は謀反《むへん》の疑いなぞでっちあげ、安積を殺してしまうやもしれぬ。広刀自はそれを案じ、むしろ阿倍がわが息子を可愛がることをありがたいとすら思っておったに違いない。

ああ、今でもよく覚えておる。安積は人目を惹《ひ》く華やかさこそなかったが、気性の温かな子であった。今から十数年前、首さまが平城京《へいじょうきょう》を飛び出し、転々と畿内各地に行《ぎょう》幸《こう》を繰り返された折も、文句一つ言わず随行の列に加わっておった。その頃、すでに皇太子となっておった阿倍は、相次ぐ巡幸に不機嫌に頬を膨《ふく》らませ、わらわに愚痴ばかりこぼしておったにな。

当時の首さまは都を恭仁《くに》に定めながら、紫香楽宮《しがらきのみや》にも頻繁に行幸し、かと思えば難《なに》波宮《わのみや》にもたびたびお留《とど》まりになられるといった有様でな。我ら後宮の女や官人《かんじん》たちも時には、はて今はいったいどこにわが国の都があるのやらと、分からなくなるほどじゃった。

宮城がかような混乱にあれば、衆庶までもが惑うのが世の道理。平城京に暮らす者たちの中には、首さまの遷都《せんと》に合わせ、恭仁に家移りをした者も数多い。じゃがその中でも人々に物を売って生計を立てる東西両市の市人《いちびと》は、人が多いところについて行って店を開かねば、その日の糧《かて》にも事欠いてしまう。それゆえ市の者どもは帝が恭仁から他所《よそ》に行幸なさる都度、大慌てで店を畳み、ぞろぞろとその後を追いかけてきよった。

そして実際、宮城の官人どもも、かような市がなければ、行幸先で様々な不便に遭《お》うたであろう。華やかな車駕《しゃが》の列とその後を追う市人の列は、あの当時は実にありふれた光景じゃったわい。

「お母様、ご覧なさいませ。また市人どもが後を追ってまいりましたよ」

忘れもせぬ。あれは天平《てんぴょう》十六年の閏《うるう》一月のことじゃ。新春早々、恭仁宮から難波への行幸を触れ出された首さまに従って、わらわたちは木津川傍を輿《こし》で南へと向かっておった。

隣の輿に乗った阿倍にうながされて顧《かえり》みれば、なるほど長く延びた行幸の列の果てに、荷車を曳《ひ》く人々の姿がある。市人が連れた子であろうか。川風に乗って響いてくる赤子の声に、わらわは思わず深い息をついた。

普段であれば、後宮の女子が京の市を目にすることは少ない。されど宮といっても板垣のみで隔《へだ》てられた離宮ばかりを渡り歩く毎日に、阿倍や女官たちはほとほと倦《う》み果てておった。そしてわらわ自身も、阿倍がわずかな武官だけを供に、仮店の建ち並ぶ市を訪れ、気晴らしをしていると知っても叱る気にもなれぬほど、慣れぬ旅暮らしには飽き飽きしておったのじゃ。

「あの市人どもは違いましょうが、とびきり裕福な市人の中には、相次ぐご動座に疲れ果て、紫香楽と恭仁、難波とそれぞれに小店を構えて商《あきな》いを始めた者もいるとやら。そのうち、三宮すべてで常に市が立つ日が来るのやもしれません」

輿のかたわらを歩いていた采女《うねめ》が、思慮深げに言葉を添える。

「なるほどのう。市人たちにはその手があるのか」

と得心しながらも、わらわは胸の中で、「じゃが宮城の者はそうも出来ぬ」と呟いていた。

なにせ天皇とは律令の体現者にして、二官八省及び後宮の長じゃ。なれば我ら後宮の女子と官人は何があろうとも、首さまのご動座に従わねばならぬ。

海上《うなかみ》女王や八代《やしろ》女王といった首さまの愛妾の中には、相次ぐ行幸に疲れ果て、「もう恭仁京から動きたくない」と腰を据えてしもうた者もおる。されど皇后たるわらわ、またこの国の次代を荷《にな》う皇女《ひめみこ》・皇子たちは、かような気ままも叶わぬ。幾ら旅寝の辛さわびしさが身に染みようとも、首さまの御跡《おんあと》を追って、行幸の列に加わらねばならなんだ。

それだけに我も我もと行幸を追う市人どもが、わらわには到底、他人事《ひとごと》に思えなんだ。首さまがいつ他の宮に行くかと仰せられるかと首をすくめながら日々を過ごしていたのは、わらわたちもまったく同じじゃったのだもの。

春とはいえ、川岸を吹きすさぶ風は強く、また冷たかった。鳶《とび》が一羽、その北風に吹かれながら、はるか高みよりわらわたちを見下ろしておった。

翼を持ち、悠々と天翔《あまか》ける猛禽《もうきん》からすれば、今日は東へ明日は西へと動き続ける人の列は、まるで地を這《は》いずる虫同様であろう、と思うた。

「光明子さま、お寒くはございませぬか。帳《とばり》を下ろされたほうが、よろしいのではございませぬか」

騎乗の男がそう言いざま、わらわの輿に馬を並べた。この春、十七歳になったばかりの安積じゃった。

小柄ながらも手足はすっきりと伸び、肉の薄い面差しに冬の陽射しが斜めに落ちておる。顔の作りは正直申して、首さまにはさして似ておらぬ。じゃが年に似合わぬ老成した挙措《きょそ》は、まさに先頭の車駕におわすわが背子《せこ》そっくりじゃ。

「ありがとう、安積。されどおぬしこそ、気をつけよ。聞けば年末に恭仁京の作事場を見て回った折に足を痛め、侍医から決して無理をしてはならぬと強く言われておるそうではないか。この寒風に吹かれ、また医師を呼ばねばならぬ羽目になっては、わらわが広刀自に申し訳が立たぬわい」

安積の母である広刀自はこの時、腹痛を起こし、恭仁京に留まっておった。まあ、それはあくまで口実で、本当は他の妃嬪《ひひん》同様、この寒空に行幸なぞまっぴらというのが本心じゃったのだろうが。

　わらわの言葉に、安積は「困ったなあ」と呟いて、両の眉を下げた。

「光明子さまはそんなことまでご存じでおられましたか。さてはまた異母姉上《あねうえ》がいらぬ告げ口をなさいましたな」

　安積がわざとらしく口を尖らせて、かたわらの輿を顧みる。すると阿倍は目の端に笑みを浮かべながら、つんとそっぽを向いてみせた。

「わたくし、なにも嘘は申しておりませんよ。ただ、そなたが作事を面白がり、造宮司の者たちが止めるのも聞かず大極殿移設の作事場に入り込んだ末、割れ板を踏み抜いて、足を怪我したとお伝えしただけです」

　ああ、もう、と安積は苦笑いを浮かべた。

「それではまるで私が、気ままばかりする悪たれのようではないですか。あれほど光明子さまにだけは黙っておいてくださいと申し上げたのに」

　阿倍がわらわに隠し通せるはずがあるものか。軽口に紛らせて叱りつけたものの、年末に安積が得た怪我は、一時期は侍医たちの詰める内薬司が色めき立つほど大きなものじゃったのだから。

　作事場を布靴で歩き回った際に古釘を踏んだとやらで、足は腫《は》れ上がり、高熱が幾日も引かなんだとか……。若さのおかげでかろうじて歩けるようにこそなったものの、以前に比べれば頬はこけ、目じりにはまだいささか病苦の影が滲《にじ》んでおる。侍医の中には今回の巡幸への参加は見合わせるべきだと進言する者もいたとやら、わらわは仄聞《そくぶん》していた。

　されど先ほども申した通り、帝の巡幸とはその宮城が丸ごと遷移《せんい》するに等しい。首さまの唯一の男児たる安積が恭仁に残っては、人はその理由をとやかく取り沙汰しよう。

　そうでなくとも世の中には、女の阿倍の皇太子即位を面白く思わぬ者もおる。かような輩《やから》が、阿倍に皇太子位を奪われた悲劇の皇子が居残りを命じられたと、姉弟の仲を裂く風聞を流すやもしれぬ。

　頭のよい安積は、自らを取り巻く情勢をよう存じておったのじゃろう。それゆえ、侍医や母の制止を振り切り、病み上がりの身を押して、行幸に加わってくれたのじゃ。

ただわらわと阿倍は出立前に、道中、決して安積に無理はさせぬようにと侍医どもから念押しされていた。身体をあまりに激しく動かしたり、痛めていた足に無理を強いたりすると、せっかく体内に封じ込めた毒が再び鎌首をもたげるやもしれぬ、とな。

　それだけに阿倍は「だって、安積」と言いながら、更に目元をなごませた。

「そなたはわたくしにとっては、たった一人の弟ですよ。それが作事場で怪我をしたとなれば心配でなりませんし、我が母にお伝えするのも当然でしょう」

　それよりも、と続け、阿倍は自分の膝前に敷かれた薄縁《うすべり》を、軽く片手で叩いてみせた。

「母上の仰せの通り、また傷が痛み始めては大変です。早く馬を捨て、わたくしの輿にお移りなさい。難波宮までは、足かけ二日もかかるのですから」

その口振りにはありありと、弟を案じる情愛が含まれておる。

「やれやれ、異母姉上《あねうえ》には逆らえません」

と笑いながら、安積は馬の手綱《たづな》を引きそばめた。駆け寄った舎人に轡《くつわ》を取らせて馬を降りると、そのまま阿倍の輿へと乗り込んだ。

「それはそうと、聞きましたか、異母姉上。今月の初めに父君が、百官を朝堂《ちょうどう》に召され、恭仁と難波、どちらを都に定めるべきかとお尋ねになられたでしょう。先だって同じ問いかけが、恭仁の市人どもにも為《な》されたそうでございますよ」

ほう、とわらわは思わず驚きの声を漏《も》らした。寒風を忘れて、軽く外に身を乗り出しすらした。

「それはまことか、安積」

「ええ、本当ですとも。中納言《ちゅうなごん》の巨勢奈氏麻呂《こせのなてまろ》が、今朝方、私にそう申しましたから」

四年前に都を恭仁に定めつつも、首さまのお心が難波や紫香楽に傾いていることは、もはや周知の事実であった。

おそらく首さまは、難波への遷都を願う者が多ければ、恭仁を捨てて、再度の都遷りをしようとお考えじゃったのだろう。じゃがそれにもかかわらず、今月朔日《ついたち》の朝堂での下問《かもん》の際には、恭仁を都にと答えた官人は百八十一名、難波を都にと答えた百五十三名と意見は真っ二つに割れ、どちらを是とすべきか定められぬ有様だった。

京の市は、様々な品々が売買される場であるとともに、罪人の処罰・放免が行われ、衆庶が折ごとに集う地。このため官人の返答では埒《らち》が明かぬと見た首さまは、今度は市人の意見を聞き、何とか難波への遷都の口実を得ようとなさったのに違いない。

「それで市人たちはなんと答えたのじゃ」

首さまは女子であるわらわには、国の政《まつりごと》について一切お話しくださらぬ。それは阿倍に対しても同様じゃったようで、しばしば阿倍は「父君はわたくしを皇太子に据えながら、本心はこれっぽっちもご信頼くださらないのだわ」と頰を膨らませておった。

都の者たちは聡い。権勢者の趨勢《すうせい》を見定め、その内意を汲んで動く頭のよさは、およそ宮城の官人どもにも劣らぬほどじゃ。それだけにわらわは、市人どもが首さまの内意を忖度《そんたく》し、難波への遷都を主張しよったのではと案じた。されど安積は「ご案じなさいますな」とにっこり笑った。

「市の者はほとんどが、恭仁京を都にしてほしいと申したそうです。難波を都にと願ったものは、百名余の市人の中でたった一人だったとか」

「それはよかったのう」

わらわは我知らず、大きな息をついた。ようやく大極殿や歩廊《ほろう》を平城から恭仁に移し終えたばかりの地を捨てることになったりすれば、造宮司の者たちはさぞ嘆き悲しもう。

だがわらわが安堵したのは、決してそればかりが理由ではない。有体《ありてい》に申して、わらわは難波が嫌いじゃったのだ。

おぬしらは、難波に足を運んだことはあるか。海を間近にした高台に築かれた難波宮は、古くは軽《かる》大王（孝徳天皇）が造営なさった宮都。長らく人々から忘れられ、荒廃したその古都のどこがお気に召されたのか、首さまはお若い頃から、長年かけてそこここを修繕させ、事あるごとにこうして行幸なさっておられた。

美しい地じゃよ、難波は。京域のすぐ向こうが海になっており、潮の香が朝な夕な宮に吹きこんで参る。遠い空と海の境が融《と》け合《お》うて淡く霞み、時には淡路の島影までが遠望できる様も、まことに風情があった。

されどわらわにはどうしても、眼下にはるばると海原《うなばら》の広がるその光景が、居心地悪くてならなんだ。四方を山に囲まれた狭い平城京におる方が、はるかに心安らかじゃった。

阿倍がまだ幼い頃は、せがまれるままに丘を下り、波打ち際で貝を拾うたこともある。白く輝く、大きな平貝。くるりと丸く弧を描く細螺《きさご》。阿倍はそれらをひどく喜び、籠《かご》一杯に拾い集めて、居室の窓辺に飽かず並べておった。しかしわらわはそこから漂ってくる潮の香りすら、気持ちが悪くてならなんだ。

首さまと阿倍はかように海を愛するのに、わらわだけが何故こうも異なるのじゃろう。同じ藤原氏の血を身に受けておるのに、それがどうしても不思議でならなんだ。

「わたくしは別に都が難波でもいいのだけど――」

阿倍がつまらなさげな顔をする。安積は「そんなことを仰っては、都の者たちは嘆きましょう」と妙におとなびた口調で、姉をなだめた。

「はいはい、それは確かに安積の言う通り。ああ、でも人々の心が恭仁に定まっていると分かりながら、なぜ父上はまた難波に行幸なさるのかしら」

阿倍がそうぼやく間にも、行幸の列は木津川を渡り、平城京を南に見晴《みはる》かしながら、生駒《いこま》の山を登り始めた。

恭仁から難波までは、約一日余の行程。足の強い男ばかりであれば、日が落ちてもなお歩き通し、一日で踏破もできよう。じゃが足弱の女子が交じっているとなると、河内《かわちの》国《くに》内の頓宮《とんぐう》で一夜を過ごし、あくる日の昼頃、難波に入らねばならぬ。

「帝の車輿《しゃよ》はこのまま難波に向かわれるそうでございます」

警固の衛士《えじ》が先頭から駆け戻って来たのは、日が大きく西に傾き始めた頃。難波をひどく愛しておられた首さまは、一刻も早くかの宮に入りたくてたまらなんだと見える。

従僕女官、合わせて二百人もが加わった列は、とかく動きが遅い。じゃが首さまの車輿とそれを固める衛士のみであれば、敏速に難波に向かいも出来るはずじゃ。

分かった、とわらわは鷹揚《おうよう》にうなずいた。

「ならばわらわたちは頓宮に泊まり、明朝、ゆるゆると御跡を追うとしよう。首さまにはさようにお伝えしてくりゃれ」

そう申し上げて、この日、わらわたち随行の衆が宿ったのは、河内国桜井《さくらい》の頓宮。これまで幾度となく難波への往還の際に宿っておる、小狭《こざま》ながらも暮らしやすい宮じゃ。空濠《からぼり》にかかった板橋を渡ったとき、ふと微《かす》かな芳香が鼻先に漂ってきた。見回せば、すでに薄闇の這い始めた濠端で、ねじけた梅の老木が花をつけておる。

「梅か――」

わらわの呟きが聞こえたのか、それとも同じ香に気付いたのか、ふと見れば後ろの輿に乗った安積が形のよい鼻をぴくぴくと蠢《うごめ》かせておる。阿倍と手を取り合って輿を降りながら、「もう春なのですね。これから遠駆けが楽しみな季節になります」と嬉しそうに笑った。

そう、安積は馬が好きでのう。落馬せぬかと案じる広刀自を余所目《よそめ》に、しばしば舎人を伴い、宇陀《うだ》や飛鳥《あすか》まで遠乗りに出かけておった。

畿内のそこここに設置された官牧にも自ら足を運び、我と我が目で良馬を選ぼうとまでする。その馬好きぶりには、首さまもしばしば苦笑していらしたほどじゃ。

「そうそう、忘れていたわ。そういえば安積、先だって、恭仁の東市《ひがしのいち》でとても使いやすそうな馬笞《ばち》が売られていたそうよ。――そうでしたよね、吉見《よしみ》」

　阿倍の声に、若い采女の一人があわてて、はい、とうなずいた。頬が赤く、田舎臭さの抜けぬ采女であった。

「馬笞だと。おぬし、馬の心得があるのか」

　安積が驚いたように声を上げたのも無理はない。竹や革で拵《こしら》えられる馬の笞《むち》は上品《じょうぼん》下品《げぼん》がはっきりしており、下手が拵えた馬笞は音ばかり大きくとも、馬を走らせるのにほとんど効果がない。それだけに馬好きの安積は馬を管理する馬寮《めりょう》の官人に命じて幾本もの笞を揃えさせ、自らもあれこれ工夫しては馬に用いていた。

「はい、故郷におりました頃は、わたくしもしばしば馬の世話をしておりましたもので」

　采女はみな、宮城に仕えるべく出仕《しゅっし》した諸国豪族の子女。吉見というこの年若な采女は、確か名馬の産地として知られる上総《かずさ》から上京してきたばかりのはずじゃった。

　ううん、とうめいて、安積は腕を組んだ。

「笞を商っていたとは、東市のどのあたりの店だ」

「はい、もっとも南端の鞍作《くらつくり》屋でございます」

　鞍作屋が馬具全般を扱う店舗であることぐらい、わらわでも知っておる。宮城内の兵器を管理する造兵《ぞうへい》司には、甲作《よろいつくり》や弓削《ゆげ》、矢作《やはぎ》などの部民と併《あわ》せて、馬具を拵える鞍作部が所属しておったでな。

「鞍作屋か——」

安積は今しも閉ざされようとしている頓宮の門を、ちらりと顧みた。粗末な板橋の向こうは広々とした野原になっており、荷車を曳き、幼児を抱いた市人たちの列が、ぞろぞろとそこを横切ってゆく。

彼らはわらわたちが頓宮に入ったのを知り、これから今夜の宿を求めて、近隣の郷を訪ねるのだろう。もしかしたらそこで荷をほどき、界隈の者たちを相手に小さな市を営むのかもしれん。その中に東市に店を出していた鞍作屋が含まれていることも、十分に考えられた。

「明日は早いですよ、安積」

わらわはわざとらしく、欠伸《あくび》を嚙《か》み殺す真似をした。

「そうでなくとも、まだ足が完全に治ったわけではないのでしょう。わらわはもう休みますが、そなたも早く臥所《ふしど》に入りなさい」

阿倍がくくと小さな肩を揺らす。それを見なかったふりをして、わらわは子どもたちに背を向けた。

流浪に近い行幸とはいえ、たった一つ、よい事もある。それは平城京にいたならば到底味わえなんだであろう、様々な景色を目にし得ることじゃ。

かつて鸕野讃良《うののさらら》女王は、御夫君の大海人《おおあま》大王に従って東国を巡る中で、諸国の民の暮らしや都とはおよそ異なる風物に多く触れられたという。

それはわらわたちとて同様で、たとえば膝まで川に入り、麻布をさらす女、その岸辺で葦《あし》を刈る男……あのまま平城京に留まっていれば、その日その日を懸命に暮らす人々にも、行列の後を懸命に追う市人にも、ついぞ目を向けなんだであろう。

どうせ今宵は随行の官人の中にも、暇つぶしに急ごしらえの市をのぞき、酒や肴《さかな》を買い求める者がおるに違いない。ならば安積が馬笞を買いに行くぐらい目をつぶってやればよい。そうわらわは考えていた。

「はい、母上。わたくしもそうさせていただきます」

阿倍がわざとらしく言って、わらわの後に従う。

日没とともに風は更に冷たさを増し、梅の香りがいっそう濃く鼻をくすぐる。安積が抑え切れぬ嬉しさに頬を緩ませながら、かたわらの舎人とともに踵《きびす》を返す姿が、目の端にちらりと映った。

じゃがな。今にして思えば、あれがわらわが元気な安積を見た最後じゃったのよ。今でも時折、夢に見る。かたわらの舎人の腕を親しげに叩いた笑顔、宙を翔けるように走り出したその薄い背中をな。

行ってはだめじゃ、と呼びかけるのに喉《のど》は干上がり、どうにも身体が動かぬ。全身が瘧《おこり》にかかったかのように震えた末、がばと臥所に起き直るのは、いつものことじゃ。

――あの夜、わらわが目を覚ましたのは、仮宮の外で数人の男たちが喚《わめ》いているのが聞こえたからじゃった。

守辰丁《しゅしんちょう》（漏刻《ろうこく》に従って時刻を告げる官人）が随行しておらなんだので、時刻はよく分からぬ。じゃが臥所を抜け出して回廊に出れば、まだ望《もちづき》には足りぬ月が頭上高く昇っておった。だからあれは、夜半を過ぎた頃合いじゃったのではなかろうか。

それにしても人の眠りを破るほどの騒ぎとはただごとではない。ましてや行幸の最中となればなおさらじゃ。

「誰か、誰かあるか」

首さまがご一緒であれば、かような真似もできぬが、頓宮におるのは官人女官のみ。それゆえわらわは辺り構いなく、大声を張り上げた。

「あの騒ぎはなんじゃ。誰か、誰かおらぬのか」

普段であればわらわが目を覚ませば、すぐに宿直《とのい》の采女が飛んでくるはずじゃ。されどその晩ばかりは、呼べど叫べど誰一人やって来ぬ。藤原不比等《ふひと》の娘として生まれ、物心ついた頃にはすでに首さまの妃になるべく定められていたわらわには、かようなことは初めてじゃった。

ただ梅の香ばかりが満ちた夜に、まるで自分一人が閉じ込められたかのような気がして、背中がぞっと粟立《あわだ》った。

誰か、と震える声で重ねて続けたとき、回廊の端にぼおっと灯《とも》が灯った。燭台を手にした采女が一人、まろぶように駆けてきたかと思うと、「安積さまが」と裏返った声で叫んだ。

その顔は青ざめ、血の気がない。なにか不吉なことが起こった。そんな思いが、瞬時に胸を貫いた。

「安積が、安積がどうしたのじゃ」

「い、市で争いを止めようとなさったそうでございます。それが、それが――」

采女がそこまで言って泣き伏したとき、どやどやと複数の足音が轟《とどろ》いた。戸板に乗せられ、呻吟《しんぎん》する安積を運んでいるのは、巡幸に従っておる衛士たち。そんな土にすがりつくように、舎人が一人、ぼろぼろと頬に涙をまろばせながら従っておる。

苦しげに呻く安積の右足は樽《たる》の如く腫れ上がり、剝き出しの脛《すね》が夜目にも不気味な紫色に変わっておる。

なにか、安積に無理を強いるようなことが出来《しゅったい》したのじゃ。わらわの全身はがたがたと震えだした。

「母上ッ」

わらわ同様、異変に目を覚ましたのじゃろう。そう喚きながら駆けてきた阿倍が、回廊の真ん中で呆然と立ちすくんだ。

「お、お許しください、光明子さま。わたくしがお供しておりながら、このようなことに――」

舎人が地面に額を打ち付けんばかりの勢いで叩頭《こうとう》する。わらわは裸足のまま庭に駆け降り、その襟元を両手でぐいと摑《つか》んだ。

「なにが、いったい何があったのじゃッ」

「わ、わたくしが悪いのでございます。市に行こうと仰る安積さまをお留めしていれば、かようなことにならなんだのに――」

采女に叩き起こされたのだろう。夜着のままの侍医が二人、ばたばたと走ってくる。もだえ苦しむ安積を戸板の左右から押さえると、そのまま色の変じた脛に手早く薬を塗り始めた。

「鞍作屋の主が、他の市人と喧嘩をしておったのでございます。それも郷の者が怯《おび》えるほどの大声で――」

安積が舎人一人を供にこっそり頓宮を抜け出したのは、わらわたちが宮に引き上げた直後だったそうじゃ。寝酒を求める官人、旅に心を浮き立たせた若い采女など、夕暮れの郷で開かれた市にはどっと人が詰めかけ、辺りは郷人が目を丸くするほどの賑わいだったという。

「采女どのに教えられた鞍作屋はすぐに見つかりました。ですが、安積さまが答を見せよと主に命じられた直後、若い市人が二人、その店の主と喧嘩を始めたのです」

「喧嘩じゃと――」

「はい。市人どもは、どうして先だっての宮城からのご下問の際、おめえだけは難波に都を移してほしいなどと言いやがった、と鞍作屋を怒鳴りつけておりました」

　鞍作屋の主はしばらくの間、市人たちの罵詈雑言《ばりぞうごん》を黙って聞いていたという。しかしやがて白いものが交じった眉を吊り上げると、「俺ァ、その方がいいと思ったから、その通りにお答えしただけだ」とひるむ気配もなく返答したそうじゃ。

「どうせ帝は俺たちのお言葉なんぞ、聞いちゃくれねえ。だったら首さまが行きたいとお考えの難波にさっさと遷都いただいた方が、こちらも無駄な往き来をせずに済むってものじゃねえか」

　おそらく市人たちは仲麻呂たちの諮問《しもん》に際し、市じゅうで結託して遷都を阻もうと打ち合わせていたのじゃろう。結果として、市人の大半が都遷りに反対していると主張できたとはいえ、たった一人の裏切り者のために市の結束が崩されたことに、腹を立てていた様子じゃったという。

「なんだと」

気色《けしき》ばむ市人を無視して、鞍作屋の主は安積に向き直った。そして「どれ、お尋ねの笞はこれでございますかな」と斑入《ふい》りの竹で拵えられた黒い笞を差し出したという。

「おい、ちょっと待て。まだこっちの話は終わっていねえぞ」

市人の一人が、鞍作屋の襟首を摑んだ。その途端、安積はあわてて、「乱暴はおやめなさい」とそれを制したそうじゃ。

「この御仁《ごじん》は自らの考えに従って、難波への遷都を主張なさったのでしょう。ならば、他のお人がそれに異を唱えることはなりません」

従僕を従え、見るからに貴人然とした安積の風体《ふうてい》に、市人たちは一瞬、怖じけた様子で手を止めた。だがすぐに安積を無視すると、そのまま鞍作屋の主に殴る蹴るの暴行を加え始めたそうじゃ。

「お、おやめなさい。乱暴はなりません」

もともと安積は腕っぷしが強い方ではない。目の前で突如起きた争いに四囲を見回し、

「誰か、誰か止めてください」と、市を見張りに立っていた衛士に走り寄った。

「安積さま、お待ちください。わたくしが参ります。走られてはなりませぬッ」

舎人の制止を背に駆け出した安積の身体が、不意に土煙とともに横転した。あまりに急ぎ過ぎたせいで、痛めていた足をもつれさせたのじゃ。

それはあまりに唐突な、まるで野を駆ける鹿が矢で首を射られて崩れ落ちるが如き動

きじゃったという。それだけにその時、舎人の胸にはっきりと、足の怪我に苦しんだ折の安積の姿が甦ったはずじゃ。

「あ――安積さまッ」

舎人が絶叫とともに駆け寄ったとき、安積の顔は激しい痛みに強張《こわば》っていたという。右の脛を抱え込み、それでも舎人を安堵させようとしてか、「まったく、わたしは迂闊《うかつ》だなあ」と軽口めいた言葉を漏らしたとやら。

「すぐに、すぐにお侍医に見ていただきましょう」

じゃが舎人が安積に肩を貸して歩き出そうとする間にも、安積の顔はどんどん青ざめ、ついには立つことすらできなくなった。異変に気付いた衛士がようやく走り寄ったときには、脛は太腿《ふともも》ほどに腫れ上がり、すでに物を言うことも叶わなんだという。

おお、そうじゃ。昨年末の足の怪我が元で安積の身を蝕《むしば》んだ毒が、この期に及んで再びその体内を食い荒らし始めたのよ。

「わ、わたくしが馬笞の話など持ち出さねばッ」

棒立ちになって舎人の話を聞いていた阿倍が、そう叫んで戸板の上の安積に取りすがった。

ぜえぜえと息を喘《あえ》がせる安積の頬を両手で挟み、「どうか、どうか目を開けておくれ、安積ッ」と血を吐くような声で怒鳴った。

「あ、異母姉上――」

うっすら開いた安積の目は泳ぎ、すでに焦点が合っておらぬ。それでも懸命に阿倍の姿を追い求めると、安積は震える手を宙に伸ばした。

「ここじゃ、わたくしはここにおる。安積、しっかりするのじゃ」

「こ、これを」

片手を阿倍に握らせたまま、安積は残る片手を自らの懐に入れた。薄紅のなにかを取り出すや、激しく胸を上下させながら、それを阿倍の手に押しつけた。

これは、と呻いて、阿倍が自分の手の中に目を落とす。夜目にも美しいそれは、素木《しらき》で拵《こしら》えられた巻貝の彫り物であった。

「お聞きください、異母姉上」

「なにが、なにがじゃ」

「これはいつぞや、父上がわたくしにくれた品なのです。名もなき工人の拵えた品らしゅうございますが、父上はこれを道祖王より奉られ、道祖王は大昔、これを兄の塩焼王《しおやきおう》からもらったとか」

そう語る声は、もはや耳を澄まさねば聞こえぬほどに小さくなっている。「もうしゃべるではない」と制する阿倍にはお構いなしに、安積は懸命に言葉を続けた。

「美しゅうございましょう。わたくしは異母姉上が天皇になられるその日、これを祝いとして差し上げるつもりでおりました。伝え聞くところではこの品はその持ち主の身を守り、時にその命を救いもするとか」

「安積――」

「異母姉上はこれから、この国を背負って立つお方。時にその身に危うきことが起きることもおありでしょう。だから、だから私はせめて今、それを異母姉上に――」

安積の言葉が、不意に途切れた。阿倍の手から離れた貝型の彫り物が、硬い音を立てて地面に落ちる。

「あ、安積ッ。安積ッ」

叫喚とともに取りすがる阿倍を、侍医の一人が背後から羽交《はが》い締《じ》めにした。

「どうぞ離れてくださいませ、阿倍さま。安積さまはまだ息がございます。あとは我らにお任せのほどを」

もう一人の侍医が目配せをすると、衛士たちが再び戸板を担ぎ上げる。号泣する阿倍にはお構いなしに、そのまま宮の奥へと安積を運び去った。

安積ッ、安積ッと叫びながら、阿倍はその場に崩れ落ちた。結い上げた髪がざんばらに乱れ、その頬に深い影を刻んだ。

「こんなもの――こんなものが、なんの役に立つものかッ。持ち主の命を救うというのなら、いま安積を救えばよいものをッ」

這いつくばるようにして貝型の彫り物を拾い上げた阿倍が、それを力一杯回廊に向かって叩きつける。がしっと耳障りな音がして、わらわの爪先に彫り物が転がってきた。

「天皇が、皇太子が何だというのッ。私は弟の命一つ救えぬというに」

わらわは咄嗟《とっさ》に彫り物を自らの懐に放り込み、泣き叫ぶ娘に走り寄った。地面を掻《か》きむしって嗚咽《おえつ》するその肩を強く抱き、「そんなことを申してはならぬッ」と諌《いさ》めた。

分かっておる。どれだけ身分が高くとも――仮に並ぶ者なき至高の位にあろうとも、人は所詮、人じゃ。その命には限りがあるし、愛する者を世々《よよ》累代《るいだい》、この世に留めておけるわけではない。

名もなく位もない庶人《しょじん》であれば、愛する者の後を追って、自ら命を絶ちもできよう。世俗を捨てて寺に入り、その菩提《ぼだい》を弔うことも叶おう。されどいずれ天皇となるべき阿倍には、かような気ままは許されぬ。弟を奪う病を呪い、その宿命を嘆き悲しもうとも、頭を上げ、ただひたすら皇統の裔として生きねばならぬのだ。

泣きじゃくる阿倍を、わらわは自分の寝室に連れ帰った。まんじりともできぬまま夜が白み始めた頃、侍医の弟子である見習い医生が駆けて来て、夜明けとともに侍医たちが安積を恭仁京に連れ帰る旨を告げた。

「恭仁であれば、種々の医薬もございます。ここでは施《ほどこ》せぬ手当も出来るはずとのことでございます」

「分かった。よろしく頼む」

わらわがそううなずいた途端、真っ赤に目を泣き腫らして突っ伏していた阿倍が、がばと頭を上げた。

「わ、私も、私も安積とともに帰りますッ。せめて、あの子の看病をしてやらねばッ」

「馬鹿を申すではない」

安積が息も絶え絶えになって行幸を離れるだけでも、世人はなにがあったかと陰口を叩こう。ましてやそこに阿倍が従えば、どうなることか。

阿倍は女でありながら、唯一の皇子を退けて皇太子となった身。もしかすれば、将来、禍根《かこん》を残す弟を、阿倍が自ら抹殺せんとしているとの噂が立つ恐れとてある。

「そなたはこのまま、わらわとともに難波に向かうのじゃ。安積の身はすべて侍医に任せねばならぬ」

恭仁まで帰り着けば、そこには安積の母たる広刀自がおる。采女女嬬も数多く、看護の手も充分なはずじゃ。

「ですが」

「つべこべぬかすなッ。そなたは皇太子の位をなんと心得るッ」

いずれ帝位を踏む身である以上、その身には万に一つの瑕瑾《かきん》もあってはならぬ。ましてや女でありながら、藤原氏の女子を母に持ちながら皇太子となった阿倍であれば、どれだけ身を慎んでも慎み過ぎることはない。

「案ずるな。安積はきっとよくなる。名うての侍医どもが付いておるのじゃ。よくならぬはずがあるまい」

　されど、わらわの願いは空しかった。わらわたちが難波にたどりつき、首さまにことの次第をお伝えした翌々日、恭仁から参じた使者がもたらしたのは、安積が再び目を覚まさぬまま息を引き取ったとの知らせであった。

　阿倍はまるで火が点いたかのように泣きわめき、そしてわらわを責めた。安積と死に別れると分かっておったなら、誰が何と言おうと恭仁への道中に付き従ったものを、と申してな。

　念のため告げておくが、わらわはあれを止めたことを、これっぽっちも悔いてはおらぬ。皇后として、皇太子の母として、それは当然の行いじゃ。

　ただ唯一、後悔があるとすれば、あの日以来、阿倍が帝位を憎むようになるのを、止められなんだことじゃ。

　憎む――いや、憎むという言い様は、少し違っておるのかもしれぬ。実際のところ、阿倍は首さまの譲りを受けて帝位を踏み、今なお女帝として執務に当たっておるからのう。

　されどわらわの目にはいまだに、阿倍が弟と自分を引き裂いた帝位というものを、心の底で毛嫌いしておるようにしか見えぬ。そして実際あの日から、阿倍はそれまで親しんでおった皇族どもを避け、藤原氏の者たちと親しく交わるようになった。

　おお、そうじゃ。いわば阿倍は自らに課せられた天皇としての責務よりも、体内を流れる藤原氏の血に心を寄せるようになってしもうたのよ。

　わらわは今でも時折、考える。もし安積さえこの世におってくれれば、阿倍は首さまにも劣らぬ素晴らしき帝になっておったのではあるまいか。皇族からそれにふさわしき夫を選び、次なる天皇となる皇子を産み育てておったのではあるまいか。

　女子でありながら、夫を得ぬ阿倍。あれはもしかしたら、天皇でありながら天皇たる存在を憎悪し、自らの尊き血を手放そうとしているのではないか。そしてそれが安積への愛情ゆえに始まったとすれば、人とはなんと哀しき衆生《しゅじょう》であることか。

　――のう、道鏡。近う寄れ。わらわの前に、両手を出してみよ。

　ほれ、これが安積が悶《もだ》え苦しみながら、阿倍に手渡そうとした貝の彫り物じゃよ。

　安積を失った阿倍の悲しみがあまりに深かったゆえ、わらわはこれをどうしても娘に手渡すことができなんだ。これを目にすれば、あ奴がなおさら帝位を憎むやもと思うてな。

　されど、阿倍が首さまのご遺詔なるものを捏造《ねつぞう》し、先帝のお志を踏みにじるに至っては、もはやどうしようもない。藤原氏に心を寄せるあまり、阿倍がこれほどに気随《きずい》を働くようになってはのう。

道鏡、それに継麻呂《つぐまろ》とやらに頼みがある。この彫り物を、阿倍の元に届けてはくれまいか。

陥穽《かんせい》を弄して、道祖王を廃太子したばかりじゃ。わらわが会いたいと申しても、阿倍はあれこれ口実を拵え、わらわを遠ざけんとするじゃろう。

されど首さまのご遺詔を探し回っておったおぬしらとなれば、阿倍ももしかしたら会《お》うてみようと思うやもしれぬ。

頼む、この通りじゃ。この国の礎《いしずえ》たる山は、すでに四囲を囲む海に切り崩され、今まさに息絶えんとしておる。藤原氏の女子であれど、わらわは首さまの皇后。帝をお支えする、後宮の礎じゃ。

ならば帝位がこれ以上、藤原氏の一族によって蝕まれるのに、知らぬ顔はできぬ。頼む。この国の――彼岸におわす首さまの御為と思うて、引き受けてくれ。

その十　藤原仲麻呂《ふじわらのなかまろ》

おぬしたちか、畏《おそ》れ多くも阿倍《あべ》さまにしつこくお目通りを願っておる輩《やから》は。よりにもよって、次なる皇太子を定めねばならぬこの時節、本来であれば中臣《なかとみ》家の三男坊や一介の看病禅師《ぜんじ》になぞ構ってはおられぬのじゃが。されど皇太后《こうたいごう》たる光明子《こうみょうし》さまのご推挽《すいばん》であれば、しかたがない。

さあ、拝謁を請う理由を、とっとと語れ。場合によっては、この藤原中務卿《なかつかさきょう》より、阿倍さまのお耳にお入れしてやらぬでもないぞ。

……なんだ。その不満面は。わしが相手では、納得が行かぬと言いたげじゃな。

まったく、身のほどを弁《わきま》えぬか、愚か者。仮にも阿倍さまは天日嗣《あまつひつぎ》の位を受け、四海をしろしめす天皇《すめらみこと》であらせられる。ろくな官位すら持たぬおぬしらの前に、お姿を現されるわけがあるまい。阿倍さまの股肱《ここう》の臣たるわしが会ってやっているだけでも、ありがたいと思え。

とはいえ実を申せば、この仲麻呂、おぬしらの用件にはおおよそ見当をつけておるよ。先だって、阿倍さまが道祖王《ふなどおう》さまを廃太子《はいたいし》された折、「首《おびと》さまのご遺詔《いしょう》に従って廃す」と仰《おお》せられたことに文句を言いたいのじゃろう。

図星か。顔色が変わったぞ、道鏡《どうきょう》とやら。

まあ、座れ。すでにこの一間には、誰も近付くなと申してある。こうなればご遺詔に関わってしもうた者同士、お互い腹を割って話そうではないか。

実はこれまで、わしは部下に命じ、そなたらの動きをかねて見張らせておった。なにも驚くことはあるまい。首さまが本当に詔《みことのり》を残しておられたとすれば、それは当然、阿倍さまに与えられてしかるべきものじゃからな。

しかし首さまが亡くなられて、すでに一年。どうやらおぬしらはご遺詔を見つけておらぬようじゃし、わしの配下どももそれは同様じゃった。一度は首さまがお心を寄せておられた東大寺《とうだいじ》に隠されているのではと思い至り、寺内を隈なく探させすらしたのにのう。

ただそうなると、話はいささか奇妙なものとなる。考えてみよ。ご遺詔とは本来、おん自ら亡き後の治世や、後継者について言い残すための手立てだ。首さまご逝去当時、すでに阿倍さまは女帝として立派に政《まつりごと》を務めていらしたし、その皇太子についても首さまはすでに道祖王さまと定めておいでであった。だとすれば首さまはその新たなるご遺詔において、いったいなにを伝えんとしておられたのじゃろう。

そういう様々を勘案した結果、わしは今では、ご遺詔など最初からなかったと考えておる。何故なら首さまがご遺詔を残される理由が、どこを探しても見つからぬからじゃ。気の毒になあ。つまりおぬしらもわしも、ご遺詔があるはずとの橘《たちばな》の大臣《おとど》の妄執に振り回され、丸一年近く、無駄足を踏まされ続けたわけよ。

信じられぬ面じゃな。まあ、いい。それであればわしがそう考えるなによりの理由を聞かせてやろう。

どのみちおぬしらはご遺詔を探し回ってきたこれまでで、首さまにまつわる様々な逸話を耳にしてきたじゃろう。いわばこれはそれらの仕上げに相応《ふさわ》しい、首さまのご内奥にまつわる話じゃ。

――わしが初めて宮城《きゅうじょう》に出仕《しゅっし》したのは、十七歳の秋。当時はまだ五つでいらした阿倍さまにお仕えする舎人《とねり》としてじゃった。

今更申すまでもないが、わしの父である左大臣・武智麻呂《むちまろ》は、阿倍さまの母君・光明子さまの異母兄。つまり阿倍さまとわしは身分こそ主従であったが、血縁で申せば従兄妹《いとこ》同士というわけよ。

身分の低い官吏《かんり》にとって、出仕とはとかく気苦労が多いことだらけと聞く。されど首さまを筆頭に、光明子さま、阿倍さまの御三方がみな藤原の一族につながる方々だけに、わしは舎人の勤めに何の苦もなく慣れた。阿倍さまはまだ頑是《がんぜ》ないお年とは思えぬほどに分別がよく、お可愛らしかったし、光明子さまも何くれとなくわしに目をかけてくだされたでな。

そんな日々に、ただ一つ気がかりがあったとすれば、当時はまだ皇太子でいらした首さまその人であった。いや、勘違いをするなよ。決して、首さまより辛く当たられたわけではない。

ただ、何というのじゃろう。まだ世間を知らぬわしの目に、当時の首さまは誰に対しても隔てのあるお方と映った。

光明子さまの宮に足しげく通われはするが、お泊まりになる折は滅多にない。幼い阿倍さまを抱き上げ、時に頬ずりなぞなされても、その目は奇妙に醒《さ》め、常にここではないどこか遠くを眺めていらっしゃるかに思われた。

それゆえわしは最初のうち、首さまは実は光明子さまと不仲でいらっしゃるのかと疑っておった。されどやがて首さまのもう一人の夫人・県犬養広刀自《あがたいぬかいのひろとじ》さまにお仕えする舎人仲間と話すうちに、その態度は決して、光明子さまや阿倍さまのみに向けられたものではない、広刀自さまやその娘御たる井上《いがみ》さまにも同様と分かり、わしは首をひねらずにはいられなかった。

加えて、半年、一年と勤めを重ね、光明子さまと広刀自さまの宮のみならず、広い後《こう》宮《きゅう》全体に目配りが出来るようになると、わしはもう一つ、奇妙なことに気付いた。それは首さまを取り巻く、女性の多さじゃ。

無論、首さまほど尊いお方のこと。そのお側《そば》に光明子さま、広刀自さまのみならず、朝堂《ちょうどう》の顕官が奉《たてまつ》った娘たちが咲き乱れる花々の如《ごと》く居並ぶのは、決して不思議ではない。

されどどういうわけか首さまは、そんな後宮の女子《おなご》だけではあきたらぬご様子でな。宮城の外に暮らす幾人もの皇族の女性と次々関わられ、そのまめ男ぶりはおよそ無口で物静かなお姿には似つかわしからぬほどであった。

光明子さまを始め、後宮の女子たちの宮では滅多に夜を明かされぬのに、愛人である女王がたの邸宅には足しげくお運びになられる。払暁《ふつぎょう》、大急ぎで宮城にお戻りになられるのも、さして珍しくなかった。

ちょうどその頃、わしもまた妻を娶《めと》ったところでな。女性なるものの面白さ味わい深さを知り始めていた矢先だけに、幾人もの女子に心動かされる男の気持ちは、なんとなく理解出来た。じゃがそれでも蝶《ちょう》が花から花へと渡るかの如く、夜ごと、女王たちのもとに通われる首さまのお姿は、失礼ながらいささか常軌を逸しているように映った。

親王の娘や孫である女王がたは、宮城の若い官吏たちの憧れ。実際、わしの兄である豊成《とよなり》なぞも、一時期、穂積皇子《ほづみのみこ》の孫娘である酒人《さかひと》女王に懸想《けそう》し、随分と文をお送りしていた。されどご身分から言えば、彼女たちよりはるかに貴《たっと》い首さまが、なぜ女王がたばかりに執着なさるのか。

そんな疑問にはお構いなしに季節は移ろい、やがてわしが出仕を始めて一年半が経った頃、ついに首さまのご即位が決まった。

御年二十四歳。これまでの天皇に比べても、格段にお若い新帝の即位に宮城中は沸き立ち、首さまのお側に侍《はべ》る女性がたは、住み慣れた東宮《とうぐう》からの家移りの支度に大騒ぎを始めた。

そんな最中じゃ。首さまがふいと光明子さまの宮に顔を出されると、「唐《から》より面白い鳥が参ったゆえ、見せてやろう」と阿倍さまに仰せられた。

それは新羅《しらぎ》商人が奉った孔雀《くじゃく》とやら申す鳥でな。身体は玉虫色に輝き、背中には扇の如き巨大な羽を持っておるという。とりあえずは東庭に放ったが、ゆくゆくは宴席の座興として、官人《かんじん》たちにも見せてやるつもりだ、と首さまは続けられた。

「ただ、まだ人に慣れておらぬゆえ、檻《おり》の奥深くに入ってなかなか出て来ぬらしい。二人でこっそり藪陰に隠れ、尾の羽がいつ開くか待とうではないか」

そう笑われ、わしとごく数人の女官のみを供に向かわれた東庭では、なるほど幅二間はあろうかという巨大な檻が池の傍らに据えられておった。扉は大きく開け放たれているにもかかわらず、その奥で妙にひょろ細い鳥が一羽、癇性《かんしょう》に餌箱をつついておるのが太い格子《こうし》の奥にかろうじて見えた。

塩梅《あんばい》の悪いことに、その日は薄曇り。その体色はどんよりと淀んだ水底の藻《も》の色にそっくりで、首さまには申し訳ないが、わしの目にはどうにも美しい鳥とは思いがたかった。

「出て参りませぬなあ」

女官の一人が、焦《じ》れた口調で呟《つぶや》く。まさかそれが聞こえたわけではあるまいが、檻の中からぎゃあッというおよそ優美さとは程遠い啼《な》き声が響き、思わずわしらは顔を見合わせた。

「ううむ、無理か」

低く呻《うめ》いて、首さまが腕を組む。

すると、まだ幼いなりに、父君の落胆を見るに見かねたのだろう。

「気になさらないでください、父上」

と、阿倍さまは白い顔をにっこりとほころばせ、その腕にしがみつかれた。その顔はまだ七つの少女とは思えぬ聡明さに満ち、わしは恥ずかしながら一瞬、その横顔に見惚《みと》れた。

「まだきっと、怯《おび》えているのですわ。いずれこの庭に慣れたあかつきには、美しい姿を見せてくれましょう」

父君のお気持ちを逸《そ》らそうとなさってか、「それにしても」と阿倍さまは澄んだお声で続けられた。

「遠い海の果てには、変わった生き物が様々いるのですね。ああ、唐や新羅に渡り、かの国を見られる大使たちがうらやましい。いずれは阿倍も、異国に参ってみたいものでございます」

首さまのご即位に際しては、新羅より使者が遣《つか》わされるらしいと噂され、都では当時、唐・新羅といった外国《げこく》への憧れが高まっていた。この孔雀を持ち来った新羅商人もまた、そんな流行《はやり》に便乗せんと入京した者じゃろう。だがいずれにせよ、阿倍さまのお言葉が純粋たる異国への憧れから発せられたものであることは疑いようがない。

しかしながらその刹那、どうしたわけか首さまのお顔が傍目《はため》にもはっきりと分かるほどに強張《こわば》った。それは、という呟きが、血の気の失せた唇から漏《も》れた。

「それはできぬぞ、阿倍」

阿倍さまは首さまの第二皇女《ひめみこ》。かような御身が海原《うなばら》はるかなる新羅や大唐に渡れようがないことは、その場の誰もが端から承知していたはずじゃ。だが首さまはまるで叱責でもするかのような乱暴さで阿倍さまの両肩を摑《つか》み、「それはできぬのだ」と繰り返された。

「おぬしはまがりなりにもわしの娘、皇族に連なる女子じゃ。いかにその身体に藤原の血が流れていようとも、その事実に変わりはない」

「ち、父上、痛いッ」

阿倍さまのお顔に、はっきりとした怯えが走った。すると首さまははっと我に返ったご様子で、両手を離された。一、二歩、よろよろと後じさられると、「す、すまぬ」と声をかすれさせて詫びられた。

阿倍さまがかたわらの女官の腕の中に飛び込み、わっと堰を切ったように泣き出される。すると首さまは唇を強く引き結ばれ、荒々しげに踵《きびす》を返された。頰を癇性に強張らせ、そのまま足早に東庭を出て行かれた。

「いったいどうなさったのでしょう」

泣きじゃくる阿倍さまの背を撫《な》でながら、女官が困惑を顔に浮かべる。その時はわしも何が起こったのか分からず、ただ「さあ」と首を傾げるだけであったが、それから五年後、わしは偶然にも、同じように青ざめた首さまのお顔を拝見することとなった。

そう、ご即位から五年後の春――左大臣・長屋《ながや》王さまに謀反《むへん》の疑いがかけられた夜の話じゃ。

当時のわしは大学寮の少允《しょうじょう》の職務につき、宮城から離れておった。されどこの日は突然父から、光明子さまのお側を守れと命ぜられてな。何が何やら分からぬまま大刀を佩《は》き、後宮に伺候《しこう》しておった。

春にしては風が強く、それでいてひどく大気の生あたたかい妙な晩であった。仰げばまだ月の昇らぬ空のただなか、灰色の雲が驚くべき速さで西へ西へと吹き流されていく。夜烏《よがらす》がどこかでけたたましく啼き、そのしゃがれた声がなぜか、いつぞやの孔雀を思い出させた。

東庭の孔雀はあれから間もなく、ついに檻から出ぬまま死んだと聞いていた。結局、一度も開かれぬままだった尾羽は切り取られ、首さまや光明子さまに奉られたはずじゃ。人から褒《ほ》めそやされ、餌も住処《すみか》も存分に与えられながらも、あの孔雀は自らの価値を知らぬまま息絶えた。それがひどく哀れとも、また愚かしいとも思われたその時、宮城南の楼門《ろうもん》でけたたましく太鼓が打ち鳴らされた。

「あれは――」

普段、朱雀《すざく》門の開閉の折にしか鳴らされぬはずの太鼓の音は、都に異変を告げるもの。父が自分を後宮にやったのは、これに備えさせるためだったのか。

この前年、光明子さま所生の皇子が、わずか一歳で夭折《ようせつ》して以来、宮城には不穏な空気が満ちておった。皇子の死は左大臣・長屋王の呪詛《じゅそ》によるものだとの噂や、藤原氏は光明子さまをなんとしても皇后に据えるつもりらしいとの風評に、いずれは何かしらの変が起きるのでは、と誰もが緊張した面持ちを隠せずにいた。

（まさか、長屋王さまが――）

大海人大王《おおあまのおおきみ》と中大兄《なかのおおえ》大王、それぞれの子を父母に持つ長屋王さまは、このご時世には珍しく藤原氏の血が混じらぬ皇族。それだけにわが父を含む藤原氏は長屋王さまを目の敵とし、長屋王さまもまた我らを分を弁えぬ成り上がり者と謗《そし》っておられた。

　さりとて、万事に慎重な長屋王さまが、自ら事を起こされるわけがない。なにか出《しゅっ》来《たい》するとすれば、それは明らかに我ら藤原氏側が仕掛けたことだ。

　わしの胸裏に浮かんだ思いを裏付けるかのように、どどど、と大勢が駆りる地響きが南の方角で湧き起こる。その足音は明らかに、長屋王さまのお屋敷のある左京三条二坊へと向かっておった。

　なんということだ、という声なき呟きがわしの唇をついたのと、目の前の藪からひょろ長い影がよろめき出て来たのはほぼ同時。曲者《くせもの》か、と腰の刀に手をかけた刹那《せつな》、東の山の端に月が昇り、淡い月光がその影を照らしつけた。

　首さまじゃ。じゃが、そのお顔は月影よりもなお青く、白鑞《はくろう》の如く硬い。

　わしには気付かれなんだのじゃろう。首さまは南の空を仰いだまま、ふらつく足で庭を横切られた。暗い水を湛《たた》えた池の端でがっくりと膝《ひざ》を折られるや、伸び始めたばかりの若草を両の手で鷲掴みになさった。

「許せ……許してくだされ、長屋王」

聞いてはならぬ声を聞いた。その刹那、わしはそう感じた。

首さまはこの国の基《もとい》にして、並ぶ者なき天皇。それが臣下に対し、謝罪の言葉を口にするなぞ、あってよいはずがなかった。

だいたい藤原氏の権勢がいかに著《いちじる》しくとも、左大臣たる長屋王さまのお屋敷を襲うには、勅許が必要だ。つまり今夜の変はすべて、首さまがお許しになってこそ叶うもの。それなのに何故首さまは、かような慚愧《ざんき》を口になさる。震えるような衝撃が、わしの背を貫いた。

首さまの父君が早世なさった際、宮城にはその後継として長屋王さまを推す者が多かった。それにもかかわらず、帝位が中継ぎの天皇を経て、首さまの元に転がり込んだのは、われら藤原氏の後押しがあったればこそ。

そう、首さまにとって、御身の存在は藤原氏と不可分。そしてその事実が、天皇とはなにかを考えるときには、首さまにとっての最大の傷であった。

(このお方は――)

もしや目の前の首さまは、藤原氏の女を母とする我が身を恥じ、全《まった》き皇族の父母を持つ長屋王さまを嫉《そね》み、憧れ――それゆえに、かのお方を抹殺せんとする我が一族をお止めになられなかったのではないか。

そうだ。そう考えれば、すべて得心出来る。なぜ首さまがお側に侍る多くの女性たちをさておき、女王がたばかりと戯《たわむ》れておられるのか。あれはもしや、女王がたの身体を流れる、雄々しきこと山の如き皇統の血への憧れゆえではないのか。

この国を世々治める天皇の血統が山とすれば、我ら藤原氏はその岸辺を洗う海の如きもの。だが、いつからであろう。わが藤原氏はこの国の政に食い込み、遂には首さまのように藤原氏の女を母とする天皇を生み出すに至った。

とはいえ天皇の血と藤原の血が混じり合い、一つとなったわけではない。仮にそうであったなら、首さまがあれほど苦悶なさるものか。我らはただぐるぐると渦を巻き合い、対立し、遂には首さまという一人のお方の中ですら激しくぶつかり、あの方をいつまでも尽きぬ御悩のただ中に追いやったのだ。

そういう意味で言えば、首さまはかつての大王の如く、天日嗣に連なる非の打ちどころのなき統治者ではない。山の形を借りた海、日輪の真似をした哀れなる月人壮士《つきひとおとこ》じゃ。

もし我ら藤原氏がおらなんだら、そして光明子さまが首さまのお側に上がっておらなんだら、天皇となるべきは長屋王さまでいらしただろう。そう、首さまは海たる我らの仲間として、この国の山たる長屋王さまの殺害に手を貸してしまわれたのじゃ。

首さまは地面に額《ぬか》ずき、激しく背中を波打たせておられる。赤子の泣き声そっくりの歔欷《きょき》がわしの耳を低く叩き、やがておおる、おおる、という地を這《は》う呻吟《しんぎん》に変じた。

（なんと哀れな――）

わが父を始めとする藤原氏の上卿《しょうけい》たちは、首さまのお悩みに気付いてはおるまい。いや、わし自身を含め、そのお苦しみの深さが真実理解できる者なぞ、この世には誰もいないはずだ。

この国を治める非の打ちどころのない天皇となれと言われて育ちながら、己の身体には臣下の血が流れている絶望。過去の偉大なる大王をどれだけ鑽仰《さんぎょう》しようとも、自らは彼らと違うと思い知らされる苦しみ。

しかも首さまがどうしても癒《いや》しようのない疵《きず》を負うた天皇である以上、それを父として生まれる子たちもまた、完全なる皇子皇女たりえはしない。そう、首さまが背負った、天皇にして天皇の器にあらずとの苦しみは、首さまの血統が続く限り、子々孫々受け継がれてゆくのだ。

――おぬしはまがりなりにもわしの娘、皇族に連なる女子じゃ。いかにその身体に藤原の血が流れていようとも、その事実に変わりはない。

今であれば分かる。首さまはあのお言葉を阿倍さまではなく、他ならぬご自身に向かって言い聞かせていらしたのだ。もしかしたら自らも、日輪に非ざる我が身を恥じ、いっそ遠き海の彼方へと逐電したいとお思いになられた折があるのやもしれぬ。

激しく波打つ首さまの背を見つめ、わしは胸の中で「されど」とひとりごちた。

長屋王さまは今夜のうちに命を奪われよう。ご嫡妻・吉備内親王《きびないしんのう》さまとの間に生まれた王子がたも、それは同様のはずだ。

われら藤原氏はそれほどの犠牲を払ってでも、ようやく帝位に据えた掌中の珠《たま》たる首さまを守らんとしている。ならばご自身のご境涯にどれだけ煩悶しておられようとも、わが一族の末長き繁栄のためには、首さまにはこのまま帝位にお留《とど》まり頂《いただ》き、光明子さまとの間に次なる天皇を儲《もう》けていただかねばならぬ。

なんたることを、と申すか。誹《そし》りたければ誹るがよい。

おぬしらとて宮城に出入りする身であれば知っておろう。朝堂とは誰が敵やら味方やらも知れぬ争いの坩堝《るつぼ》。そこで命永らえんためには、権勢を握り、他の氏族を跪《ひざまず》かせるよりほか手はない。包み隠さずに申せば、首さまの御肩にはわれら藤原氏の命運が荷《にな》われておるのじゃ。

それだけに長屋王さまが誅罰《ちゅうばつ》された直後より、わが父たちは事あるごとに、「次なる天皇は光明子さまの産んだ阿倍さまに」と首さまに上申するようになった。首さまは言を左右にしてなかなかそれに肯《うべな》われなんだが、では唯一の男児である安積《あさか》親王さまを帝位に就けたいかといえば、どうやらそうでもないご様子であったという。

つまり藤原氏の身体と天皇としての魂の間に引き裂かれておられた首さまは、誰が母親であろうとも、とにかく我が子を帝位に就けることそのものが許し難くていらしたのよ。

おぬしらは知っておるか。首さまが阿閇《あへ》女帝（元明《げんめい》天皇）の皇太子に定められたのは、御年十四歳の夏。それに引き換え、阿倍さまが首さまの皇太子に正式に選ばれたのは、なんと二十一歳の御年じゃ。

当時、すでに我ら藤原氏が権勢を握っておりながら、阿倍さまの立太子《りったいし》がなぜこのように遅れたのか。それもつまり、他ならぬ首さまがご自分の御子を太子とすることに、異を唱えていらしたからよ。代わりにあの道祖王を皇太子にと仰せられ、藤原の者たちを仰天させもなされた。

他に人がいないのであればともかく、すでに阿倍さまという娘御がおられる中、藤原氏となんの縁もない御仁を皇太子に据える意味なぞあろうものか。わが父を始めとする藤原四子、更には光明子さまにすら反対され、首さまは渋々、阿倍さまの立太子に首肯なさった。

されど心の底ではずっと、己の血を引いた不完全なる天皇が帝位に就くことを不満としておられたのじゃろう。ご崩御《ほうぎょ》に臨み、一度我らによって退けられたはずの道祖王さまを阿倍さまの皇太子にと命じられたのが、その何よりの表れじゃ。

そう、いわばあの御下命《ごかめい》は、首さまが長年、胸の中に溜めに溜め続けていらしたご自身の偽りを拭《ぬぐ》いさらんがためのもの。ならばあの詔以上に、首さまのご真意を物語るご遺詔があってなるものか。首さまは末期に及び、ご自身の血を引かぬお人を皇太子に据えることで、瑕瑾《かきん》だらけの天皇であったご自身の過ちを拭い去ろうとなさったのよ。

――どうじゃ、これでわしが、まだ知られておらぬご遺詔なぞ存在せぬと申す意味が理解できたであろう。

　それが分かったら、さっさと帰れ。わしは忙しいのじゃ。

　首さまのご葬儀の始末もついておらぬのに加え、春の終わりは儀式も多い。その上、道祖王さまに成り代わり、誰を皇太子と成すか。右大臣であるわが兄・豊成は道祖王さまの兄の塩焼《しおやき》王を推しておるし、左大弁・大伴古麻呂《おおとものこまろ》めは舎人親王の御子である池田《いけだ》王を推しておると仄聞《そくぶん》する。他の上卿どもの意見も一通り聞き、しかるべき人選を行わねばならぬでな。さあさあ、さっさと……いま、なんと申した。継麻呂《つぐまろ》とやら。

　おお、おぬしじゃ。いいや、ごまかすではない。なにかぼそりと呟いたであろう。

　わしはな、人の面を真っ直ぐに見ずに物を言う、おぬしの如き男が一番嫌いじゃ。言いたいことがあれば、はっきり申せ。成り行きとは申せ、畏れ多くも首さまのご内奥までおぬしらに打ち明けてしもうたわしじゃ。少しのことであれば、怒ったりはせぬ。

　ええい、歯がゆい。それは畏れ多い、なぞと口ごもるのであれば、最初から何も口にするな。聞きたい話があるのであろう。さっさと言わぬか。――なんだと。

首さまのご帝位に対するお考えは、よおく分かった。されば、その継嗣となられた阿倍女帝さまは、ご自分の体内に流れる藤原氏の血をどのようにお考えか、じゃと。

ぶ――無礼者め。おぬし、阿倍さまを愚弄《ぐろう》するつもりか。

如何《いか》に首さまがご自身のご境涯に忸怩《じくじ》たる思いを持っていらしたとて、阿倍さまの御身に関わりはなかろう。それにもかかわらずそのご胸中を忖度《そんたく》するとは、不遜《ふそん》にも程があろうぞ。

ええい、誰かッ。誰かおらぬか。こ奴《やつ》らをさっさと摘《つま》みだせッ。

うるさい、先ほどまでさんざん言い淀んでおいて、いったい何の文句がある。少なくともわしは、首さまのご遺詔の存否について知りうる限りを話してやった。ならばもはや、おぬしらにつべこべ言われる筋合いはなかろう。

なに、実は阿倍さまに差し上げるよう、皇太后さまからお預かりしている品がある、だと。それを直にお渡しするまでは帰れぬと言い張るか。

ううむ。かような品があるのであれば、さっさと申さぬか。いったい、それは何だ。

うるさいッ、盗もうなどとはせぬわ。

阿倍さまにお渡しするにしても、まずはわれら臣下が検《あらた》めるのは当然のこと。さあ、とりあえず、その品とやらを渡せ。

……ほう。これは不思議な。触ってみればただの素木《しらき》で拵《こしら》えられているとすぐ分かるが、一見しただけではそうとは気付かぬほど見事な貝の細工じゃのう。

安積さまが阿倍さまに渡そうとなさった守り貝、じゃと。ああ、そうか。かれこれ十年以上昔、首さまの難波行幸《なにわぎょうこう》の途次、安積さまがお倒れになったあの時か。

おお、はっきりと覚えておるよ。あの折、わしは留守官を命じられ、恭仁《くに》京に留まっておった。それにもかかわらず巷《ちまた》では一時期、弟君が将来、阿倍さまの妨げになりかねぬと案じたわしが、安積さまを毒殺したとの噂が囁《ささや》かれておったからな。馬鹿馬鹿しい。無論、世人の世迷言《よまいごと》だ。

　自ら物語るも愚かしいが、わしは初めて舎人として阿倍さまにお仕え申したその日から、あのお方の哀しむ真似だけはするまいと心に決めて参った。ご姉弟の親愛をよく知るわしが、安積さまを手にかけたりするものか。あれはまことに、不運な事故であった。おぬしらの目に阿倍さまはどのようなお方と映っておるかは知らん。ただ少なくともわしからすれば、あのお方ほど哀れな女帝はおられまいと見えておる。

　継麻呂よ、おぬしは今、阿倍さまがご自分の藤原の血をどのようにお考えかと問うたな。ここまで話が至った以上、教えてやろう。わしが拝察する限り、阿倍さまはその事実に対してはなんの不審もお持ちではない。なんとなれば首さまは実の娘である阿倍さまに対し、ご自分の苦しみを一言も伝えておられぬからじゃ。

　それを娘に対する思いやりと思うか。いや、わしにはどうしてもそうは見えぬ。結局のところ、首さまはご自身の裡《うち》にあるお悩みを、誰にも――そう、自らの跡取りである阿倍さまにも打ち明けられなんだ。それは阿倍さまに何の期待もしておられなんだという事実を、如実に物語っておるのではないか。

つまり尊敬する父帝は最後まで娘の即位に納得をなされず、その後継者には阿倍さまとなんのゆかりもない王を選ばれたのよ。阿倍さまにとって、これほどお気の毒な話があろうか。

とはいえ、阿倍さまは阿倍さまで、愛する弟御を失ったあの日から、自らに課せられた皇太子という座を毛嫌いなさっておられた。それだけに阿倍さまが夫を持たず、もちろん子を産みもなされなんだことに、首さまはさぞ安堵なさったであろう。それが帝位を憎んだ阿倍さまの、精一杯の抵抗であったとしても、じゃ。

つまり首さまは帝位を重んじるがゆえに、阿倍さまは帝位を憎むがゆえに、ともに自らの皇統を断とうとなされた。皮肉なものよのう。天日嗣の位に対する思いは正反対なのに、父娘が共に同じ行いをなそうとするとは。

首さまの三人の娘御の中でも、阿倍さまはもっとも父君に似ておられる。その上、自らの背負う重責に対し、結局同じ行いを思いつかれるとは、いささか宿業《しゅくごう》めいておる。

この守り貝は、わしが確かに預かろう。されどすぐに阿倍さまにお渡しするかどうかは、ここでは請け合えぬ。

阿倍さまにとって安積さまの死は、生涯最大のお苦しみにして、おん自らが知らず知らずのうちに荷わされた帝位の重責を思い出させるお辛いご記憶じゃ。いかに安積さまの思いが詰まった守り貝とはいえ、それを容易にお目にかけたりすれば、かつての哀しみ苦しみを思い出してしまわれるに違いないからな。

あれはつい、二年ほど前だ。愚かな女官が阿倍さまに向かって、「そういえば安積さまが亡くなられて何年になりましょうか」と申し上げてしまった折があった。

あの時の阿倍さまのお取り乱しようといったら、どれほどのものか。おぬしらにも見せてやりたかったほどじゃ。その末には、これまで弟君の法会《ほうえ》をまともに行っておられぬと思い出されてな。各寺から高僧を呼び、歴代の天皇の法会でもかくも盛大ではあるまいと思われるほど、にぎにぎしき供養を行わせようと言い出された。

当時、上皇として隠棲しておられた首さまを法会にお誘いせんとなさり、折しもご機嫌うかがいに伺候していたわしを連れ、自ら首さまの宮に向かわれもなさった。

あれは若草の芽吹き始めた、風の冷たい日であった。ぼんやりくすんだ春の日が、宮の長い長い築地塀《ついじべい》を淡く照らし、朱塗りの柱を温めておった。

当時の首さまのお住まいは、宮城内の西池のほとり。かつては首さまのご生母・宮子《みやこ》さまがお暮らしになっておられた古い宮じゃった。

宮子さまが亡くなられてよりこの方、首さまはなぜかその宮に移りたいと仰せられてなあ。どうせであれば新宮を築かれては、と申す周囲を退け、わずかな従僕のみを連れて、古宮に寝起きされるようになったのじゃ。

「誰か、誰か。門を開けよ。阿倍さまのお運びじゃ」

わしが古びた扉を叩くと、狼狽《ろうばい》しきった顔付きの女官が転がるように外に飛び出して来た。あれはそう、円方《まとかた》とやら申す首さま付きの宮人。目を真ん丸に見開いて、阿倍さまとわしを見比べ、「これは——」と呟いたきり言葉を失いよった。

「首さまにお伝えしたきことがおありになり、帝自ら、お運びくださったのだ。案内せよ」

「そ、それが。本日、首さまは朝から御酒をお召しになっておられまして」

円方が顔を強張らせて、背後を顧《かえり》みた時じゃ。おおう、という低い呻きが宮の奥から響いてきた。

阿倍さまには、それが何の音かお分かりになられなんだらしい。されどかつて、あの暗い庭で同じ歔欷《きょき》を聞いたことのあるわしには、首さまの発されたものとすぐに知れた。

「も、申し訳ございません。どうか、どうかここでしばしお待ちくださいッ」

悲鳴に近い声を上げて、円方が踵を返そうとする。じゃがそれよりも早く、「なんと、なんと哀れな——」という首さまの叫びが、宮の奥から響いてまいった。

その瞬間、わしは無礼とは知りつつも、阿倍さまの腕をむずと摑んでおった。かたわらの円方にそのお身体を押し付け、「すぐに阿倍さまを宮の外へッ」と喚《わめ》いた。

「どういうわけです、仲麻呂」

阿倍さまが当惑した顔で問いただされる。それを「早くッ」と制し、わしは二人の背を押した。

首さまが何を仰せになるか、すでに分かっておったのかもしれぬな。円方は顔を青ざめさせて、はいと首肯した。事態の飲み込めぬ顔の阿倍さまに、「失礼いたします」と頭を下げるなり、その腕を引いて、宮の外へと転がり出て行った。

その足は女子にしては恐ろしく速かった。それゆえおそらく阿倍さまのお耳には、「哀れな、哀れな阿倍よ」という首さまの呻吟は聞こえなんだはずじゃ。

「幼き頃より藤原の者たちに囲まれたわが娘が、己に足りぬものに気付く日は果たしてくるのじゃろうか。なんと――なんと、哀れな娘であることよ――」

――どうした、おぬしら。顔色が悪いぞ。そういえば、あの時、阿倍さまを引きずっていった円方も、似たように青ざめた面をしておったな。

あの時わしは、どうしても阿倍さまに呪詛にも似た首さまのお言葉をお聞かせしてはならぬと思うた。阿倍さまはただ弟御を亡くされた苦しみゆえに、帝位を憎んでおられる。それでよいのじゃ。首さまの如く、自らの体内に流れる血を呪うようなお苦しみを、あの方には味わっていただきたくなかった。

されどそんなわしの祈りも空しく、首さまは末期《まつご》に及んで、結局、ひとり決めに阿倍さまの皇太子を決めてしまわれた。

阿倍さまは我ら周囲に対しては、なにも仰せられぬよ。じゃが聡明なるあのお方は、自らの後嗣も定めさせてもらえぬ事実に、いかに己が父君から期待されておらなんだかを思い知らされたはずじゃ。

のう。おぬしらはほうぼうで首さまのご遺詔を探し、そこで同時に様々な首さまのお姿に触れてきたじゃろう。そんなおぬしらの目に、首さまなるお方はどのように映っておる。

わしは藤原の男じゃ。それゆえにわしは何としても、わが一族を守り、繁栄させねばならぬ。これまでの藤原氏の盛運を顧《かえり》みれば、それはすべて首さまの生涯とともにもたらされたものと言っても過言ではない。しかし己が娘の即位を喜ばず、自らの血統を絶やさねばと思い定められた首さまを見ておると、あのお方の胸中で幾度も繰り広げられた海と山の諍《いさか》いが、何とも哀れと思われてならぬ。

我ら藤原氏はなぜ、この国の基たる天皇を飲み込んでしもうたのじゃろうな。もしかような戦《いくさ》さえなければ、首さまは阿倍さまをただ純粋に愛し、その成長を——栄達を喜ばれたであろうに。

真のご遺詔、か。かようなものはなかったであろう。ある道理がない。それはわしがもっともよく知っておる。

ただもし臣の身で勝手な憶測が許されるのであれば、首さまは決して口にこそ出さねど胸の中では、不完全なる天皇の子である阿倍さまのことを憐れみ、そして案じていらしたと思いたい。

生まれついての己が身の境涯に苦しんでおられた首さまだからこそ、自分同様の月人壮士たる娘を案じ、せめて何らかのお言葉を残そうとなさっていた、と。

――なに。きっとそうに決まっております、じゃと。

馬鹿な。阿倍さまのことも首さまのことも知らぬ癖に、利いたような口を叩くな。……いいや、違うか。考えてみれば今のおぬしらほど、首さまの真実のお姿を存じている者どもはおらぬのか。

奇態なものじゃな。橘の大臣にしても、わしにしても――光明子さまや阿倍さまにしても、あれだけ首さまのお側に侍っておったと申すに、あのお方のすべてを知っておるわけではない。それなのに、今やおぬしらの方が首さまについて詳細に知っておるとは、まったくおかしな話じゃ。

じゃが人と人の交わりとは、えてしてそういったものなのかもしれぬな。ならばこの先、わしが息絶えた後は、いったい誰がその内奥を慮《おもんぱか》ってくれるのじゃろう。

おや、気付かぬうちに日が暮れて参ったな。

今日は確か、月のない夜。そのせいであろうか、西に傾く日輪が、月の分も輝かねばとばかりの見事な朱色に燃えておるわい。

あの日輪も月も、共に海山の彼方より昇りて、海山の彼方へと沈む。首さまの悩み苦しみも、今となっては誰も知ることの叶わぬ阿倍さまへの思いも、昇り沈み、また元出たところに巡って昇る日輪や月の巡りのただなかに消え去ってしもうたのやもしれぬ。

だとすれば首さまの亡骸《なきがら》がすでに土と化したであろう今、あのお身体の中で繰り返されていた海と山の諍いも、もはや巡り巡る大いなる輪の中に消え去ったと、かように考えたいものじゃ。

おお、それ、落陽がますます輝いて参った。そういえば首さまを佐保《さほ》山に葬り奉った日の日輪も、あのように金色の見事なものであった。

道鏡、おぬしは覚えておろう。首さまが亡くなられたあの日は、暗雲が都を塞《ふさ》ぎ、夏とは思えぬほど肌寒い日であった。何もかもが薄鈍《うすにび》色の帳《とばり》に閉ざされたが如きあの一日と、ご埋葬を終えて佐保山から下る道中に見た眩《まぶ》しいほどの落陽。

海と山、月と日、陰と陽。そう思えばあの方のご生涯は、激しい矛盾と対立そのものであったのかもしれぬな——。

終

その日、天平《てんぴょう》勝宝《しょうほう》八歳（七五六年）五月二日は、朝から灰色の雲が低く垂れ込め、夏とは思えぬほど冷たい風がしきりに吹いていた。

春先から不予《ふよ》が触れ出されている太上《だいじょう》天皇の病はいよいよ篤く、殿舎《でんしゃ》を小走りに行き交う官人《かんじん》宮人《くにん》の顔には、そろって疲れの色が滲《にじ》んでいる。

四十の坂を越えて以来、幾度となく大病を患い、遂《つい》にはいまだ宝算《ほうさん》尽きざる前に帝位を降りた太上天皇であったが、このたびばかりは腕利きの侍医十五名、看病禅師《ぜんじ》百十六名を招聘《しょうへい》してもなお回復の兆しがない。

――まるで濡《ぬ》れ紙《がみ》でもかぶせられたように重い瞼《まぶた》を、首《おびと》はわずかに押し開けた。

春先からの病臥に伴い、看病に疲れ切っているのであろう。横目で窺《うかが》えば、日ごと、昼夜を問わず枕頭《ちんとう》に詰めている掌侍《しょうじ》の円方女王《まとかたのおおきみ》がうつらうつらと船を漕《こ》いでいる。

その目尻には薄暗い屋内でも隠しようのない皺《しわ》が刻まれ、血の気の乏しい唇はかさかさに乾いている。もう何十年の昔、初めて氷高《ひだか》太上天皇の宮で見かけた際のつややかな頬とほっそりとした手足の面影は、もはやどこにもない。

(時が経ったのじゃな)

いや、円方だけではない。自分も后の光明子《こうみょうし》も、誰もかれもが老いた。息をつくごとに全身が痛むのは病臥以来いつものことだが、今日はことさらそれが酷《ひど》い。鼻先をかすめる嫌な臭いが自らの身体より放たれていると知り、首はいよいよその時が近付いていると悟った。

これでいいのだ。時は二度と戻りはせぬ。日は昇り、日は沈み、あえぎ戻り、また昇る。藤原《ふじわら》氏と皇統、その激しく大いなる螺旋《らせん》のただなかで引き裂かれてきた我が身は、ようやくこれで永遠の安息を得る。

当今《とうぎん》の皇太子に誰を据えるべきか、すでにそれは五日前に詔《みことのり》として下し終えた。道祖王《ふなどおう》は官位こそまだ低いが、血筋正しく、頭のよい男だ。間違いなく我が身によって歪《ゆが》められたこの国を正してくれよう。

あとは阿倍《あべ》がそれを肯《うべな》ってくれるかだが、と、すでに判然とせぬ思索の中で思い巡らす。

大丈夫だ。あれは光明子に似て、芯が強い。帝位とは何か、という話をしたことは一度もないが、それでも父の思いに背《そむ》く真似はすまい。

父、と首は胸の中で繰り返した。物心ついた時には己に父はおらず、実の母は殿舎の奥深くに引きこもり、会うことすら叶わなかった。そういえば自分は母に、我が身をどう思っているのか、かつて聞いた折があっただろうか。

母が皇太子となった自分を憐れんでいたことは知っている。だがそれはあくまで、帝の妃とその息子という立場に基づいての話だ。

自分を産んで間もなく、常の暮らしを営めなくなった母。彼女は果たして、自分を我が子として愛してくれていたのか。

いや。母だけではない。自分はどうだ。我が身を瑕瑾《かきん》ある天皇と信じていた己は、娘である阿倍をどう見ていたか。

阿倍が帝位の器か、その血筋はどうか、と常に案じてはいた。だが幼き日、その小さな手を引いて東庭に孔雀《くじゃく》を見に赴いた際も、自分は一人の父として阿倍を愛していたのか。

その答えが否であることに思い至り、首は慄然《りつぜん》とした。

（なんということだ――）

死を間近にした今になって、こんなことに気付くとは。皇統を案ずるあまり、何より思いやるべき父としての立場を見失っていた己のこれまでの姿が、次々と胸の中に去来した。

寝間の外から響く看病禅師たちの読経《どきょう》の声が、脳裏を激しくかき回す。円方を呼ぼうにも声は出ず、指は万鈞《ばんきん》を乗せられたが如《ごと》く動かない。これは母を、その藤原の血を憎んだ罰なのか。

あべ、と声にならぬ息が微《かす》かに漏《も》れる。

最早《もはや》、遅いのか。あの娘に我が身の苦悩を、過《あやま》ちを、言葉に尽くせぬほどの思いを伝えるすべはないのか。

（遺詔《いしょう》を——）

誰か、朕《わたし》の最後の遺詔を聞け。言葉にすらできぬ、微かな吐息で宣《のぶ》られた詔《みことのり》を。月の光よりもなおか細い思いであろうとも、それこそが朕の真実の詔だ。

一筋の涙が鉛《なまり》色の頬を伝い、絹の枕を小さく叩く。

ほんの一瞬、絹地の上に宿った涙の粒が、窓からの薄明を映じて淡く輝き、すぐに淡月の如く滲《にじ》んで、いずこともなく消えた。